复仇游戏

[日] 知念实希人　著

[日] 素心　译

江苏凤凰文艺出版社
JIANGSU PHOENIX LITERATURE AND ART PUBLISHING

图书在版编目（CIP）数据
复仇游戏 /（日）知念实希人著 ;（日）素心译 .
南京 : 江苏凤凰文艺出版社，2025. 9. -- ISBN 978-7
-5594-9779-6
Ⅰ. I313.45
中国国家版本馆CIP数据核字第2025ED2107号

复仇游戏

［日］知念实希人　著　　［日］素心　译

责任编辑　丁小卉　白　涵
特约编辑　刘　帆　李嘉钰　徐陈健
封面设计　贾旻雯
责任印制　杨　丹
出版发行　江苏凤凰文艺出版社
　　　　　南京市中央路 165 号，邮编：210009
网　　址　http://www.jswenyi.com
印　　刷　三河市中晟雅豪印务有限公司
开　　本　880 毫米 ×1230 毫米 1/32
印　　张　10.75
字　　数　225 千字
版　　次　2025 年 9 月第 1 版
印　　次　2025 年 9 月第 1 次印刷
标准书号　ISBN 978-7-5594-9779-6
定　　价　49.90 元

江苏凤凰文艺版图书凡印刷、装订错误，可向出版社调换，联系电话：010-87681002。

读客®

读客悬疑文库

认准读客读悬疑，本本都是大师级。

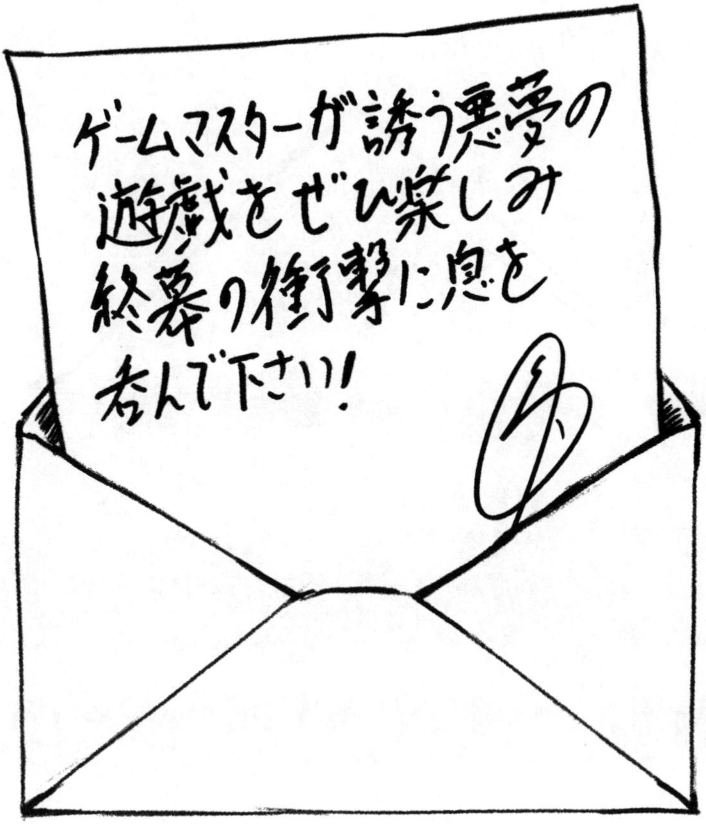

请尽情享受由游戏主人操控的噩梦游戏，

屏息以待结尾的冲击吧！

——知念实希人

目 录

序曲（プロローグ）

胸口很痛，肺部很痛。心脏的每一次跳动，都传到头部，在大脑里回响。雨点击打着全身，夺走体温。

上原真悟继续跑着。他一面张大嘴巴贪婪地吸入空气，一面眺望左手边的国立代代木竞技场第一体育馆。每跨出一步，火辣辣的疼痛就传到膝盖。他的下半身，除了痛感以外，其他知觉已逐渐丧失。

从上午10点开始，真悟几乎不停地跑了14个小时。他虽然一直保持锻炼，但毕竟已经40岁，全身上下开始发出哀鸣。

“这里是指挥本部，离指定时限还有2分20秒。”

真悟从左耳的耳机里听到了担任通信联络的搜查员的声音，但他已经没有余力去回应。

如果不能在140秒之内抵达目的地，女孩就会有生命危险。

“各部门注意，这是指挥本部的通知。指定时限迫在眉睫。抓捕队，请注意四周动静……”

真悟现在跑的步行道，与东京的环城电车山手线平行。此时正好有一辆电车驶过，让他没能听清指示的内容。就在他想用左手去按耳朵的瞬间，他的双脚绊了一下，全身顿时失去平衡，面部朝下，一头栽在柏油路上。耳机从耳朵里掉出，旅行包从肩上滑落在地。

“你没事吧？”一位路过的上班族模样的男性，一边问他，一边准备帮他把包拾起。

“不许碰！”真悟的脸还没从水洼里抬起，就冲着那人大吼。

那人满脸惊诧，伸向包的手停了下来。

真悟爬过去，用双手把包抱在胸前：“对不起，吓着你了。”他一边向行人道歉，一边站起身来，用力蹬了蹬即将罢工的双脚，又开始跑。

要是把包扔掉，跑起来会更轻松些。但那不可能，因为包里装了三千万日元的钞票，是用来诱出那个绑架女初中生的犯人的。

一条宽阔的车道横在眼前，挡住了真悟的去路。他已经能够看到，目的地代代木公园就在车道对面，可这是条繁忙的干道，虽然夜已深，但车辆依然往来不绝。他匆匆环顾左右，发现了一座人行天桥，便跑了过去。

就在真悟准备跨上天桥时，他的膝盖疼痛发作，宛如被刀刺一般。奔跑过度的膝关节已经完全坏掉，肿胀隆起，从裤子外面也能明显看出。为了转移膝盖的疼痛，真悟狠狠地咬紧嘴唇，一口气跑上阶梯。

一过天桥，他便奔向代代木公园的入口处。此时已是午夜0点，代代木公园的原宿门已经关闭。他再次背好旅行包，跳上铁栅栏。

越过铁栅门，真悟直直摔进公园内。这时，他听到有电话响起。

铃声来自何处?！真悟环顾四周。

“在那边！那家小卖部。”一个流浪汉模样的中年男性从草丛中跳出来，指了一下前面30米远的一个小卖部。

真悟认识他。他是真悟的同事，警视厅搜查一科特殊犯搜查班第一组的刑警，现在装成流浪汉，潜伏在公园里。

这位同事原本应该和潜伏在公园里的其他数十名刑警一样，为了不让犯人察觉，不能发出动静。但他迫不及待地跳出来告诉真悟，说明情况非常紧急——因为摔倒时掉了耳机，真悟不知道离时限还剩几分几秒。

真悟翻身跃起，跑向小卖部。在已经关门的小卖部前面，有一部公共电话正响着铃声。真悟一个箭步冲上去，拿起话筒。

“哟，上原，辛苦了！”

话筒里传来的声音，分贝极高，很不自然，是用变声器转换过的声音。

“你是‘游戏主人’，对吧？”真悟竭尽全力叫出犯人的名字。

“是啊，我就是‘游戏主人’。”

“我按照……你的指令……来了。到此……为止……吧！”真悟气喘吁吁、断断续续地吐出这句话。

“不行啊，真是遗憾。这次任务失败了。”

话筒里传来的嘲弄的声音，让真悟睁大了眼睛。

“我不是按照你的指令在午夜0点前把钱带来了吗？我是赶上了的呀！”

“不，没赶上，上原。你拿起话筒的时间是0点0分12秒。

超时12秒。得惩罚你。”

对方的笑声，震动着上原的耳膜。

“等等！不就是12秒吗？钱就在这里，所以……”

“不行啊。不守规则，‘游戏’就不好玩了。再见，上原。能跟你玩，我很开心哟。”

“等等！求求你，听我说……”

“任务未完成。”

电话被挂断。真悟全身无力，当场跪倒在地。

从他手中松开的话筒，像钟摆一样，在空中慢慢地左右摇晃着。

游戏开始（ゲームスタート）

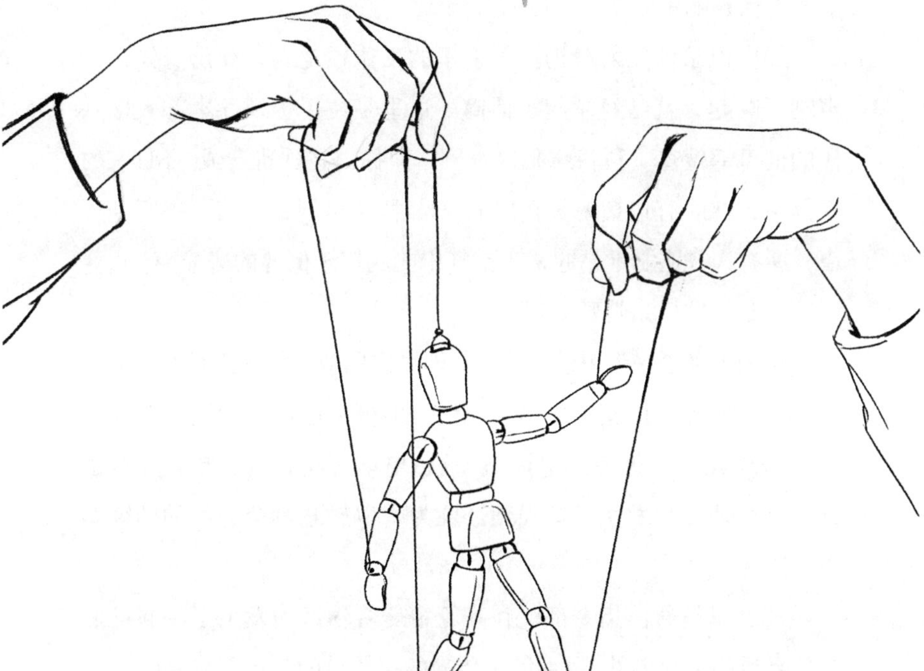

1

平成二十七年（2015年）10月31日，上午9点18分。办公桌上的电话铃响了。

加山枫条件反射般扔掉了手里的工作预定表，探出身体，铃声刚一响起，就已经拿起了话筒。这里是位于警视厅本部大楼六楼的刑事部搜查一科特殊犯搜查班，简称“特殊班”或“SIT”的办公室，此时有包括组长在内的15名特殊班刑警当值。一听到铃声，所有人齐刷刷地站起来，空气中响起椅子倒地的碰撞声。

“是，这里是特殊班！”

枫用手拢了一下黑色短发，立即做出回应。她的心跳在加速。

这间办公室里安置了多台电话，但枫拿起话筒的这一台很特殊——这是“绑架专用电话”。这台电话一响，就意味着在东京都内某个地方，发生了被强烈怀疑为“以勒索赎金为目的的绑架事件”。

“这里是通信指令部。在高轮警署管辖区内发生了一起疑似绑架导致的失踪事件。”话筒里传来的接线员的声音稍显尖厉。

枫轻轻地吐了一口气。从29岁调到特殊班以后，五年间她接受了无数次以牟利为目的的绑架事件的训练。这些经验让她能够保持镇静。

“明白了。发生地点是高轮警署。请继续告诉我详细情况。”

枫从紧身的西装上衣口袋里取出笔来，在桌子上的一张记事纸上潦草地写下“高轮警署”的字样。看到这几个字，有几名刑警皱起了眉头。

“怎么是高轮警署的管辖区呢？不吉利！”其中一名刑警咂着舌头自言自语。

“失踪人是一个高中三年级的女生，17岁，名叫佐和奈奈子，家住白金台……”

枫在纸片上写下“17岁”“女”“佐和奈奈子”等字样后，接着又写下她家的地址。

“她家已经接到绑架人的勒索电话。她母亲是在接到电话后来报警的。”

当表情严肃的枫在纸上写下“绑架人，有电话”的字样时，刑警们发出了唏嘘声和叹息。有了绑架犯打来的电话，已经可以判定这是一起以勒索赎金为目的的绑架事件了。

“绑架犯的电话内容呢？”枫飞快地问道。

“‘你女儿被我绑架了，要想让她平安回家，准备好五千万日元。’犯人是这样说的。然后，女孩的母亲听到了‘妈妈救救我’的声音。母亲说那确实是她女儿的声音。”

枫记下了“五千万日元”“母亲已确认女儿声音”这些信息。

“绑架犯还有其他要求吗？”枫舔了舔干燥的嘴唇继续问。绑架事件是一场与时间的竞赛，最初阶段的信息量会在很大程度上左右搜查的速度。

“另外，女孩的母亲说……她被要求立即向警察报案。”

“报案？是女孩的父亲要母亲这么做的吗？”

“不，不是女孩的父亲。——是绑架犯要她这么做的。”

“是绑架犯吗？！”

枫的声量陡然升高。围在她身边的刑警们纷纷追问：“绑架犯怎么了？”“怎么回事？”

“别出声！不要打扰加山。”一直注视着事态进展的组长发了话。众刑警便伸了伸背，闭上了嘴。

“也就是说，绑架犯要求人质家属来报警，对吗？”

对于枫的求证询问，接线员明确地回答“是的”。当枫咬紧嘴唇写下“绑架犯要求报警”这一行字时，刑警们的表情变得扭曲起来。

在通常情况下，绑架犯打来的电话里，一般会顺带一句“不许报警，一旦报警就杀掉人质”。在枫迄今为止的经验里，犯人要求人质家属报警的事件只有过一例。一种不祥的预感掠上她的心头。

“绑架犯还有其他指令吗？”

“说是两个小时之内会再来联系。在那之前，要求家属与女孩的父亲取得联系，让他和刑警们一起在家里等候指令。”

“两个小时……”

按照警视厅的内部规定，一旦绑架专用电话得到通报，特殊班搜查员必须在两个小时内抵达被害人家中。这仅仅是巧合吗？

枫的指尖划过嘴角。

“另外，在电话结束之前，那个绑架犯，好像说了一句有点儿奇怪的话……”

“奇怪的话？到底是什么话？”

“绑架犯报了自己的名字。说他是……游戏主人。”

听到接线员结结巴巴说出的这句话，枫的大脑顿时变得一片空白。握着的话筒几乎要从手上滑落。

“游戏主人……”

从自己嘴里发出的喃喃自语，在枫的耳朵里听起来异常响亮。

办公室顿时喧闹起来。身穿西装、体格健壮的刑警们，脸上都浮现出不安的神情。

几十秒前听完接线员通报的枫，现在开始向自己周围的刑警同事们报告这次事件。当她讲到绑架犯要求报警时，刑警们纷纷表示困惑不解。然后，当她提到犯人自称游戏主人时，办公室里的气氛顿时紧张起来。

游戏主人。四年前，把特殊班，不，把整个警视厅都玩弄于股掌之上的那个犯人。在特殊班里，这个名字几乎是个禁忌。

“现在我宣布每个人分担的任务。”组长的声音一响，满屋子的喧嚣立即停了下来。

包括枫在内的15名刑警，挺胸直背，专注地听着组长的一字一句。

“被害人家属应对队，由以下三人组成：我那霸、加山和若林。”

“是！”当枫被叫到名字时，她大声回答道。

被害人家属应对队的任务，是守在被害人家中，在等候犯人联系的同时安抚被害人家属。在以勒索赎金为目的的绑架事件中，这是最重要的工作之一。

三人中的另外两位，一位是穿着一身旧西装，体格敦实、面容严厉的中年刑警，另一位则是满脸充满紧张神情的年轻刑警。两人都充满信心地接受了组长指派的任务。他们就是特殊班的主任我那霸和去年刚调来的新人若林。

组长继续平静地给每个人分派任务：去NTT[1]分店逆向追踪犯人行迹的人，去正在设立指挥本部的高轮警署加入犯人抓捕队的人，等等。枫没等听完这些，就取下了挂在墙上的车钥匙，走向办公室的出口。

枫走到门前，看了一眼我那霸。我那霸扬了扬他那胡子拉碴、棱角分明的下巴，仿佛在说“你快去”。枫点了点头，拉开门走了出去。

在走廊尽头，有个枫认识的警视厅记者俱乐部的记者。她在嘴里稍稍咂了一下舌头，然后，用手指卷弄着自己的发梢，放慢脚步。

枫所属的特殊班，主要负责绑架劫持这种“正在发生的事件”。这些事件如果被报道出去，可能会给被害人带来危险，所以，特殊班的办公室是禁止记者出入的。也正因为如此，随时准备抢到独家新闻的记者们，就时刻关注特殊班刑警的动向。于

1 日本电信网络运营公司。——译者注（本书中注释若无特别说明，均为译者注）

是，刑警们首先要做的工作，就是不让记者察觉到有事件发生，不动声色地移动到执行任务的地点。

有个微胖的中年记者与枫擦身而过时，侧身看了她一眼。枫没有回避他的视线，只是对他点点头，微笑了一下，那位记者也连忙点头回应。此时，枫已快速溜过记者的身旁，悠然地走在走廊上。而当她一拉开紧急通道的门，就拔腿往楼梯下跑，一口气冲到地下室。

到地下停车场后，枫小步跑向一辆特殊班专用的便衣警车。她立即打开后备箱，清点装备。这时，我那霸和若林两个人也来了。

“若林，你开车。加山，你坐后排。”

我那霸用低沉威严的声音发出指示。枫把钥匙扔给若林，关上后备箱，钻进后排座位。若林接过钥匙，坐到驾驶席，发动引擎。就在枫的臀部刚刚感到有振动时，他们的车已飞驶而出。

带着呼啸的警笛声，便衣警车驶出位于霞关的警视厅本部大楼，沿着内堀大道疾驰前行。枫把手放在胸口，反复地深呼吸。

特殊班负责的有关绑架、劫持人质、勒索企业之类的事件，发生频率极低。因此，特殊班刑警的日常工作主要就是训练。可是，训练毕竟只是训练，那种身心焦灼的紧张感，不遇上实际的绑架事件，是无法体验的。

枫想起了四年前——她进特殊班一年左右时发生的一起绑架案。突然，她的脑海里一瞬间掠过一张温和地微笑着的男人的面孔。枫轻轻地甩了甩头。

“那个，这次犯人自称的游戏主人这个名字，应该就是四年前的……”若林手握方向盘，畏缩不安地开口问道。

“专心开车！”我那霸威胁般命令他。

若林回答了声“是”，然后沉默下来。但几十秒后，又说起来：“我那霸和加山两位前辈，都参加过四年前的搜查吧？”

“若林，你话有点儿多。四年前，确实有个自称游戏主人的混账家伙，在高轮台绑架了一个女初中生后，让人质的家属去报警。”我那霸边说边用手烦躁地抓挠着他那油腻的头发，“那家伙让一个刑警身带赎金，在规定时间之内跑遍了整个东京市区。最后，当刑警跑到代代木公园时，因为没能赶上规定时间，那家伙就失去了联系。”

我那霸向枫转过头来，扬了扬下巴，对她说：“下面你来给他讲。”

“第二天，在荒川河岸，发现了人质的尸体。那个初中生被捅了很多刀以后，犯人割断了她的喉咙。”

枫不带感情色彩，平静地讲述了那起事件。四年前发生的那起“高轮台女初中生绑架杀人案”，可以说是特殊班历史上最大的污点。

那天，枫也是被指派到被害人家属应对队。那个人当时在她身边。枫的脑海里再次浮现出本已淡忘的那个男人的身影：内双眼皮的眼睛、薄薄的嘴唇、瘦削的下巴。那张脸既精悍，又依稀地保留着少年般的影子。一想起那张脸，枫的胸口便划过一道尖锐的疼痛。

“喂，你刚才是想说什么？”我那霸瞪着驾驶席上的若林。

“我在想，这次事件的犯人，说不定与四年前的事件有关。”

“肯定就是个模仿犯吧。当时周刊杂志添油加醋地把那起事件报道得很详细，这次犯人就是看了那些报道照样模仿而已。游戏主人，本名叫桃井一太，在三年前就上吊自杀了。”

对，就是这样的。这次犯人不可能是那个游戏主人。枫这样说给自己听。他们坐的便衣警车鸣着警笛，沿樱田大路向南驶去。

“关掉警笛！”

当警车驶过麻布十番站，视线左侧可见六本木大厦时，我那霸压低声音命令若林。从警视厅到白金地区，只有5千米左右。从地下停车场出来，仅10分钟左右，他们就已经到了被害人住宅附近。

若林按照指示关掉警笛，又把车顶上的旋转灯收进车中。

“我们将在5分钟内抵达人质家。”若林看着车上的导航系统报告道。

我那霸从裤袋里取出手机，开始通话。

“我是特殊班的我那霸，我们很快就到。那边有没有什么新情况？”

电话那头是已经守在被害人家中的高轮警署的刑警。在警视厅派出特殊班之前，被害人家中由管辖警署的刑警负责驻守。

“没有新的情况，犯人也没有再来电话。”

手机里的对话也传到了枫的耳朵里。

“明白了。我们这边有特殊班刑警三人，稍后就到。我们要怎么进去才能不被察觉？”

“有个后门，可以从那儿进来。”

“那我们就把车停在后门附近，请你们做好准备。”我那霸的通话刚完，若林就转过方向盘，把车开进一条窄巷。

“这就是人质的家。”若林在小巷里开了3分钟左右，把车停下。

“好大一栋豪宅……”我那霸从车窗看出去，自言自语。在两米多高的白墙后面，可以看到一栋三层洋房。

“在白金一带有这样的豪宅的话，那五千万日元的赎金，也不是什么问题……这么一来，案子可能有点儿麻烦了。”

对上我那霸的忧虑神情，枫也点头表示同意。在绑架事件中，如果被害人家境富裕，为了让人质平安回家，有的家属会在警察准备好之前就交出赎金。

在以牟利为目的的绑架案中，最大的破案机会是交出赎金的那一瞬间。为此，需要在现场布置一个规模庞大又周密细致的搜查网。

如果交赎金时，警方的搜查网尚未配置好，就会有让犯人取钱后逃掉的危险。而且，即使交出赎金，也不能保证人质能安全获释。

“装备的设置由我和若林来做。加山，你去安抚被害人家属。”

枫神情郑重地回答了声“是”。安慰陷入不安状态中的被害人家属，让他们保持冷静并协助搜查，是勒索绑架案中最重要的工作之一。

“那好，我先去。”枫下了车，走向豪宅的后门。

从前，刑警会装扮成送货员等身份进入被害人家中，可这种方法反倒可能被怀疑；现在就改为一个一个单独地从后门进去，尽量不要引人注意。

枫走到后门时，铁栅栏的门缓缓打开。

“我是高轮警署的刑警，这边请。”

年轻的刑警把枫领进洋房。她从后门进来，穿过铺着柔和地毯的走廊，进到一个兼用为饭厅的客厅。这个房间大约有20张榻榻米大小[1]，地板是带有光泽的人工大理石。家具的样式低调而有种高级感。墙边甚至装有一个真正的壁炉。

这是一个家产丰裕的家庭。犯人是在把握了这些情况后，绑架了他家女儿吗？

枫一边想一边环顾房间。壁炉旁的沙发里坐着一位身穿连衣裙的中年女人，眼睛里充满血丝，盯着面前矮桌上的电话。

“夫人，专门负责绑架事件的刑警来了。”辖区的刑警告诉女人。

她抬起头来，面无血色，眼神空洞。年龄40岁左右。本来是一张美丽的脸庞，但现在面部肌肉已经完全松弛。

“初次见面，我是警视厅搜查一科特殊犯搜查班的加山枫。这次您遭遇到这么不幸的事件，我能感受到您心中的痛苦。我们一定会尽全力让您女儿平安归来，请您多多协助。”枫对她说话时尽可能柔和缓慢。

“……请你多多关照。我叫佐和真奈美，是奈奈子的母亲。”

1　1张榻榻米大小约为1.62平方米。

女人用沙哑的声音向枫做自我介绍。她的表情中混杂着微茫的希望和深深的失望，后者远远大于前者。这或许是因为她看到眼前这位“专门负责绑架事件的刑警”竟是一个比自己还年轻的女性而感到不安吧。枫已经习惯了这种反应，并不介意。

“我在这里负责照顾您和您的家人。同时，其他刑警会来设置通话录音装备，以及与高轮警署的指挥本部保持联络的通信装备。”

枫还在跟佐和真奈美说明时，我那霸和若林就已经拿着各种装备走进了客厅。

“真奈美女士，您的先生在哪儿？关于这次事件，您与他取得联系了吗？”

“当然联系了。收到犯人的……那通电话后，我马上……就联系了。跟警察联系……也是因为丈夫说了……按犯人的指示去做。我、我是……得到了丈夫的许可的。”真奈美结结巴巴地说。由于过度紧张，她的舌头有些转不过来。

“真奈美女士，不要紧。来，慢慢地做一下深呼吸吧。”

枫用手缓慢地抚摩真奈美的背，真奈美轻轻点了点头，反复做深呼吸。

“您家先生现在在哪儿呢？”枫又问。

“他在名古屋出差，现在已经在往回赶了。他说途中准备去一趟银行……五千万日元的金额，他个人账户上就有，那家银行的支店长说可以帮忙准备好。他还说，可能中午之前就能把钱带回来。”

确实，这个家庭是能够立即准备这笔赎金的，可这到底是吉还是凶呢？枫在头脑中分析现状时，我那霸和若林两个人，还在继续设置各种装备。

“你们能够准备赎金，是件好事。”为了尽可能让真奈美冷静下来，枫很温和地回应着。枫期待等她冷静后与她建立起信赖关系。

“要是我们把赎金交出去，奈奈子就能回来吗？”

“可能性会更高吧。——可是，也有另一种可能，那就是犯人并不放还您女儿，反而索要更高的金额。所以，并不是只要给钱就行。我们在做准备，确保能应对一切可能发生的情况。”

枫微笑着说这些话，是在暗示真奈美：即使你们抢先交出赎金，人质也不一定能回来，打下让她最大限度地协助警察的基础。

“那个……犯人说自己是游戏主人，就是几年前在这一带绑架了一个女初中生的那个人吧？……最后是把女孩杀了……”

“真奈美女士，您可能知道，那起案件的犯人在三年前就自杀了。虽然现在我们还不清楚为什么这次的犯人要这么自称，但这完全是另一个人。”

枫正在解释时，真奈美突然伸出双手，抓住枫的肩膀：“刑警，求求你！我只有那一个孩子，她就是我的全部。求求你，一定要救出奈奈子！”

“我们会竭尽全力的。”

枫用手扶着真奈美的背，让她在沙发上坐下来。要是可能的话，枫也想斩钉截铁地说“我们绝对要把奈奈子救出来”，可是，她不能这么说。因为她知道不少人质在被绑架之后很快就被撕票的案例。

“……您家好大！您先生是做什么工作的？”为了缓解真奈美的精神负担，枫换了一个话题。同时，这也是为了收集这一家人的信息。绑架犯就在被害人身边的案例也不少见。

“我丈夫经营一家小型贸易公司，是我公公创办的。丈夫在五年前继承下来，接任社长。”真奈美低着头，用微弱的声音回答。

“是这样啊。”正在枫回应她时，客厅里突然响起了电子声。枫睁大眼睛看着矮桌上的电话。不会是犯人打来的吧？那也太快了点儿。

枫把目光投向我那霸，我那霸板着脸点了点头，这意味着录音器材已经装好。绑架事件发生时决定搜查方针的，是设置在管辖警署的署内礼堂里的指挥本部。因此，安装在被害人家电话里的自动录音机，带有通过无线电把通话传到指挥本部的功能。

枫看了看手表，指针指在10点07分，离绑架专用电话接到通报还不到一个小时。指挥本部还没建起来，对犯人的逆向追踪也还没有准备好。此刻，特殊班的刑警们应该正拿着警视厅刑警部部长签好字的“电话逆向追踪申请书”，奔赴在距离最近的一家NTT支店的路上吧。

与设置在管辖警署内的指挥本部相比，被害人的家则承担起了前线基地的功能。在这里，刑警们要安慰被害人家属，等候犯人的联系，所以也被称为“前线本部”。指挥本部现在尚未启动，那就只能由前线本部来指挥行动了。

“真奈美女士，”枫转向真奈美，“请您来接这个电话。我下面的指示内容，请您好好听。”

“啊，怎么办？”真奈美的表情僵硬起来。

“别紧张，有我们在旁边。首先，您要尽可能拖延跟犯人的通话时间；至于赎金的事，您就说正在准备，但还需要一点儿时间；另外，要求他让您女儿出来接电话。明白了吗？”

枫说得很快，但真奈美的目光在空中游移不定，没有回应。

“这一切都是为了救出您女儿。让我们一起努力吧！”枫又坚定地补上一句。真奈美听到后才微弱地回应了一声“好”。

枫一边用目光催促真奈美去接电话，一边取来矮桌上的耳机，戴在一侧耳朵上。真奈美的手停在电话话筒上，向枫送来求助的目光，枫对她重重地点了点头。

“这……这里……这里是佐和家。”真奈美拿起电话筒，胆怯地开了口。

“呀，夫人。我是游戏主人。”

电话那头传来的声音，像是吸了氦气似的，尖锐高亢，震动着枫的耳机。跟四年前的声音一模一样。

“那个……我丈夫现在正在去银行取钱。赎金我们会交的，但准备需要一点儿时间，所以……”

真奈美尽力按照枫的指示去说，但她的话被犯人刺耳的声音打断了。

“不用着急。反正逆向追踪也还没有装好，我们可以慢慢说嘛。”

这边的情况都被犯人看穿了吗？枫攥紧了拿着耳机的手。

“我家奈奈子呢？奈奈子没事吗？至少让我听听她的声音吧。”

“夫人，你已经报警了吧？”

“对，已经报了，是你让我报的……”

“别这么着急嘛。既然你报了警，那特殊班的刑警应该已经到了你家，他们也正在听这个电话吧？”

真奈美不知该怎么回答，目光投向枫。枫轻轻地点了点头。

“是，来了三个刑警，就在我身边。”

枫一边听着真奈美尖厉的声音，一边分析现状。犯人既知道逆向追踪还没有准备好，也知道特殊班刑警会来被害人家中，这说明犯人对警方如何处理绑架案这事调查得很清楚。

这个自称游戏主人的犯人，到底想干什么呢？

他是真正的游戏主人桃井一太的崇拜者吗？那个游戏主人，四年前将特殊班以至整个警视厅玩弄于股掌之上，并一度成功逃脱，以致网上甚至出现其狂热的崇拜者。如果这次犯人是那个游戏主人的狂热信徒，那他自称游戏主人并让家属去报警的行为，就能够理解了。

“呀，刑警们，工作辛苦了。我是游戏主人哟，跟我再玩玩吧。”

正在思考的枫，被犯人冲着自己和同事们而来的声音打断了。

“你们在想什么我都了如指掌。你们以为我是假的，对吧？很遗憾，我是真的。我就是四年前跟你们痛痛快快地玩了一场游戏的那个人。你们老是不来抓我，所以我就决定再玩一次。”犯人嘲弄地说。

我那霸咬歪了自己那厚厚的嘴唇。

“好，那我就来讲讲这次游戏的规则。刑警们，听到我的声音了吧？不要用什么耳机，直接把话筒拿起来。”

枫、我那霸和若林三人戴着耳机，面面相觑。在绑架案中，刑警与犯人直接通话的情况并不少见，但几乎都是装成被害人家属与犯人交涉。可是现在，犯人要求“与特殊班刑警通话”，这一幕与四年前一模一样。我那霸向枫使了个眼神，枫点点头，把耳机放在桌子上，手伸向真奈美。在绑架事件中，犯人的要求基本上不能拒绝，因为人质被对方扣押，主动权在对方手中，所以，这个电话不能不接。枫拿过话筒，轻轻地吐了一口气。

在特殊班的每个组里，都会配置两名女性刑警。一个理由是她们能够很好地安抚绑架案的受害人家属；另一个理由则是可以假装成被害人的母亲或姐妹，与犯人交涉或去交付赎金。所以，特殊班的女性刑警们都接受过彻底的训练，充分掌握了假扮被害人家属进行交涉的技巧。

“喂，电话这头换人了。”枫慎重地开始说话。

“哟，是位女刑警。你叫什么名字？”话筒里传来犯人愉快的声音。

“我叫加山枫。”枫爽快地向犯人自报姓名。坦率地交谈并建立起信赖关系，是交涉的基本技巧。

“你叫加山枫……那我可以叫你枫吗？”

“当然可以。我可以叫你游戏主人吗？”

“喂，枫，你也以为我是假的，对吧？”

这该如何回答？枫在思忖。电话那头的人，不可能是四年前那起绑架案里的游戏主人。可是，如果这么讲可能会激怒犯人。由于对游戏主人的过度崇拜，这个犯人有可能在不知不觉中陷入了自己就是游戏主人的幻觉里。

“老实说，我有点儿混乱了。一方面，你的手法的确很高明，跟四年前一样精彩；可另一方面，游戏主人桃井一太，是在三年前就自杀了的。”

枫装出困惑不解的样子。电话那头传来低声窃笑。

“桃井一太？你真的以为那个傻瓜就是游戏主人？不，那个傻瓜只是我准备的替罪羊。想不想我拿出证据给你看看？”

“证据？你就是游戏主人的证据？要是你有，一定要给我看看。”

“证据就是——枫，你本人。四年前，你是不是也在被害人家里？”

“你怎么会知道？”枫条件反射般叫了起来。

在特殊班负责绑架、劫持等重大犯罪的搜查工作的刑警，出于工作需要，身份是完全保密的。知道自己四年前也守在被害人家中的，只有极少几位与搜查相关的人员，另外就是……

想到这里，枫打了个寒战。的确，四年前，虽然只有短短几秒钟，但枫确实和游戏主人通过话，并报了自己的名字。

“这下你明白了吧？我就是真正的游戏主人。”

犯人得意扬扬地说。枫没能立即回应。

桃井一太——那个在自己家中上吊自杀的男子，才应该是游戏主人。从他房间里发现了各种证据，包括预付费手机，绑架用的手铐和眼罩，沾有血迹的短刀，等等。从手铐和短刀上验出了被害人的DNA，手机也被证实是绑架时用过的。全部证据都表明，桃井一太就是游戏主人。可是，假如那些证据都是真犯人准备的呢……

“枫，你在听我说话吗？”

“……嗯，在听。”枫回过神来，连忙回答。

“那么，你承认我就是真正的游戏主人了吗？”

枫回答不出，把目光投向旁边的我那霸。我那霸也半张着嘴，全身僵硬。

“你们还是不行啊……”犯人在电话那头自言自语。

不明其意的枫，不由得发出疑问：“你说什么？”

“你们不行，不是我的游戏对手。很遗憾，我不想跟你们玩。”

“你等等。你的要求，我们都会听。”感受到电话会被挂断，枫慌张地说。

“是吗？那好，我就先说第一个要求。你好好听着。”

犯人停顿了一下，小声嘀咕道。

“……上原真悟。”

“上、原、真、悟？”枫复述了一遍这个让她怀念的名字。

“对，就是四年前跟我玩过游戏的刑警。把那个刑警叫来，这就是我的第一个要求。中午12点整，我会再联系你们一次。在那之前，把上原叫来。要是办不到会怎么样，你是明白的吧？”

“等等，那个人已经……”

“他已经辞掉了刑警职务，现在在当保安，不是吗？”

“怎、怎么，你连这种事也……”

“理所当然嘛。那人是四年前跟我玩得最痛快的对手。我跟他简直就像是好朋友。好朋友嘛，事无巨细都要知道。”

犯人的语气里渐渐带上一种阴暗的热意。

“要是你们不想人质被杀，就在中午12点之前把上原真悟找来。要是下次打电话时上原真悟不在，那就意味着交涉决裂。后果跟四年前一样。”

犯人，抑或是游戏主人，再次发出窃笑声。

2

上原真悟坐在表参道十字路口附近一家咖啡店的靠窗座位上，他焦躁地反复看自己的手表。现在是上午10点43分，离约定时间只有2分钟了。为了缓解紧张感，他一口喝下杯中剩余的咖啡，一股恰到好处的苦味在口中散开。

真悟把喝空的杯子放回托碟后，深深地吸了一口气。他不喜欢自己这么紧张，简直就像初次约会的初中生。每月一次，每到这种时候，真悟都会陷入自我厌恶之中。

真悟侧头看了一眼窗户，玻璃上映出一个满脸疲惫、身穿皱巴巴的廉价西装的中年男人。这一年他瘦了很多，西装已经不合身，所以人显得特别寒酸。又因为脸上轮廓分明，颧骨和黑眼圈格外明显。

真悟一边深深地叹气，一边在脑子里考虑接下来的安排：在这里聊聊天之后，换到附近的寿司店去吃午饭，中间这段时间……

或许是因为紧张，真悟感到有些喘不过气来。他用手捂着胸口，反复进行深呼吸。过去的一年里，他一直在拖延，但今天不能不说了。

当真悟不经意地抬起头时，他感到手掌下面的心脏猛地跳了一下。在咖啡店门口，站着一位手里拎着纸袋的女性，正在环视店内。

挑染的浅棕色头发、稍稍下垂涂着眼影的双眼、口红鲜艳的薄嘴唇、牛仔裤上套件毛衣的随意打扮、高挑苗条的身材——她就是真悟的独生女儿上原优衣，不，现在已经叫水田优衣了。

优衣的视线犹豫不决，停在了举起一只手的真悟身上。她几乎面无表情地走向真悟，在他对面的座位上坐了下来。

“优衣，好久不见。最近怎么样？”真悟一边招呼优衣，一边收紧就要松弛的嘴角。

优衣稍稍点了点头，动作轻微到若不留心就察觉不到。然后，她拿起菜单，懒洋洋地看了起来。

“我要个勃朗峰蛋糕，饮料就要你们家的香草茶。”优衣对店员点完餐后，一言不发地看着窗外。

“勃朗峰蛋糕，听起来不错啊。优衣从小就爱吃。”真悟虽然感到很不自在，但还是找话说。优衣只动了一下眼睛，看着桌上的咖啡杯。

“真悟不吃点儿什么吗？”

“我不太喜欢吃甜食……一会儿还要吃饭呢。”

真悟无力地笑了笑。每次听到优衣叫自己“真悟”，他的胸口就会隐隐作痛。与妻子，也就是优衣的母亲离婚以后，优衣就开始叫他“真悟”了。

优衣最后一次叫“爸爸”是在什么时候呢？真悟搜索着记

忆，脑海里浮现出小学和初中时，优衣叫着“爸爸”跟自己嬉戏玩闹的情景。

他们本来是一对关系非常好的父女。在优衣上初中时，只要真悟不当班，两人就经常一起去唱卡拉OK。或许是由于父爱的盲目，真悟觉得优衣的歌唱能力实在令人惊叹。沉浸在女儿那透亮清澈的歌声之中，简直就是真悟至高无上的幸福。

虽然优衣进高中后与父亲开始有了一点儿距离，但比起世上其他一般的父亲与青春期的女儿，他们之间的关系可以说是非常亲密的。

他们本应该是一对理想的父女。可是，被自己一手毁掉了。

“今天去吃什么？”优衣的脸依然对着窗户，语调没有任何起伏。

“这附近有家不错的寿司店。我已经订了座位，可以吗？”

“寿司店？”优衣把视线转向真悟，似乎有些不可思议。

“优衣不是喜欢吃寿司吗？所以我才订的。”

“喜欢是喜欢，不过，这附近的寿司店不是很贵吗？没问题吗？”

“中午的话不是很贵。”

真悟的生活确实不算充裕。他从三年前开始当保安，工资绝对不算高。离婚时他把财产都让给了妻子，日常生活就靠这份微薄的收入来维持。不过，一年前，他得到了一份意想不到的额外收入。那笔钱几乎还没有被动过，所以，只要他愿意，还是可以奢侈一下的。

“那好吧。”优衣一边用手指拨弄着齐肩的头发，一边显得没兴趣地小声回答。这时，一位店员端来勃朗峰蛋糕和香草茶，优衣板着的脸松缓下来，拿起刀叉就开始切蛋糕。

真悟眯起眼睛。优衣把蛋糕送进嘴里时的那种幸福的神情，跟小学时一模一样。女儿成了大学生，头发染成浅棕色，化妆也有点儿浓，但还是有她不变的一面，这让真悟倍感欣慰。

“那个，大学怎么样？”

“什么怎么样？”优衣停下拿着叉子的手，没好气地说。

“我就是想问问学校好不好玩……”

“也没啥好玩的。我还只是个大二学生，没做什么了不得的事。”

父女之间横亘着厚重的沉默。真悟和优衣见面时，对话总是会这样停顿下来。优衣只是默默地把蛋糕送到嘴里，真悟看着面前的女儿，拼命找话题。两年前，真悟把用惯了的旧手机换成一部智能手机，其实他那么做也是为了制造话题罢了。优衣有次随便问了句：“你不用智能手机吗？”真悟第二天就去了一家电器店。在下一次见面的时候，优衣虽然口头上嘟囔着，但还是帮真悟设置了智能手机上的各种功能。

“这个……给你的。”优衣吃完蛋糕后，把放在地上的一个纸袋递给真悟。

“这是什么？”真悟接过来，手里沉甸甸的。

“真悟，你的生日快到了吧？”

“是吗？”真悟愣了一下。多亏优衣的提醒，真悟想起还有两周就是自己44岁的生日了。他没想到能够收到生日礼物。真悟看了看纸袋，里面是一套DVD，内容包括十多部经典老电影。在家观赏外国老片，是真悟为数不多的爱好之一。

“这个，是优衣选的吗？”

“不，是我妈妈要我转交给你的。”

“啊，是这样啊。妈妈还好吗？”为了不让优衣察觉到自己的失望，真悟的声音尽量显得开朗愉快。

“妈妈挺好的。全世界满天飞，她现在在东南亚出差。”优衣耸了耸肩膀。

优衣的妈妈水田亚纪跟真悟是高中同学，两人从高二那年开始交往。高中毕业后，真悟进了警视厅，亚纪则考上东京一所一流的私立大学。后来，真悟成为新宿警署的刑警，亚纪则进了一家大型电器企业从事销售工作。两人就在那时结婚，几年后有了优衣。为了专心带孩子，亚纪一度从公司请假，待在家里。那个时期，真悟怀着成为警视厅搜查一科特殊班刑警的目标，将全部精力投入搜查工作之中。至此为止，他们的夫妻关系堪称圆满。

可是，优衣上幼儿园后，亚纪重新回到公司。后来，真悟被调到特殊班，经常不在家。那以后，两个人面对面的时间越来越少，夫妻之间开始有了小小的裂痕。随着时间推移，裂痕逐渐扩大。到优衣进初中时，两人已经进入了家庭内分居的状态。

然后，就发生了那起事件。被击垮的真悟，完全不再关心家庭。靠女儿这个最后的纽带勉强维系的夫妻关系，没有经受住这致命的一击。

自离婚以来，亚纪从未送过礼物。今天的礼物，一定是因为亚纪知道了“那件事”之后对自己产生了同情心吧。

“喂，真悟，喂喂……”

沉浸在思绪之中的真悟，听到优衣叫他的声音，才回过神来。

“啊，对不起。我发了一会儿呆。”

“你怎么突然就不说话了呢？让人好不安啊。”

优衣噘着嘴，用手指把玩着挂在胸前的闪亮的星形吊坠。这是优衣情绪烦躁时的身体习惯。

真悟的嘴角浮出一丝微笑。钢笔、笔记本电脑、电子吉他、自行车……每年生日，优衣都慎重地考虑自己想要的东西，缠着爸爸买。这些礼物，优衣从来没有丢弃过，都很珍惜。特别是这个在她14岁生日时收到的吊坠，她尤其珍惜，至今还一直戴在身上。

这个吊坠，对真悟来说，感觉就像是他和优衣之间的纽带的象征。

这几年，他与优衣的关系有些别扭。可是，每月一次，优衣还是会像今天这样，和自己吃一顿饭。离婚时，真悟提出的唯一一个条件，就是每月要跟优衣见一次面。看到真悟那么拼命地哀求，亚纪深深地叹了口气，接受了这个条件，说“只要优衣不拒绝”。

不管女儿的态度多么冷淡，优衣和自己之间的纽带依然存在。所以，必须把“那件事”告诉她。真悟下定决心，盯着优衣的眼睛。

“优衣，我有件事想说给你听。”

“什么事啊？这么严肃的样子。”优衣的脸上闪过一丝轻微的紧张感。

说，说呀，现在就说！就在话已经涌到真悟喉咙的时候，他的裤袋里响起了爵士乐。

“电话……你的电话响了。”优衣有些尴尬地提醒他。

怎么偏偏这个时候来电话？到底是哪个家伙！真悟从口袋里取出手机，想把电源关掉。可是，当他看到手机屏幕上显示的名字时，正要按下电源键的拇指不由得停了下来。

加山枫。真悟的脑海里浮现出一个留着齐肩黑发的女性的身影。

怎么会是枫？自己与她已经很久没有联系了。

“你不接电话吗？”优衣奇怪地问。

“你等等。”真悟站起来，快步走向咖啡店门口。出店之后，他按下通话键。

“好久不见，上原先生。”

电话里传来熟悉的声音，让真悟有些情绪不稳。

“是枫啊，什么事？”

“上原先生，有件事要拜托你。”

枫的声音很生硬，让真悟感到有点儿不对劲。以前当他们两人单独说话时，枫不叫他的姓“上原”，而是称他的名“真悟”。

“现在正忙。等晚会儿再打来，好不好？只要两个小时……”

“不，请你现在就听！”枫急切的声音震动了真悟的耳膜。

“发生了什么事？”

“东京都内有个女高中生被绑架了，现在判断是勒索绑架事件。”

“喂，等等，你怎么能把这种信息泄露给我？”真悟提高了声音。处理以牟利为目的的绑架案时，信息管理是最起码的工作。

“这是得到了指挥本部的许可的，因为我们需要上原先生的协助。”

“你在说什么？我已经不是刑警了。”

“这是绑架犯的指示，要求把上原先生叫来。”

“开什么玩笑！无论如何，我再也不想卷入绑架案了！”

真悟的音量更大了。他相信枫能够理解，四年前，枫比谁都更近距离地看到自己崩溃下去的样子。

“游戏主人……”

听到枫阴郁的喃喃低语，真悟打了个寒战。

“刚才……你说什么了？”真悟感到想呕吐，用手捂住嘴角。

“游戏主人，上原先生。绑架犯自称游戏主人。”

“肯定是模仿犯。游戏主人已经死了。”

“我知道……我也是这么想的。可是，这次犯人连上原和我的名字都知道。说不定……”

游戏主人还活着？一阵强烈的晕眩感向真悟袭来。

三年前，因嫌疑人桃井一太自杀身亡，该案材料被送到检察院，高轮台女初中生绑架杀人案就此告一段落。可是，如果桃井一太不是真凶呢？如果游戏主人还活着，又再次出动了呢？……

在真悟的内心深处，此刻有一股热潮在升起。他从记事开始，就对刑警充满憧憬。四年前，在那起事件发生之后，真悟辞去了警察职务，一直独自追踪游戏主人。这是因为，他感觉如果不这么做，自己就不再是一名刑警。真正让真悟感到自己不再是刑警、变得空空荡荡的，不是辞去警察职务的时候，而是桃井一太自绝性命的时候。

从那一天开始，真悟一直靠惰性苟活着。可是……

或许我还能再次做回刑警。真悟压抑着自己的兴奋，开了口："我该去哪儿？"

他听到枫紧张的声音。"谢谢你。被害人家的地址是港区白金一丁目……"

真悟把地址记在脑子里后，说了句"我在30分钟内到"，就挂掉了电话，把手机塞进裤袋里。他用手从衬衫外面摸了摸胸口，发现心脏的跳动传到掌心。我还活着。久未有过的活着的实感，让他的体温也升高了。

"真悟，怎么了？"

听到背后传来声音，真悟慌忙转过身。优衣站在他后面。

"发生什么事了？你一直不回来，所以我来看看。"

看到优衣的不满，真悟的脸颊抽搐了一下。当他听到游戏主人这个名字的瞬间，连优衣的事也从他的头脑里消失了。

"对不起，优衣，突然有件重要的急事。你用这个帮我把钱付了吧。"

真悟一边耸耸肩，一边从钱包里取出一万日元的钞票递给优衣。优衣接过钞票，定睛凝视了一会儿真悟的脸庞，然后爽快地点点头。

"好，明白了，那就下个月见。"

"这样就行了吗？今天还让你专门找时间来。"

"没事的，我白得了这笔零花钱呢。前些天辞掉了家教，最近正好有点儿缺钱。何况……"

优衣晃了晃手里的一万日元钞票，她那涂着鲜艳口红的嘴唇微笑着。

“真悟，好久没看到你的脸这么有生气了，就像你当刑警的时候一样。”

3

滂沱大雨中，真悟茫然地站在河堤上。他没有打伞，一双空洞的眼睛直直地盯着前方。河岸上，有许多身披雨衣的人来来往往，他们中大部分是法医搜查员。前一天，真悟听从了一个自称游戏主人并绑架了一名女初中生的犯人的指令，跑遍了东京；第二天傍晚，他久久地伫立在荒川河边。

前一天晚上，当真悟在代代木公园接到犯人的最后一通电话后，他倒地不起，随即被送进医院。重度脱水和过度奔跑引发了他膝盖的严重炎症，必须住院治疗。可是，一个小时前，他收到了一名刑警同事的电话。听到电话后，真悟不顾主治医生的制止，坐上出租车，来到了荒川河千住桥旁边。

大部分搜查员都聚集在这座大桥的下面。真悟摇摇晃晃地走下通往河岸的台阶。他的膝盖肿胀得很厉害，每走一步，剧痛便传遍全身。真悟缓慢地下了台阶，走向雨水泥泞的河岸。随着自己一步步接近大桥，真悟的心跳在加速。

真悟向一名身穿制服的警察出示了警察证后，穿过了黄色禁区线。几米开外，是一排穿着雨衣的搜查员的背影。其中一人也许是听到了真悟的脚步声，回过头来。此人眼皮浮肿，蒜头鼻因为喝酒过多而终年通红。真悟认识他——警视厅搜查一科杀人班的刑警，名叫重野。

今天早上，鉴于与绑架犯失去联系已经超过半天，设置在高轮警署的指挥本部解除了报道禁令，改为公开搜查。与此同时，主要负责搜查工作的部门，也从特殊班变成了杀人班。

“喂，你来这儿干什么？”重野用充满威压感的声音对他大喊，“已经不是你该出来的时候了。你不是在住院吗？快滚回去！”

其他搜查员也回过头来。众人的视线刺痛了真悟被雨淋打着的身体。

真悟默默地挪动脚步。前面的搜查员给他让路。他从缝隙间望去，当眼前的光景映入他的视网膜的瞬间，时间仿佛停下来了。

桥岸旁边有人倒在地上，是一个穿学生制服的小个子女孩。朝着真悟的脸上满是污泥，面庞因痛苦而扭曲，从下巴到胸前沾着一片暗红色的东西。女孩的喉咙，被割出一道大口子，好似另一个张开着的嘴巴。

“都是因为你，因为你没赶到。”重野在真悟耳边低声嘀咕。

都是因为我……是我让这个孩子被残害成这个样子。真悟的脑海里浮现出被害人父母拼命祈祷女儿平安的身影。他当场双膝跪地，两手抱着低垂的脑袋。这时，他耳边传来一声悲痛的喊叫。真悟一时没意识到，这声喊叫是从他自己嘴里发出的。

真悟两手抱头，微微抬起脸，看了一眼女孩的尸体。女孩的双眸已经失去了光彩，变得混浊，仿佛充满怨恨地凝视着他。

“喂，先生，是不是这儿？”

出租车司机的声音，打断了真悟在记忆中的徘徊，把他拉回到现实世界里来。与女儿优衣分开后，他立即叫了辆出租车，前往枫告诉他的地址。

“应该就是这儿吧。”司机指着车窗前面说。顺着司机手指的方向可以看到一栋被高墙围起的洋房。

“好，我就在这儿下车。”付钱下车后，真悟抬头看了看那栋洋房。四年前的记忆再次涌上脑海。

真的要去那儿吗？明知可能会重复四年前的经历。犹豫不决的真悟的耳里，又响起了“任务未完成”的声音。

游戏主人。应该在三年前已经死掉的绑架杀人犯，现在还活着。如果这是真的，除了我以外，没有人能抓到他。只有我，为了追踪他，放弃了人生的一切。真悟内心深处的火焰被点燃，烧去了他心中的纠结与犹豫。

这是机会。真正意义上的最后一次机会。抓住那个杀人犯，夺回失去的人生——我不能眼睁睁地放过这次机会。

为了鼓舞自己，真悟吐了一口气，然后绕到洋房的背后。在这之前，他在出租车里再次联系了枫，收到了从后门进去的指示。

走到后门前，一个身穿西装的年轻男子来开门，引他入内。

“你是上原先生吧？我是特殊犯搜查班的若林。这边请。”

真悟点点头，跟在若林后面，边走边观察他。年龄30岁左右，作为特殊班的刑警，还很年轻，应该是最近一两年才调来的。

特殊班的刑警通常是从各地警署内，在业绩突出的刑警中选拔出来的。真悟之所以能调到特殊班，也是因为他十年前在新宿警署刑警科工作时立下过一份重要功劳。那时，他抓获了一个贩卖新型合成大麻的组织的总头目，使该组织被一网打尽。

真悟被若林带进客厅。房间里有四个人。真悟首先看到并肩坐在客厅桌旁椅子上的一对中年男女。应该是被害人的双亲吧。两人面色苍白，表情悲痛。身材瘦小的母亲低着头，而体格魁梧的父亲用锐利的眼光看着真悟。

真悟对他点了点头后，将视线从两人身上移开。他看到一个面容严厉的大个子男人，盘腿坐在沙发旁边的矮桌前面。

那是我那霸？真悟的表情顿时显得不愉快。或许因为有同一时期调到特殊班的竞争意识，真悟与我那霸相处得并不好。我那霸用带有敌意的眼光看着他。辞职已经四年的真悟，又来参与重大绑架案的搜查，这也让我那霸感到不爽吧。

真悟再往前移动视线，看到窗前站着一个人，他咬了咬臼齿。

“好久不见，上原先生。”枫用平淡的语气招呼了他一声，轻轻地点了点头。不过，她的嘴角在微微地颤动，这一动作没有逃过真悟的眼睛。

三年前最后一次看到枫的时候，她的头发还是齐肩的，但现在已经剪成清爽的短发了。她似乎比印象中瘦了一点儿，但那双意志坚定的双眼皮眼睛、好看的鼻子和小巧的嘴唇，都与记忆中的一模一样。

“上原，你瘦了不少啊。怎么，头发也变薄了？”我那霸过来招呼真悟。

“你还是这么胖，我那霸。头发变薄是彼此彼此吧。”上原回敬他这么一句。我那霸大声地咂了咂舌头。

真悟把四周打量一遍之后，慢慢走到那对夫妇旁边。

“初次见面，我叫上原真悟。你们是被绑架的孩子的父母吧？”

“我叫佐和好继，这是妻子真奈美。”男子做着自我介绍，同时用审慎的眼光盯着真悟。

“发生这么意想不到的事件，我能体谅您的心情。”

“犯人为什么要点名叫你呢？刚才听这位刑警说，你不是已经在几年前辞掉刑警职务了吗？”

“对，我四年前就辞职了。犯人为什么要点名叫我，我也不知道。”

听到真悟的回答，好继猛地站起来：“不知道？不知道就完事了吗？这可是关系到我女儿性命的事！要是我女儿出了什么事，你怎么负责？”

好继对真悟怒目而视，大声怒吼，但真悟只是冷静地观察着眼前的这位男子。

一般来说，当一个人处于家属被绑架的极限状态下时，他平时戴着的假面会被摘掉，露出本性。这个佐和好继，看来平时就习惯于对他人发号施令，而且容易冲动亢奋。要是在这种人面前示弱，他很可能会用各种方式来干涉搜查工作。

“对不起，我不承担任何责任。”真悟明确地说。

“什么？”好继一时语塞。

“就像你刚才说的，我已经辞去了警察的职务。对这起事件，我不需要承担任何责任。我只是出于善意，应警察的请求来配合协助而已。”

“可是，犯人要你……”

“我并不知道犯人的意图何在。不过，在绑架事件中，不拒绝犯人的要求是一个重要的原则，这就是我来到这里的原因。虽然我已经不是刑警，但作为一个普通市民，也希望你女儿能够得救，为此我会不遗余力地帮助你们。为了救出你们的女儿，也请你们协助搜查工作。”

真悟两眼盯着好继。

“好，明白了。请多关照。”沉默了十多秒后，好继低下头去，再次无力地坐回椅子上。

真悟总算让这家主人接受了自己，之后，他就可以参与搜查工作了。然后，真悟把视线从好继转向枫。

“犯人说他会再打电话过来吗？”

“是的，说是中午12点打来，要我们在那之前把你叫来。”

中午12点？真悟扫了一眼手表，现在是11点28分。

“夫人，有件事想请您帮忙。”

真奈美听到真悟叫她，迟缓地抬起头来。

“如果您不介意的话，能否让我看看您女儿的房间？”

“要看女儿的……房间吗？”

“是的。在绑架事件中，犯人其实就在身边的情况为数不少。通过察看房间，也许能发现一些犯人的线索。”

“明白了，我带你去。”

或许是“犯人的线索”这几个字触动了真奈美，她急忙起身，朝房间小跑过去。真悟正想去追，却被站起身来的我那霸抓住了肩膀。

“你想干什么？你就老老实实地给我在这儿待着！”我那霸低声叫住真悟，并注意不让佐和夫妇听到。

“我已经不是刑警了，想怎么干就怎么干。要是不给我自由，我就拒绝协助。那为难的可就是你们了。”

趁我那霸语塞之际，真悟甩掉那双抓住自己肩膀的手，跟着真奈美来到走廊上。真奈美带他走过走廊。

“夫人，可以问一下您女儿的情况吗？”两人并肩走着的时候，真悟问道。

“好的。”真奈美声音微弱地回答他。

“您最后见到女儿是什么时候？”

“昨天下午5点左右。那时，奈奈子正要出门，我跟她说了几句话。”

“也就是说，昨天晚上您女儿没有回家？”

“是的。今天是她们学校的建校纪念日，放假没课。女儿说要去朋友家住一夜，一起复习考试。所以，我以为她就在那个同学家。我要是确认一下就好了……”真奈美用手捂着嘴，走上大门玄关旁边的楼梯。

“请您不要责怪自己，您没有任何责任。”真悟一边安慰她，一边在头脑中整理整个事件的经过。按母亲现在所言，佐和奈奈子是在昨天下午5点到今天早上之间被绑架的。

真奈美上到二楼，推开走廊右手边的门。

“这就是奈奈子的房间，请看。”

“谢谢。可以让我一个人单独看看吗？”

真奈美点点头。真悟看到她下了楼梯之后，才关上门，开始环顾整个房间。

房间相当大，起码有10张榻榻米大小吧。书架上有很多少女漫画，引人注目。墙上贴着几张大幅海报。书桌上的相框里有她和几个貌似是她朋友的女孩的照片。

真悟走近其中一张海报，在色彩鲜艳的图纹中，浮现出一个手持吉他和麦克风的人物剪影。在海报中间，有几个斜着写的潦草的字——“YUMEKISS”（梦之吻）。这是一个乐队的名字吗？

就在这时，门被推开，枫探进头来：“你在干什么？”

“我说了，我在看能不能找到一点儿犯人的线索。你有什么事？”

“我那霸让你回到楼下去。他说绑架犯有可能在12点以前打来电话。”

“要是在指定时间之前打来电话，那就证明这次犯人不是游戏主人。那家伙对时间准确的要求异常严格。要是犯人不是游戏主人，那也就用不上我了。”

“真悟，你还是被笼罩在游戏主人的阴影里。”枫有些悲哀地喃喃低语。

当他听到枫时隔多年叫他“真悟”时，他的心脏微微地颤动了一下。一瞬间，他的头脑中掠过一个苗条健美的女性裸体，随即他又轻轻地甩了甩自己的脑袋。

真悟与枫之间开始发生肉体关系，是在那起事件发生的半年前左右。五年前，枫调到特殊班，身为主任的真悟被指定当她的指导教官。那时，真悟与妻子实际上已经分居，枫也与交往多年的男友刚刚分手。于是，就在真悟对枫时而严厉时而温柔的训练过程中，两人之间逐渐产生了情愫。

为了不让别人看破两人的关系，他们约会时非常小心翼翼，力求避人耳目。真悟在心中隐隐约约地想象着，等优衣成年后就与妻子离婚，然后和枫组成新的家庭。直到那起事件发生。

四年前，枫试图帮助被击溃的真悟，但真悟拒绝了她的心意。他不能原谅没能救出那个女孩的自己。渐渐地，两人之间距离越来越远。从桃井一太自绝性命以来，三年间他们几乎失去了联系。

“这三年，你都怎么过的？”枫的低声询问，摇动着房间里的空气。

“活着，仅仅是活着。”真悟自虐般答道。除此以外，他找不到别的词语可以表达他这三年的时光。

仅仅靠惰性活着。正因为如此，当他知道“那件事”时，在感到绝望和恐怖之前，他甚至得到一种解脱感。

“枫，你怎么样？”

“老样子，天天训练。经历了7次劫持人质事件、4次勒索企业事件、2次绑架事件……全部都解决了。另外，有了男朋友。”

“是吗？那就好。”

真悟浮起有点儿僵硬的笑容，点了点头。自己明明已经没有那份资格，却有那么一瞬间对枫动了一下念头，他为自己感到有点儿羞耻。

“这次的犯人，你真的觉得是游戏主人吗？”真悟表情严肃地问。

枫脸上的笑容也顿时消失："不知道。一开始我觉得是模仿犯，但对方不但知道四年前我在被害人家中，还指名要把你叫来。"

四年前的那起事件，游戏主人要求所有在被害人家中的刑警都说出自己的名字。指挥本部发出指示，使用假名可能会危及人质安全，所以，包括真悟和枫在内，所有刑警都报了真名。

"仅凭这一点，还不能断定他就是游戏主人吧。尽管特殊班负责的事件都严格保密，但现在是网络时代，什么信息都能在网上找到，你永远不知道信息会从哪儿泄露出去。另外，如果是参与了那起事件的搜查员，知道也不足为奇吧。"

"你是说，这次事件的犯人在四年前参与搜查的人员中吗?!"

"我说的只是可能性。我们需要考虑一切可能性。"

"你到这个房间来，也是为了考虑某个'可能性'吗?"

"对。这次事件，会不会是一场精心策划的假绑架?"

"被绑架的可是个高中生啊。"枫皱了皱眉头。

"高中生也算是半个成年人了。他们一方面已经学到了各种知识，另一方面有时又会缺乏理智。比如，本来是想离家出走，顺便再从父母那里骗走一笔钱。有孩子动这种念头，也没什么不可思议的。"

"不太可能吧。"

"我只是在探讨可能性的问题。当然，犯人就是真正的游戏主人——这种可能性也包含在内。"

"这么一来，那桃井一太就不是真正的游戏主人了。"枫阴郁地嘀咕。

桃井一太，家住东京荒川区，无业，死时年龄22岁。桃井从小就热爱刑警侦探类电视剧，立志成为一名刑警。高中毕业后参加警视厅的录用考试，未被录取。在那之后，放不下梦想的他逐一参加日本国内每一场都道府县的警察录用考试，均告失败。

梦想破灭后的桃井一太，把自己关在父母名下的公寓楼的一间小屋里，开始了每天在网上诅咒谩骂警察的生活。但他逐渐不再满足于此，便用很长的时间策划了一个周密的绑架计划，实施他对警察的复仇。他开着父母的面包车，绑架了一个从补习班回家路过公寓的女初中生，在对拼命营救人质的警视厅极尽嘲讽玩耍之后，杀了人质，把尸体抛在荒川河岸。

这就是迄今为止警视厅对事件经过做出的推断。但现在，桃井一太只是替罪羊的可能性突然浮现出来。房间笼罩在沉重的沉默之中。

“该下去了。”枫小声说，“离12点只有15分钟了。”

“好吧。”真悟和枫一起出了房间。

我真的希望游戏主人还活着吗？我希望这次事件是游戏主人策划的吗？

没有人能回答真悟的疑问。

就在墙上挂钟的长短针刚刚重叠在时钟顶端的瞬间，电话铃声震动了室内的空气。12点准时打来的电话，电话那头毫无疑问是犯人。坐在矮桌前的真奈美，一边把手伸向话筒，一边不安地环顾四周。

“不要紧。就按我们商量好的去讲。”戴着耳机的枫对真奈美说。

真奈美紧张地点点头，拿起话筒。

“喂，我是佐和。”

“哟，夫人，你还好吗？”

经过变声器转换的高亢的声音，传到真悟耳朵上的耳机里。四年前的记忆被唤醒，真悟咬紧臼齿。

从接到案件通报到现在，已经过去了将近三个小时，搜查的准备工作已经就绪。与犯人的通话，不但要被录音，还要通过无线电传到设在高轮警署的署内礼堂里的指挥本部，和设在警视厅大楼六楼刑事总务科里的对策本部。另外，特殊班的搜查员也待在NTT的支店里，和那里的技术员一起，做好了逆向追踪的准备。

“钱已经准备好了。快把奈奈子还给我！”

“夫人，不用那么着急嘛。赎金准备得这么快，值得表扬一下，不愧是社长。不过，我要求的不只是这个吧。”

听到犯人的话，真奈美的视线慢慢地移到真悟身上。

“叫来上原真悟了吗？要是那人不在，我就杀了你女儿！”

犯人突然怒吼起来。音量高得让变声器出现了颤噪[1]现象，发出尖厉刺耳的声音。

“叫来了，叫来了！千万别对奈奈子动手！”真奈美叫了起来。

1 电子管在受到外力影响时产生的振动，这些振动会转换成电信号，从而产生噪音。——编者注

“那就好。对不起，吓到你了。”犯人的声音一下子变得像猫咪一样。

很像。真悟听着耳机里传来的声音，点了点头。

因为是经过变声器处理了的声音，听起来像是理所当然，但相像的不仅是声音。从电话那头传来的氛围感，也与四年前的犯人极其相似。

那时的游戏主人，不知是有意伪装还是本性如此，时而发怒，时而高兴，情绪很不稳定。

“上原，我知道你在听我说话，来跟我说说话嘛。你要是不来，奈奈子那可爱的脸蛋就要被划伤了哟。”

犯人说这话就像在唱歌。真奈美喘着粗气，把话筒递给真悟。真悟踌躇一下后，接过话筒，用沙哑的声音说了声“喂”。

“嘿，上原，好久不见了。又能跟你说话，我可太高兴了。”

“你是游戏主人吗？”

“是啊。没听出我的声音吗？也难怪，机器处理过的声音，没法听出来。”

“……你还活着？”

“什么？连上原也以为桃井一太就是我吗？那家伙就是颗棋子，一颗为了让游戏能进行下去的过河就扔的棋子。我只是跟他说，可以帮他向警察报仇雪恨，他就什么事都听我的。那家伙确实绑架了一个女孩，把她关起来，最后还把尸体丢在河边。但他干的就是这些，指挥那个游戏的，全部都是我。当然，也包括把那个可怜女孩的喉咙割断这件事。”

真悟的脑海里浮现出那女孩被割裂的颈部的情景，不禁用手捂住了嘴。

“怎么了，上原？怎么就不说话了？喂，你在没在听？”

“我在听。——你为什么要叫我来呢？”

“当然是想跟你再玩一次啦。上次跟你玩得太痛快了，所以，我把你的老底查了个遍。我会给你看证据的。”

突然，电话被挂断了。真悟睁大眼睛。

“喂，怎么回事？喂喂！”真悟拼命地喊，但从话筒那头传来的只是嘟嘟嘟的电子声。

“电话怎么断了？”戴着耳机的我那霸，声嘶力竭地叫。

“我怎么知道！”

“你以为说句不知道就没事了吗？证据？什么东西？”我那霸脸色涨得通红，把耳机摔在桌子上。

“我还想问呢！这到底是怎么回事？”

真悟说到这里，感到右边腰部传来一阵震动。真悟慢慢地从口袋里取出手机。屏幕上是“来电号码不显示”的字样。

真悟按下“通话”键，把手机拿到自己脸旁。

“吓你一跳！”一个高亢的声音震动着他的耳膜。

“你、你是……游戏……主人？”

当真悟声音颤抖地说出这个名字时，枫、我那霸、若林三人都瞪大了眼睛。

“是啊，就是我。吓了一跳吧？”

“你……怎么会知道我的手机号码？”

“我说了，我把你的老底查了个遍。上原，你辞掉刑警的事、离婚的事、现在在当保安的事，我通通掌握了。另外，包括你想隐瞒的事在内。”

真悟只觉一阵晕眩。这到底是正在发生的事，还是因为自己被游戏主人的阴影笼罩得太久而做的一个梦？他已经开始分不清现实与梦境的边界了。

“对了，你刚才叫我游戏主人。你相信了我是真正的游戏主人吧？”

“那、那个……”真悟结结巴巴，话还没说出来，他就听到电话那头传来一句喃喃低语。

“任务未完成。”

“你刚才……说了……什么？”真悟感觉全身汗毛都竖了起来。

“四年前，我说的最后一句话。你还记得吧？”

真悟当然不可能忘记。四年来，这句话不知道在他耳边响起过多少次，给他带来过多少噩梦。游戏主人说的最后这句话，真悟既没有写进报告书，也没有对任何人讲过。两人之间的这场对话，知道的只有自己和对方……真悟确信：电话那头的人，就是游戏主人，四年前嘲笑戏弄警察并割断那个可怜女孩喉咙的杀人犯。

“看来你终于相信我就是游戏主人了。好，我该来说明游戏规则了。我想让在场的其他刑警都能听到，麻烦你打开电话的扬声器吧。”

真悟表情僵硬地按照犯人的指令做了：“我已经打开了。”

“谢谢你，上原。那好，现在就给你第一个指令。在下午2点之前，把装有赎金的背包带到池袋的淳久堂书店总店。到了

2点，我再给这个手机传达指令。要是不按我的指令行事，很遗憾，我就杀掉人质。好嘞，任务开始！”

犯人欢快的声音震乱了客厅的空气。

4

“你还不走吗？”客厅里响起佐和真奈美尖厉的声音。

真悟坐在沙发上，双臂挽在胸前。他瞟了一眼手表，现在是12点35分。距离收到游戏主人发出的第一个指令已经过去30分钟左右了。背包里已经装好赎金，那些钞票的号码已经被记录下来，并被涂上了能发出黑光的隐形涂料作为标识。万事皆备，真悟随时可以向指定地点出发，但他现在还留在白金的佐和家待命。

“别担心。从这儿到池袋只要30分钟左右。我们现在正在做准备，以便犯人一现身就能把他抓住。”

枫耐心地解释说明，但真奈美拼命地摇头。

“要是途中发生什么意外怎么办？你快点儿去啊，快点儿！”

“吵什么吵，别闹了！”坐在真奈美旁边的好继生气地喊道，“都是你娇惯奈奈子，才有了今天这种事。我一出差，你就让她……”

“现在还说这些做什么？”真奈美用双手捂住耳朵。好继大声地咂了咂舌头，胡乱地抓挠头发。

真悟一边呼吸着室内沉闷的空气，一边注视着无线电接收机。真奈美说得对，不知道途中会有什么意外，当然是尽早出发为好。可是，指挥本部还没有发来前往池袋的指示。

这并不是因为与指挥本部的联系中断了。逮捕犯人的准备工作正在进行，对刚才的恐吓电话的逆向追踪已经成功——这些联络他都已经收到。

恐吓电话是从新宿中心附近的基站中转来的，这一点指挥本部已经掌握，但要从基站更详细地锁定犯人的所在地却非常困难。虽然犯人的电话号码已经确认，但不太可能从中获得什么线索，因为犯人肯定用的是在别人名字下的预付费手机。

“还没来指示吗？”真悟走近守候在警察专用无线电接收机前面的我那霸，小声地问。

“说是再等等。”

真悟把手放在胸前，回答了声“是吗”。他努力让自己保持冷静，但心底却积聚着焦躁感。指挥本部的指示实在太慢了。

“上原，你不会真的在准备去送赎金吧。”我那霸低声说，“你都已经不是刑警了，这么重要的任务不可能交给你。”

指挥本部肯定也在为这件事争议不休。真悟挠了挠太阳穴。

“与其你去送，不如让我来干。”

真悟没有回应，我那霸对他的沉默感到不耐烦，便把手搭在真悟的肩上，瞪眼盯着他。真悟抓住他的手，嘲讽地撇了撇嘴说。

“你那身肉，跑得动吗？你膝盖没问题吗？”

我那霸在中学时代参加过柔道部，还出席过全国高中校际比赛，因为他那90公斤的体重和长年的高强度训练，在膝盖处留下了隐患。与他相反，真悟在高中时就是一名活跃的中长跑田径选手。

无言以对的我那霸，大声地咂了咂舌头，又回到无线电接收机前盘腿坐下。

其实我现在也不是那么能跑了吧。真悟在心中嘀咕。

在四年前的那起事件中，游戏主人发出指令要刑警跑着去送赎金。为此，长跑能力最强的真悟被指派为搬运人。其后，游戏主人不断更换交钱地点，从品川、秋叶原、上野、高田马场、新宿到银座，要真悟在他规定的时间内送到。

因为犯人可能在目的地附近监视他是否用了车辆，所以真悟不得不用自己的双脚在东京城区内不停地奔跑。

但这一次，游戏主人对移动方式并没有给出什么指令，或许是因为对方已经把握到了真悟的身体不能再长时间奔跑的信息。

“上原先生，你没事吧？”我那霸刚走，枫便过来问。

“嗯，还好。”真悟轻轻地点点头。

“你真的觉得犯人就是游戏主人吗？”枫压低声音问。

“有可能。因为他说出了只有我和他才知道的话。”真悟把这件事也报告给了指挥本部。

“上原，这次你也准备去送赎金吗？”枫的脸上闪过一丝阴影。

真悟费力地动了动面部肌肉，勉强地笑了笑：“这是那家伙点名要求的啊。当然，没有指挥本部的许可，我也不能随便动。”

“指挥本部的联系……也太慢了。”枫把目光转向负责无线电通信联系的若林。

“对了，现在特殊班的担当管理官是谁啊？”

“担当管理官吗？是近卫警视。”

“噢，是近卫啊？那就没问题了。”

真悟的嘴角浮起一丝微笑。近卫是四年前那起事件时特殊班里的组长。他现场经验丰富，在特殊班待过的时间也很长，跟真悟的关系很好。

警视厅搜查一科下设32个组，领导层由搜查一科科长1名、担任参谋的理事2名以及管理官16名构成。

搜查一科里设有两个特殊犯搜查班，分别负责以谋取赎金为目的的绑架事件和非牟利目的的人质劫持事件，这两个班由1人担任管理官负责指挥。在像这样的以牟利为目的的绑架事件中，特殊班的担当管理官会守在指挥本部，作为抓捕犯人这个最重要的工作的负责人，协助手下的干部们完成任务。

“要是近卫在那儿，我就能去追那个家伙。”真悟点点头，看了一眼墙上的挂钟。

那些人到底在磨蹭什么呢？近卫司坐在房间中间用几张铁桌子临时搭起的办公台前面，轻轻地咂了咂舌头。

这次事件的指挥本部设置在高轮警署内的礼堂里，礼堂尽头有个主席台，刑警部部长、搜查一科科长、搜查一科参事官、法医科科长等被搜查员们暗地里称为“幕僚”的警视厅刑警部的干部们，此刻都聚集在那里，似乎在商讨着什么。

你们不下决断，我们没法行动啊！近卫一边向负责无线电通信的搜查员下达传给犯人抓捕队的指示，一边向幕僚们投去不耐烦的视线。

与其他重大案件相比，在勒索赎金的绑架事件上需要动用的警察人数多出了一个数量级。为了救出人质并抓捕犯人，出动千人左右是理所当然，有时会达到近三千人。调动并指挥数量如此庞大的警力，就是主席台上的幕僚们的工作。

“抓捕队，已经到达池袋，正在前往淳久堂书店。”

“收到。一到书店，就分散到各个楼层，监视可疑人员。”

近卫一边对传来的报告回复指示，一边用手抹了抹脖子，手背上顿时沾满黏糊糊的汗水。礼堂里的空调虽然已经是最大功率，但足足有一百多个人挤在里面，礼堂内的空气让人感到很不舒服。

在绑架事件中，搜查员们的任务分为抓捕犯人、追踪犯人、安抚受害人家属、识别犯人、逆向追踪、勘查现场、管理器材等多个类型，这些任务多由搜查一科的担当管理官来分别担任负责人。其中，因为安抚被害人家属、逆向追踪和抓捕犯人这几项尤其重要，所以主要由接受过长年绑架事件训练的特殊班刑警来承担。当然，统领他们的担当管理官，也是对绑架事件有丰富经验的人物。

近卫在升为担当管理官以前，长年在特殊班当刑警，对绑架事件经验丰富，所以这次顺理成章地成为抓捕犯人的负责人。

其实，如果是对绑架事件已有经验的担当管理官，不需要等候幕僚们发出指示，自己在一定程度上也能把该做的工作做了。事实上，负责逆向追踪的担当管理官，已经完成了对犯人电话的逆向追踪，连对上原的手机的逆向追踪也已经准备到位。可是，如果担当管理官经验尚浅，情况就不会这么顺利。

“还在待命，方针还未……”“再等等……”“就算到了丰岛区，也不知道该怎么办呀……”

近卫听到几个管理官在高声大喊。那些是从人事及行政部门调到搜查一科来的，因为缺乏现场经验，他们已经开始进入混乱状态。

近卫作为抓捕犯人的负责人，已经让由特殊班刑警为中心组成的犯人抓捕队前往淳久堂书店，同时还下达了让另一班人马在池袋附近随时待机的指示。另外，他还在池袋配置了一支被称为“蜥蜴”的摩托车队。

部分“蜥蜴”摩托车手已经抵达书店。他们传来现场报告，说书店人多，很方便搜查员潜入其中。在近卫的指挥下，抓捕犯人的人员配置进展顺利，他此刻却颇感焦躁，因为他还不能把最重要的指示下达给搜查员——如果发现了疑似犯人的人员，是当场盘问还是尾随跟踪？如果犯人是单独一人，当然就当场盘问，必要时就地逮捕；但如果是两人以上的团伙犯罪，则应尾随跟踪，找出藏身窝点。这种重要的决断，需要征求幕僚们的判断。可是，距离接到犯人的指令已经过了30分钟，幕僚们还只是在表情严肃地商讨着什么，不能下决定。

近卫大致能够推测到搜查方针无法决定的原因——对于必须首先决定的第一件事情，幕僚们的意见就已经发生了分歧。近卫深深地吐了一口气，大步走向主席台。

“但他已经不是警察了！失败了谁负责？”

“上原本就是很优秀的刑警……”

“四年前的失败，就是因为他……”

随着近卫走近主席台，幕僚们的说话声传到他的耳朵里。他咂了咂舌头。果然不出所料，幕僚们在争论是否应该让上原去送赎金。

“近卫，你有什么事？”一名参事官注意到近卫在朝这边走来，便向他问道。

“抓捕队的配置，很快就会完成。”近卫声音洪亮、充满信心地报告进展。

“明白了。让抓捕队再等等。我们的指示很快就会下达。”

“还要等多久？”

参事官的话音刚落，近卫就用尖锐的声音追问道。参事官面带疑惑，眯起眼睛说：“你这话是什么意思？”

“因为搜查方针决定不下来，现场已经开始出现混乱了。距离犯人的最后一次来电已经过了30分钟，你们的指示什么时候才能出来？”

“嚷什么！马上就要决定了，别来扰事！”另一个戴着眼镜、名叫角田的参事官，歇斯底里地冲着近卫大叫。

“你用‘马上’这种暧昧含糊的回答，让我们下面这些人怎么办？”近卫用尖锐的声音回敬过去，角田歪着薄薄的嘴唇，无话可回。其他幕僚也睁大眼睛看着近卫。

近卫乘机接着说：“让上原真悟去送赎金吧。”

“那人已经不是警察了。让那种人去干，万一出了事谁来负责？”

角田的嗓门本来很大，但在近卫严厉的视线注视之下，声音渐渐低下去了。

“谁来负责之类的问题，等事件解决之后再考虑吧。当务之急是把人质救出来——我说错了吗？”

“你是说，让那个上原真悟去送赎金是最好的办法吗？”

说话的人是城之内，搜查一科科长，这次搜查工作的总负责人。他声音洪亮地向近卫发问。城之内在警视厅搜查一科当刑警时破获了多起案件，去年刚就任搜查一科科长。近卫虽然感到这位科长气势压人，但还是点了点头。

“我在特殊班跟上原共事了近五年，他真的非常优秀。虽然他已经辞去了刑警职务，有段空白期，但完成这次任务应该是没有问题的。而且，绑架事件的基本原则就是不拒绝犯人的要求。我也不知道这次犯人是否就是四年前的游戏主人，但他对上原很固执，这是毋庸置疑的。要是不让上原去送赎金，人质的生命安全会受到威胁。”

近卫说完后，紧张地等待城之内的回答。

城之内表情严肃，沉默了几十秒钟之后，开了口：“运送赎金的事，让上原真悟去做，就这么定了吧。”

听到搜查一科科长的话，幕僚们纷纷点头表示同意。角田也只好无奈地跟着点了头。

“让上原真悟立即前往池袋。其他指示我随后发布。”搜查一科科长站起身来，他的声音在礼堂里回响。

“上原，本部来了命令，要你马上出发去池袋！”

接到指挥本部发来的无线电后，我那霸向真悟传达了命令。真悟听到后，从沙发上站了起来。

“确定是让我去送赎金吗？”

“是啊，是你。”我那霸像赶走一只虫子似的对真悟挥了挥手。

“可以去了吗？现在就可以走了吗？”真奈美尖声叫起来。坐在她旁边的丈夫好继也从椅子上站起身来，一只手提着装有五千万日元钞票的背包。

“是的，现在就往池袋出发。这笔赎金暂时由我来保管，可以吗？”

真悟走到好继的身边，好继慢慢地把背包递给他。当真悟的手碰到背包时，好继把脸靠近他，说道：“请你一定要把这笔钱交给犯人！我已经当这笔钱早就被扔掉了。只要奈奈子能平安回来，这钱我一点儿都不可惜。”好继的声音颤抖着，眼里充满求助的神情。

即使把钱交给了犯人，也不意味着人质一定能回来。真悟虽然知道这一点，但他还是对好继低下头，说道：“我会尽全力的。”

“出租车马上就到后门。你要与指挥本部用无线电随时保持联系！”我那霸对真悟下达这个指示后，又靠近他的耳边小声说，“这次不要再搞砸了，一定要把这对夫妇的女儿救出来！”

“我明白。”

“出租车来了。”枫看着窗外说。

真悟对佐和夫妇再次点头致意后，走出了房间。他背起背包，调整好肩带的长度。

“上原先生。”听到身后有人在叫自己，上原回过身。原来是枫从房间里跟着出来了。

“怎么了？”

“我送你到门口。”

枫跟真悟并肩走着。真悟侧过头看了看枫。虽然她发型变了，但清秀的侧脸还是跟记忆中一模一样。跟枫这样并肩走，真悟的脑海里不禁又浮现出两人一起度过的一幕幕情景。

“你不怕吗？”枫眼睛看着正前方，低声问。

“怕什么？”

“你又要去面对或许就是游戏主人的那个犯人。不怕吗？”枫停顿了一下，表情僵硬地转过来看着真悟，又说，“我很怕，怕四年前那一幕重演。游戏主人为所欲为地捉弄我们，最后还是把人质杀了。然后，真悟你又……”

“我也怕。”真悟答道。他把一只手放在胸口，接着说，“怕是怕，但我这儿开始发烫了。”

“发烫？”

“对。要是这次犯人真的是游戏主人，那家伙现在应该是放松了警惕。否则，明明他四年前侥幸逃脱了，不会又来干这种事。这次是抓住那家伙的最好时机。”

真悟说个不停，他感到胸中的火焰在熊熊燃烧。

“这一次，我一定要把人质从游戏主人手中救出来，并把那家伙的真相暴露在光天化日之下。”

真悟紧握双手，凝视着枫的眼睛。两人的目光复杂地交织在一起。

“所以，枫，帮帮我！让我这次能把游戏主人打败。”

枫默默地注视着真悟，悲伤地微微一笑。然后，她举起右手，向真悟敬了一个不那么正式的礼。

“明白了。我，加山枫，定会尽我所能，全力相助！”

真悟回报给了她一个微笑后，打开了后门。一阵冷风吹进。

“我去了。”

真悟向前迈出了大大的一步。

5

真悟一边摸着下巴一边从窗帘的缝隙往外看。他已经三天没刮胡子了，下巴摸上去，像是手里有把锉刀的触感。

“快把你的狐狸尾巴露出来！”他口中吐出的自言自语，回响在这间只有6张榻榻米大小的昏暗的和式房间里。房间里没有家具，只有一个睡袋、几瓶饮料和空空的面包袋随便扔在地板上。自从租下这个房间，两周来真悟一直坐在窗户旁边，监视着路对面的一栋木材结构的二楼公寓房。

快了，快到了。这地狱般的一年，自己的辛苦就要得到回报了。真悟舔了舔嘴唇。

在赎金交付失败、作为人质的女初中生惨遭杀害之后，真悟很快就辞去了警视厅的职务。包括枫和组长近卫在内的很多同事都劝他再多考虑考虑，但他丝毫不为所动。

特殊班的任务是专门处理绑架、劫持等正在发生的事件，事件一旦结束，特殊班的搜查就到此为止。所以，在高轮台女初中生的绑架杀人事件中，当女孩的尸体在荒川河岸被发现后，特殊班就不再参与搜查工作了。

真悟对此无法忍受。他想拼尽一己之力追踪犯人，亲手把游戏主人抓获归案。要是不这么做，他就觉得自己不再是自己。

这一年来，他一直在追踪游戏主人。他动用了在新宿警署当刑警时积累下来的所有能用上的人脉，毫不吝惜地花费他领到的离职补贴金，孜孜不倦地收集关于游戏主人的各种信息。

对于着了魔似的追踪游戏主人的真悟，周围的人都很担心，但那些关切的声音真悟完全听不进去。妻子与他本来就已经处于家庭内分居的状态，她现在似乎已经放弃，不再多说；独生女儿和他的关系也开始不太融洽。在他离职两个多月后，与同事们的联系也很少了。

不过，枫还是与他保持联系，她是真正担忧他。但对现在的真悟来说，就连枫的关心也让他感觉有些厌烦。

大约半年前，真悟把枫约到新宿歌舞伎町的一家酒吧。那是他们两人第一次单独喝酒的地方。枫怀着不安、怜悯以及渺茫的期待等复杂的情感，如约而至。真悟几乎一言不发，在两人各自默默地喝完一杯鸡尾酒之后，真悟很明确地告诉她："以后请不要再联系我了，对于我那只是打扰。"

真悟明白，他很对不住枫。那天，枫回应了一声"好"后就走出了酒吧。当他看到枫那仿佛萎靡了不少的背影，尽管心里涌起一阵强烈的罪恶感，但他还是没有把她叫回来。

"这一切都是为了揭露游戏主人的真面目，为惨遭杀害的受害人报仇雪恨。"真悟对自己说。可是在他内心深处，他也知道这并不是真正的理由。真正的理由是他想逃避因自己的过失，而让一个无辜女孩失去宝贵生命的这个事实。他通过忘我地追踪犯人，让自己不去面对这个事实。

“我真可耻。”真悟这么自言自语后，又将注意力集中在窗户外面。真悟确信，住在对面公寓一楼里的桃井一太，就是游戏主人本人。

真悟花了五十万日元，从他的一个线人那里得到一条重要信息。在那起事件发生的一个月前，有人一次性买了二十几部预付费手机。

因为预付费手机无法从购买人登记的信息处锁定手机使用人的身份，所以毒贩、诈骗犯等组织会定期来买手机。但那人只来过一次，而且身上的气质也跟那些暴力团的小流氓明显不同。

“据说，那家伙乍看不过是个有点儿发胖的宅男，但细看会发现那眼神很不对劲。”那个线人告诉真悟。据说，那个卖手机的人心想，这宅男说不定以后还有敲诈勒索的价值，于是就跟踪调查了他的身份，结果发现那人就是桃井一太。

真悟在两个月前得到这个信息以后，竭尽所能，把桃井一太查清楚了。

桃井因屡次参加警察录用考试均告失败而怀恨在心，整日待在公寓里，足不出户；他能自由使用父母名下的面包车；事件发生之后整个人突然变得异常开朗，开始频繁外出……当真悟掌握到这些事实后，他确信无疑。

桃井一太，就是游戏主人。

剩下的事情就是找到决定性的证据了。为此，他租下这个房间，开始监视他。

“快把你那狐狸尾巴露出来！”

真悟又嘀咕了一遍。时间不多了。从一周前开始，他看到有杀人班刑警的身影出现在这附近。搜查本部肯定也开始怀疑桃井一太了。再过些时间，等嫌疑变得更确切之后，搜查本部可能就会决定搜查房间。要是那样，就没有真悟出场的戏份了。杀人班刑警一定会在那个房间和面包车里发现什么证据，然后将桃井一太逮捕起来。

在那之前，一定要找到这家伙就是游戏主人的证据，用自己的双手给这个事件画上句号。不然，他到死也无法从这个事件的束缚诅咒中解脱出来。

真悟从榻榻米地板上稍稍抬起身。他看到一个微胖的中年女性，端着一个罩有保鲜膜的盘子，从公寓旁边的房子里走出来。那是桃井一太的母亲。每天晚上11点左右，她都会像这样给儿子送来夜宵。

桃井的母亲来到桃井的房间门前，像往常一样按了门铃。真悟目不转睛，等着桃井出来。但是，门始终没开。

她又按了几次门铃，门还是关着。她不安地环顾了一下四周后，从外套口袋里掏出一串钥匙，用其中一把打开门锁，进了房间。

发生什么事了吗？真悟一直望着桃井的母亲走进去的那扇门。10分钟过去，20分钟过去，但完全没有动静。一直盯着窗外的真悟，突然抬起视线。他听到了远处传来的警笛声。声音越来越大，稍后，一辆警车停在公寓前面，随后一辆救护车也到了。

警车从一辆增加到两辆、三辆。身穿制服的警察们走进桃井的房间。周围开始聚集起看热闹的人群。一定发生了什么事。真悟慌忙地站起来，穿上扔在地板上的外套，出了房间。等他到桃井的公寓前时，那里已经被拉上了禁区线，看热闹的人群围成了一道人墙。

真悟用双手拨开人墙，走到了禁区线前面。

“这是怎么回事?!”

真悟对着身穿制服的警察大喊，可警察只回了他一句“不要靠近”。这时，从桃井的房间里走出一个人，真悟认识他，是杀人班的刑警重野。真悟高喊重野的名字，正在跟制服警察说话的重野回过头来。看到真悟，他那眯起的眼睛因惊讶而渐渐睁大。

重野大步走过来，一把抓住真悟的外套领口，把他拉进禁区线里，带到看热闹的人们视线不及的围墙背后去。

“我就知道，是你在搞事情！”重野大声怒吼。

“你在说什么？到底发生了什么事？”真悟甩开重野的手。

“别装傻了！不晓得你是从哪儿搞到了信息。你这家伙，你一直在桃井周围转悠打探，不是吗？”

真悟被重野说中，无话可说。重野用手推搡了一下真悟的胸口：“我说对了吧？我们一直在很慎重地搜查，但就是因为你，前功尽弃了！”

“所以我在问你，到底发生了什么事?！你们也盯上他了吧？你们也怀疑住在这间房子里的桃井就是游戏主人。你们应该能逮捕他吧！”

这时，房间的门打开了。桃井的母亲在警察的搀扶下走出来，边哭边高声乱叫。真悟看到门里的光景，大脑顿时凝固了。

“逮捕？怎么逮捕……”重野阴沉地嘀咕。

看到在房间尽头的那一具像钟摆一样摇晃着的身体，真悟听到自己体内有什么东西在崩塌的声音。

快到时间了。真悟从手中的书里抬起头来，长长地吐了一口气，仿佛是要把积聚在体内的紧张感都融化在吐出的气息之中。13点55分。还有5分钟，铃声就会响起，宣布游戏的开始。

淳久堂书店池袋总店，位于山手线池袋站东面出口，是日本规模最大的书店之一。真悟现在坐在这家书店三楼的椅子上。书店为了让顾客能从容地选书，在每层楼都摆了一些椅子。真悟在这里已经坐了30分钟了。他一只手拿着一本轻便小型的文库本，注意着四周动态，脑海里却一直浮现出三年前的记忆——

从那天开始，我就成了一具行尸走肉。女儿优衣看到我失魂落魄的样子，拼命鼓励我，但我整个人已经变得空空荡荡，就连最心爱的女儿的关心安慰，也让我觉得厌烦。面对这样的父亲，优衣对我的亲情似乎也丧失殆尽，投来的目光里开始出现失望。半年后，她几乎不再跟我说话了。就在那段时间里，妻子提出了离婚申请。

真悟一直不懂，这三年来自己为什么还活着。但他现在明白了。就是为了今天，为了和真正的游戏主人决一胜负。

真悟观察着四周环境。眼前排放着几列文艺作品的大书架，左边一个大平台上摆放着近期新书。背后是一部自动扶梯，上上下下的人不少。真悟接到指挥本部的指示，在这层楼等候。

真悟虽然坐着不动，却转动眼睛观察着书店里的顾客。身穿西装的中年上班族、学生模样的男子、年轻情侣、手里拎着环保购物袋站着翻看推理小说的家庭主妇，等等，就真悟目力所及，至少有二十人在选购图书。不过，其中有几张熟面孔。他们是杀人班的搜查员，乔装在这里等候。

抓捕犯人这个重要任务，主要是由积累了长期专门训练的特殊班来执行。他们完全乔装成书店的顾客，融入周围环境。没有人去看真悟，但都在用余光观察着现场。

真悟把手里的文库本放在身旁的桌子上，装作伸懒腰的样子，往后弯了弯背，趁机从自动扶梯的尽头瞄了一眼楼上的情形。除了三楼，其他每层也都有搜查员混在顾客里，监视是否有举止可疑的人，一旦犯人出现，就能随时抓捕或跟踪。在池袋附近，应该还有另一支犯人抓捕队和一支被称为“蜥蜴”的摩托车队。

犯人一旦现身，以抓捕队和“蜥蜴”摩托车队为中心的大量警察，就会形成一个庞大而严密的搜查网，确保能够万无一失地成功抓捕。正因为有这种大规模的搜查组织，可以断言，以勒索赎金为目的的绑架事件基本不会成功。

只要犯人一现身，就会被蜘蛛网般庞大严密的搜查组织捕获。有的犯人会让同犯去取钱，但在这种情况下，要么被抓的同犯供出主犯的信息，要么被跟踪锁定犯罪窝点。

以勒索赎金为目的的绑架，成功概率几乎为零。作为犯罪，无利可图。

“当然，如果犯人的目的是赎金的话……”真悟自言自语。

通过绑架来勒索赎金，以这种方式不可能达到目的。可是，如果赎金并非犯人的目的呢？

在四年前的那起事件里，游戏主人到最后都没有现身。在今天的这起事件里，游戏主人会现身吗？话说回来，游戏主人对赎金真的有兴趣吗？

正在思考这些问题的真悟，被他手里响起的爵士乐声打断。手机的液晶屏幕上闪烁着“来电号码不显示”的字样。游戏开始了。

“有来电。”真悟对着藏在上衣领口里的麦克风说道。真悟对麦克风说的话，会通过安装在他背上的无线电转发机传送到指挥本部。

“这里是指挥本部。收到，可以接电话。”

真悟从塞在耳朵里的耳机里听到了担任联络工作的通信员的指示。他一边吐气释放紧张感，一边触碰通话键。

“呀，上原，你到了指定地点没有？”一个高亢的声音传来。

“已经到了。我在这里该怎么做？”

在回应犯人的电话时，真悟尽量把领口拉到嘴角旁边。因为指挥本部很可能听不全犯人在电话里的声音，真悟至少要让指挥本部听到他这边的声音。

其实，指挥本部已经向NTT下属的移动通信公司DOCOMO申请了对真悟手机的逆向追踪，现在的这个通话也应该在被追踪之中。可是，虽然可以进行逆向追踪，但通话内容却不能窃听，因为那是对宪法规定的通信自由的侵犯。即使是现在这样的情况，窃听也不被许可。所以，真悟与犯人之间的通话内容，还需要他自己传给指挥本部。

“别着急嘛。先要说明规则，然后才能发出指令——就像四年前那样。”游戏主人暧昧含糊的笑声，震动着真悟的耳膜，“要是上原能把我的每个指令都完成，就能得到你最想要的东西。”

“就是说你会释放人质，对吗？”

真悟立即向对方确认，但游戏主人没有给出答复，而是自顾自地继续说下去。

“可是，只要上原有一次失败，结果就跟四年前一样。明白了吗？”

“明白了。”真悟低声回答。

不管游戏规则有多么不近情理，对方的要求也不能拒绝。

“那好，我们就开始最初的游戏吧。规定时间是在这个电话挂掉之后的5分钟以内。”

“5分钟？”

真悟的叫声变了调。四年前，游戏主人同样给出了在规定时间内到达规定地点的指令，但那几次的规定时间都在30分钟以上。

“不要那么急嘛，上原的话，只要5分钟就来得及。”

“这次要我跑到哪儿？”真悟急忙站起身。

“就在书店里面。”

“书店里面？”

“我说过了，我策划了各种方案。不会像四年前那样，单纯地让你四处跑。对了，上原，你现在穿了双什么鞋？”

“什么鞋？”真悟低头看了看自己的脚。脚上是一双穿了多年的跑鞋。在佐和家待命的时候，他料到会像四年前那样被指令到处跑，于是让搜查员从家里的鞋柜取来了这双常穿的跑鞋。

“黑色跑鞋。你怎么会问起这个？”

“跑鞋？那不错啊。我的鞋不适合跑步，一跑就会掉，或者在那之前可能就已经摔成了碎片。不过，它很适合穿着跳舞，特别是在孩子们的簇拥中跳舞。”

手机那边传来唱歌似的声音，真悟皱起眉头。

“你，在说什么……”

“我在给你提示啊，上原。那好，我们进入第一轮游戏吧。在书店里把我找出来！”

“把你找出来?!”

“午夜0点之前一定要找到哟。要是找不到，你就不知道我是谁了。”

“0点？你刚才不是说5分钟之内吗？”

“因为午夜0点之前是魔法生效的时间。好，上原，5分钟后再会。第一个任务，开始！”

“喂，等等！等等啊！”

真悟对着手机拼命大喊，但对方已经把电话挂掉了。

“这里是指挥本部，上原，请说明情况。”有声音从耳机里传来。

“犯人来了第一个指令，要我在5分钟之内在书店里找到他。要是找不出来，他就杀人质。”

“就是说，犯人就在淳久堂书店里吗?!”通信员提高嗓门问道。

在他身后，隐约听到有人在说“犯人在书店里吗？”“抓捕队，找出可疑人物!”，等等。

“我也不知道！那家伙的话不知所云，说是0点之前找不出自己就要变身，还说什么那是魔法生效的时间……”

“0点？刚才不是说5分钟之内吗？还有，什么魔法？”

“是犯人那么说的，我也搞不明白！”真悟对着麦克风怒吼。

“明白了，你就地等候指示。”通信员大声说道。

在他身后，真悟听到一阵嘈杂声。游戏主人不知所云的指令，加上只有5分钟的极其短暂的规定时间，让指挥本部陷入混乱了吧。

冷静，冷静地想！真悟对心急如焚的自己说。

游戏主人真的就在书店里吗？不，可能性很小。配置了这么多搜查员的地方，那家伙从一开始就不可能出来。

那么，“找我”，是什么意思呢？

“我”（watashi）？为什么是“我”（watashi）？为什么是偏女性第一人称的“我”？那家伙迄今为止一直都用的是男性的第一人称（boku）啊。[1]

真悟拼命开动脑筋，仔细回想与游戏主人刚才的那番对话。

那家伙，从说起鞋子的话题开始用偏女性第一人称——我的鞋一跑就掉。不但会掉，还会摔成碎片。会掉会摔碎的鞋、0点的变身、魔法时间、被孩子们簇拥着跳舞……

真悟睁大眼睛，踢了一脚地板，拔腿就跑。他跑到上行的自动扶梯前，看各层的指南图。视线停在了“八楼儿童书”的地方。

被孩子们簇拥着，指的就是有很多小孩的儿童图书区。

1　二者均为日语里的第一人称，不同的性别常用不同的代词。

真悟开始跑上扶梯。

“这里是本部，上原，请报告你现在的情况！”

可能有人给指挥本部报告了真悟突然跑上扶梯的举动，所以当他跑到五楼时，耳机里传来慌乱的声音。

“犯人不在这里！要找的不是犯人！”真悟大叫。

“怎么回事？请说明情况。”

“要找的是儿童书。在八楼的儿童图书区，可能是卖图画书绘本的地方，那儿应该有什么异常情况正在发生！让搜查员去那儿！”

“儿童书籍？绘本？”

“对！不管那儿发生了什么情况，都不要动，一定要等我赶到。人质可能会被杀！”

“收到！”通信员焦急地回答。

跑到六楼时，真悟用手捂住胸口。不过只跑了三层，就气喘吁吁了。体力已经差到这个程度了吗？他咬紧牙关，给自己鼓气，继续往上跑。好不容易到了八楼，他喘着粗气环顾左右。距离与游戏主人结束通话已经过了3分钟，不，弄不好已经过了4分钟。没有时间了。

“这边！”

一个低沉的声音响起。真悟朝声音传来的方向看去，在前面20米左右的书架旁，有个上班族模样的中年男子，脸色通红，正在向他招手。那是乔装的搜查员吧。

“这边能听到手机来电的呼叫声！”那人嘶哑地喊道。周围的顾客和店员都扭头看着他，不知道发生了什么事。

真悟弯身向前，拔腿跑过去。当他跑近那人时，他也听到了手机呼叫的电子音。

“就在这儿。声音就是从这附近发出来的，但我找不到！”

那人指了指他身旁的书架。那是面向儿童的童话书区域，书架上摆满了绘本。真悟慌忙地左右移动视线。的确，在这附近能听到一个低沉的电子声，应该是从书的背后传来的。可这声音在书架与书架之间的狭窄通道里回响，让人找不到声源。

“该死！剩下不到1分钟了！”那个搜查员大声叫起来，粗暴地从书架上把书抽出来，摔在地上。

一位女性店员听到有动静，过来要制止，但搜查员根本不管，继续从书架上拿书。就在这样的喧闹中，真悟继续沉默地用视线追索书架上排列的一本本书的书脊。

在哪儿？那本书在哪儿？电子声响个不停，仿佛是在倒计时，一声声催逼着他的神经。就在这时，他要找的书名跳入眼帘。

《灰姑娘》。

真悟连忙抽出那本书，探头去看抽出后留下的空隙。里面有什么东西正在闪烁。他把周围的书胡乱地捋在地上，伸手进去，手指头碰到一个硬物，他迅速地将它抓出来。在真悟手上，一部简易手机正在发出呼叫声。真悟连忙按下通话键。电话里再次响起一个高亢的声音。

“4分43秒。任务完成。你总算赶上了。”

“这、这是什么把戏？”真悟对着电话大叫。

“什么？你看不懂吗？这是部预付费手机。从现在开始，我的电话就打到这部手机。对了，我先说明一句，这个电话号码是用别人的名字登记的，你查也没用。当然了，你们还是要去查的吧。”

“谁要听你说这些？我是问，你在开什么玩笑？”

“怎么能说是在开玩笑呢？这说得也太过分了吧。这就是这次的游戏啊。好了，游戏才刚刚开始，先暖暖身适应适应。怎么样？这轮很简单吧？”

真悟把臼齿咬得嘎吱作响。不适合跑步且会摔成碎片的鞋、0点之前魔法生效、过了时间就会变身——这的确算是个简单的联想游戏。真悟的头脑里浮现出了被魔法变身穿着玻璃鞋去参加舞会的灰姑娘。可是，要想成功解谜，需要事先明白这是一个联想游戏。在攸关人质生死的当下，真悟根本没料到犯人会出这种无聊的考题。

“那好，为了准备下一轮游戏，让你换个舞台吧。对了，你不用像四年前那样用脚跑了。坐电车、叫出租车，或者让移动指挥车呀甚至‘蜥蜴’来载你都行。”

真悟咬紧嘴唇。犯人嘴里说出“移动指挥车”“蜥蜴”这些词，可见其对警察在绑架事件中的行动非常清楚。

“你要让我去哪儿？”

“你气有点儿喘呢。太遗憾了。四年前你可是跑了一整天的。你那时的体力，简直可以去参加奥运会的马拉松比赛了吧。”

面对喋喋不休的游戏主人，真悟感到困惑不解。是因为这个手机不能被逆向追踪，所以他就放心疏忽了吗？还是别有企图？

“对了，2020年，东京要举办奥运会吧？上原四年前跑过的路线，说不定要成为马拉松比赛的一部分呢。”

“确实。”真悟虽然感到烦躁，但为了收集信息，还是陪他闲聊。

“哎呀，对不起对不起，我把话扯远了。日本要举办奥运会，我可太高兴了，思维一下就穿越到了未来世界。好，我们进入正题。下午3点30分之前，请你到现在整个东京鱼类最集中的地方。好，再联系。”

对方一说完，就唐突地挂断了电话。真悟把手机拿到脸前，低声嘀咕：“鱼类最集中……是指筑地吗？”

6

“抓捕队正在进入筑地地区。他们在问人员应该怎么配置？”

听到通信员的报告，近卫司锐利的目光转向了墙上的筑地地区地图。犯人抓捕队的人员配置，基本上由负责人近卫全权决定。配置人员的目的是组成一个阵型，在犯人现身之际，能够高效地拘留或跟踪。这是特殊班管理官展示其本领的时机。近卫的视线，扫过筑地一带的设施。

“鱼河岸、圣路加国际医院、国立癌症中心、筑地本愿寺，以上地点各派五人。其余人员配置在筑地市场周围。”

“收到。鱼河岸、圣路加国际医院、国立癌症中心、筑地本愿寺，以上地点各派五人。其余人员配置在筑地市场周围。”

通信员把近卫的指示复述一遍后，传达给了抓捕队。近卫看了看墙上的挂钟，时针指向下午3点13分。还有17分钟，犯人就该来指令了。

从在池袋接到下一个目标地点的指令到现在，已经过去了1个多小时。其间，近卫把犯人抓捕队派到了筑地，还在筑地周边的新桥、银座、夕留、东京站等地配置了犯人抓捕队的后备人员。同时，“蜥蜴”摩托车队也集结在筑地周围，随时可以出动。一切准备周全。可是，这真的就够了吗？

近卫抓了抓他那显眼的白头发。他在特殊班参与处理绑架案已有十多年，正是这些丰富的经验，让他心里越来越感到不安。

这不是一起普通的绑架案。在近卫迄今为止经历过的以赎金为目的的绑架案中，犯人几乎都走投无路，一点儿也不从容冷静。犯人被逼入绝境的原因只有一个：无论如何也要把钱拿到手。

大多数以牟利为目的的绑架案，都是因为犯人陷入了金钱困境，想要尽快弄到一大笔钱。所以，很多时候都计划粗疏、准备不足。话说回来，如果是有计谋的人，根本就不会想到去干像勒索、绑架这种几乎没有成功可能性的犯罪。

正因为犯人几乎都是那种类型，所以他们大多会落入警察布下的庞大搜查网之中，束手就擒。近卫迄今为止经历的绑架案件，几乎都是这种模式。

只有四年前的那次事件是例外……

四年前，警察被自称为游戏主人的犯人玩耍捉弄得很惨。那次之所以没能抓到犯人，是因为他对赎金并不太在意。这一次，这个犯人也并不那么在意赎金。比起金钱，犯人似乎更以与警察斗智斗勇为乐。

上原在淳久堂书店池袋总店接到的那通犯人打给他手机的电

话，已经被警方逆向追踪成功了。该电话号码与打给佐和家的是同一个，信号是通过涩谷的通信站发出的。可是，下午的涩谷人如潮涌，要锁定打电话的人绝无可能。同时，这个号码和设置在书店书架里的那部预付费手机的登记人警方也都查过了，两部手机都已在黑市上出售，登记人与绑架事件毫无关系。一切都与四年前一模一样。近卫气得咬牙切齿。

近卫看了一眼坐在他旁边的横森管理官。横森平时指挥搜查一科的杀人班，今天担任犯人识别小队的负责人。四年前在绑架事件后指挥杀人班追捕桃井太一的就是他。此刻他正在翻看通信员发来的记录。

“……横森。”

“怎么了，近卫？”横森转过身来。他脖子上的赘肉颤抖了一下。

“这次的犯人，你真的觉得是游戏主人吗？”

“本人说是，当然只好这么称呼他了。”横森讥讽地笑着说。

“你别转移话题了。我是在问，四年前那次事件的游戏主人，真的和这次的犯人是同一个人吗？”

“桃井一太已经死了。”横森脸上的笑容顿时消失。

“桃井一太并不是游戏主人——会不会有这个可能性？”

“对这一点，我们正在查。”横森压低了声音。

正如横森所言，为了找出犯人的真相，杀人班的刑警们现在组成了一个特别行动队，正在灵活机动地展开搜查。

“你的直觉呢？桃井有没有可能是个合伙人？”

有的绑架事件会有同犯。搜查员之间，用隐语把“同犯”称为“合伙人”。

“我们在桃井的房间发现了各种证据，那家伙参与了四年前的事件，这是毫无疑问的。”

“可是，有没有可能只是合伙人呢？”

“那次事件在嫌疑人桃井一太死亡之时就已经结束，不可能有更深入的搜查了。近卫，你是怎么想的？那次事件发生时，你是特殊班的组长，你也参与了搜查工作。这次的犯人，你觉得是真正的游戏主人吗？”

“上原确信他是。”

“你没有回答我的问题，我在问你是怎么想的。”

“上原四年前跟游戏主人交涉过，跟游戏主人接触最多的人是上原，上原确信这次的犯人是真正的游戏主人。这就是我的回答。”

“我懂你的意思。要真是这样，那就麻烦了。”

“是，很麻烦。”

近卫重重地点点头，眼睛看着贴在墙上的地图、事件经过记录以及人物关系图等资料。此时挂钟时针指向3点30分。

“犯人来电！”通信员的声音震动了指挥本部的礼堂。

“刚才手机有来电，就是在书店找到的那个手机，应该是犯人打来的。”真悟手里拿着响起铃声的手机，对着领口上的麦克风报告。

“收到。去接电话。”听到耳机传来的指示后，真悟按下通话键。

“喂，上原，你到了指定地点没有？”

“到了，我已经到筑地了。”真悟此时在筑地本愿寺旁边，新大桥路和晴海路的交叉口前面。

“筑地……是吗？你在筑地……”游戏主人的语气似乎突然变得漫不经心起来。

“是你这家伙指定的呀！你说去筑地。”

“我指定的？我说了那话吗？”听到游戏主人那种懒洋洋的语气，真悟心中感到了不安。

“对了，今天马林鱼打上来没有？”游戏主人低声嘀咕。

“你在说什么？”

“今天马林鱼应该没有打上来吧。好不容易钓到的一个大家伙，却被鲨鱼吃掉了。唉，都是因为老头子要一个人去出海，要是还有个男孩子在船上，应该就能把那条大鱼打上来了。”

游戏主人不停地说。他的语气渐渐恢复了原先的那种快活气氛。

“你到底要说什么？！”

“提示，我在给你提示。我的每一句话都是提示。所以，你要注意，一字一句都不能听漏哟。”

“你现在说的，就是下一轮游戏的指令吗？”

“不，不。刚才说的只是提示。真正的指令从现在开始。好，开始了。”

游戏主人的话音刚落，一声巨响直袭真悟的耳膜。真悟反射性地把手机从耳边拿开。

“这是什么？你到底想干什么……”

“你的问题问错了。”

游戏主人打断真悟的话。真悟感受到这句话里的分量，表情严肃起来。这一定就是指令，是第二轮游戏开始的铃声。

“你说问题问错了，是什么意思？”

“问题不是‘什么’，而是‘谁’。还有，那个‘为’字，不能写成假名，要写成汉字。”

“‘谁’？‘为’要写成汉字？都是什么玩意儿？”真悟皱了皱眉头。

“15分钟以后，我给藏在那里的手机下达指令。上原，你要去接应那部手机。要是没赶上，我就杀掉人质。好，15分钟后再会。”

“等、等等！”真悟感到电话会被挂断，慌忙地喊叫。

“什么事？”通过变音器传来的声音，显得很不耐烦。

“拜托！拜托你再给一点儿提示。手机藏在这筑地的什么地方？”

电话那头传来叹息声。

“你可别让我失望啊，上原。我还以为这种程度的题目对你来说是易如反掌呢。这是一道送分题啊。上原，你是看过好多次的。”

我看过？看过什么？

“再给一点儿提示吧，一点儿也行。哪怕是为了把这个游戏跟你玩下去，我也不能在这里就失败啊！”真悟绞尽脑汁地跟对方说道。

游戏主人应该是希望把游戏进行下去的，他应该不愿意看到游戏就此终止。找出对方想要的东西，以此作为争取对方让步的筹码，这是真悟在特殊班学到的与犯人交涉的基本技巧。

“我可能把游戏的水平一下子提太高了。真没办法，这次我就给你一个特——别大的提示，就这一次哟。上原，你从一开始就错了。我在池袋指定的不是筑地。你只要再想想我们那时的对话，一定会明白你要找的地方。好，加油吧。”

电话戛然而止。

“这浑蛋！”真悟把手机塞进裤袋里。

“这里是指挥本部，上原，请说明情况！”耳机里传来通信员的声音。

“犯人来了指令。我说在筑地，他就……”真悟一边对麦克风详细地报告跟游戏主人的对话，一边继续思考。那家伙说过“鱼类最集中的地方”的话。比筑地市场鱼类更集中的地方，真的还有吗？

海洋水族馆？不，即使是海洋水族馆，也没有筑地市场的鱼多。

“我的每一句话都是提示”，这是游戏主人刚才说的话。什么意思？游戏主人在池袋指定下一个目的地之前，说了些好似无关紧要的闲谈。如果那也是提示呢……真悟仔细地回想他与游戏主人在淳久堂书店的通话。

他好像提到了东京奥运会……真悟猛然抬头高喊道：“是丰州！”

“什么？你说了什么？”通信员问道。

“丰州！那家伙在池袋指定下一个目的地之前，提到了东京奥运会，还说什么思维穿越到未来世界里……也就是说，他提到的所谓现在东京鱼类最集中的地方中的‘现在’，指的是东京奥运会召开的2020年。在2020年，筑地的鲜鱼市场‘鱼河岸’应该已经搬到丰州了。所以，他指定的目的地就是丰州！”

“收到。你在原地等候指示。”

“我才没空等候指示呢！没时间了，坐电车和出租车都来不及。你们赶快想办法把我送到丰州去，现在！马上！”

“丰州？不是筑地？！”“15分钟？不可能！根本来不及！”

在幕僚们的各种惊呼和喧哗声中，近卫拼命地重新指挥犯人抓捕队的配置工作：“守在筑地周边的抓捕队后备人员，都转向丰州。‘蜥蜴’摩托车队也全部开去丰州。现在在筑地的抓捕队队员只留15人，其余都向丰州出发。把丰州一带包围起来！”

“收到。这里是指挥本部，各位在港区的抓捕队搜查员请注意……”通信员把近卫迅速果断的指示用无线电传达给搜查员们。

近卫低头看了看手表。丰州与筑地相距不远，这是不幸中的万幸。原本配置在筑地周边的抓捕队后备人员中，有几个就在丰州附近，可以让他们立即前往丰州，同时也让摩托车队出发，就能形成一个最低限度的应对阵容。

可是，现在更大的问题是……

近卫的目光投向坐在主席台上的幕僚们身上。他们面红耳赤地在讨论着什么，应该是在争论该怎么把上原送到丰州吧。

“筑地本愿寺附近有没有摩托车？”近卫大声问。

“有一辆停在圣路加国际医院前面的摩托车，现在正要向丰州出发。”一位通信员为了不让自己的声音被礼堂里的喧哗声淹没，怒吼般大声回答近卫。

“让那个摩托车队员把上原带到丰州去，你就这么传达！”

“什么?！可是……”

通信员的脸上闪过一丝犹豫。“蜥蜴”是一支执行跟踪任务的摩托车队，原则上要秘密行动。所以，让“蜥蜴”带送赎金的人，通常情况下是不可能的。

“没有时间犹豫了。要是我们不能按时把上原送到丰州，人质会被杀掉的！”近卫声音沙哑地大吼。

通信员似乎被他的气势压倒，表情僵硬地说了声“明白了”，就对着无线电的麦克风准备传达指示。

“喂，你要干什么?”坐在主席台上的参事官角田，目光从眼镜背后盯着通信员，大声叫起来。

“我让摩托车把上原送到丰州去。”近卫飞快地向他报告。

角田睁圆了眼睛：“那‘蜥蜴’怎么保密?”

“现在哪能想到那么多！我们就是用专车去送，也可能遇到交通阻塞，只有摩托车能保证按时到达。现在最要紧的事，是在规定时间内把上原送到指定地点。”

“有权力做这个判断的，不是你们管理官，是我们！”

“我已经做出了不能再等的判断，因为事关人质的生命安全！”近卫毫不犹豫地回应。角田一时无言以对。

“那、那个，犯人指定的地点真的是丰州吗?”

“犯人说了‘不是筑地’，其他就只能交给上原判断了。”

“去哪儿？丰州很大，你们要把上原送到丰州哪儿?”

“这个……还不知道。”

“不知道？连具体地点都不清楚就要送去丰州？还有，抓捕队的配置，已经安排好了吗？情况怎么样？”角田脸上浮起嘲讽的表情。

“我已经配置了最低限度的人员，但肯定还不够，因为时间不足。”

“那就应该让上原去跟犯人交涉，为我们争取些时间。犯人不就是想要钱嘛，晚了一点儿也不会把人质杀掉。我敢担保犯人肯定还会打电话来……”

“你真的以为这个犯人是为了钱吗？你懂什么！”

近卫的怒吼震动了整个礼堂，一片喧嚣声顿时平息下来，众人沉默不语。警察是个等级森严的组织，跟军队不相上下，管理官对自己的上级参事官怒吼，这种事情本来是不被允许的。但近卫此刻没能管住自己的嘴巴。

“这个犯人的目的就是找乐子。赎金只是第二位——不，他可能对钱根本就没什么兴趣。要是游戏失败了，犯人会毫不犹豫地杀掉人质，就像四年前一样。那种事，要再来一次吗？”

近卫边说边用目光扫视坐在主席台上的幕僚们，他的视线碰上了搜查一科科长城之内。在他们对视的瞬间里，城之内对他微微使了个眼色。于是，近卫点点头，大步走近靠窗的办公桌，那上面设有无线机和临时电话。

“这就是连接上原的麦克风吧？”

坐在麦克风前的通信员犹豫地点了点头。近卫上身前倾，把嘴凑近麦克风，按下通话键。

“上原，能听到吗？我是近卫。”

“近卫？”

近卫听到上原吃惊的声音，接着说：“你听好。我现在就让‘蜥蜴’去接你。你坐摩托车去丰州。”

“你坐摩托车去丰州。”

听到近卫的指示，真悟眨了眨眼睛。让摩托车带赎金运送人，这种事真的可能吗？

就在这时，真悟听到身后响起轮胎刹车的声音。循声看去，道路护栏外侧停着一辆摩托。车手掀起全脸头盔的防护玻璃面罩。

“你是上原吧？我是‘蜥蜴’摩托队的。请马上上车。”

“好。”真悟赶紧翻过护栏，跨上了双人位的后座。

“抓紧我，别掉下车。我会开得很快。”

车手拉下防护面罩。真悟的双手刚搂住车手的腰部，摩托车就带着轰鸣的引擎声飞驰而去。真悟从未体验过如此突然的加速，他那搂住车手腰间的双手不禁更加用力。

“没有时间了！我要闯红灯！”

在亮起红灯的路口，摩托车几乎不减速地开过去了。

“坐上车没有？”

耳机里响起近卫的声音。真悟扭动脖子，把嘴靠近领口。

“坐上了，谢谢你！”

“不用谢。最重要的是在规定时间内把指定地点找出来！”

的确如此。坐上摩托车，按时到达丰州是不成问题了，但问题是还不知道该去丰州哪儿。真悟咬紧牙关。

“是《老人与海》。”耳机里再次传来近卫的声音。

“什么？你在说什么？”

“你刚才的报告，说犯人说过什么大马林鱼被鲨鱼吃掉、没能钓起来之类的话，那是《老人与海》那本小说里的情节。我学生时代读过的。”

“《老人与海》……”

游戏主人说了那是提示。丰州面向大海，那意味着地点就在沿海的什么地方吗？不，那家伙还说了，关于《老人与海》的话，只是提示，不是应该直接去的地点。

应该去的地点，是那家伙在那阵吵人的钟声响起之后说的话……

想到这里，真悟睁开了因为大风压力而眯起的眼睛。

“近卫,《老人与海》的作者是谁？”

“作者？应该是海明威，欧内斯特·海明威。”

海明威……钟声……不是“什么”而是“谁”……

“丧钟为谁而鸣！”真悟对着麦克风叫道。

“什么？你说了什么？”

“《丧钟为谁而鸣》，海明威的小说。这就是游戏主人指定的地点！”

“既然是小说，那地点又是书店吗？是说手机藏在那本小说的后面吗？”

“我觉得应该是。你查一下丰州的书店。”

“好，你等等！”

近卫的声音到此为止，再也听不见了。周围的风景从身边飞逝而去。不一会儿，写着“丰州”的标牌就出现在眼前了。

“我们该去丰州的什么地方？”车手一边减速一边问上原。

“等等，马上就会知道的。”

真悟刚刚回答车手，耳机里就传来了指示。

“各部门注意，这里是指挥本部。丰州有数家书店，最大的一家是位于啦啦宝都商场丰州分店三楼的纪伊国屋书店。”

指示刚下达，下一个瞬间，摩托车就大幅倾斜车身，掉转方向。

“我们现在开向啦啦宝都！”

“拜托了。”真悟回答道，但他心里掠过一丝不安。游戏主人的提示就是《丧钟为谁而鸣》，这一点毫无疑问，可是，他会跟池袋一样再次指定书店吗？游戏主人的指令会这么平淡无奇吗？

飞驶的摩托车很快便到了啦啦宝都商场丰州分店前，车手刹住车轮，摩托车瞬间停住了。

“谢谢你，帮了大忙！”真悟跳下摩托车，冲向商场门口。

“加油！”

真悟听着身后车手的鼓励，穿过自动门。这是一个大型商场，从一楼到三楼是开放的中央回廊式建筑，里面顾客熙熙攘攘。

“离指定时间只剩3分钟！”

真悟的耳机里传来焦躁的声音。这时他已经跑上入口处旁边的楼梯。没有时间了，现在只能往纪伊国屋书店跑。他虽然这样说给自己听，但心中不断涌起难以言状的不安。

他气喘吁吁地跑上三楼，看着楼层指南。纪伊国屋书店就在旁边。正当他要起步开跑之际，楼层指南一角的几个字跳入了他的眼帘。

“那个‘为’字，不能写成假名，要写成汉字。”“你是看过好多次的。”

游戏主人的话再次在耳边响起。真悟深吸了一口气，转身跑起来。

是那儿！那儿才是游戏主人指定的地点。真悟忘我地跑起来。

“错了！纪伊国屋书店在反方向。快回来！”耳机里传来尖叫声。已经先到纪伊国屋书店周边的犯人抓捕队的刑警们，可能向指挥本部报告了真悟正在跑向相反方向的事情吧。

“不是书店，是电影放映厅！”真悟喘着粗气对麦克风喊道。

“电影放映厅?”

游戏主人说了，“为”要写成汉字。也就是说，不是《丧钟为谁而鸣》的小说，而是《丧钟为谁而鸣》的电影。

在这部小说的日文书名里，“为”是写成假名；但电影的片名，用的则是汉字。真悟的爱好是观赏经典老片，他知道这个区别。由贾利·古柏主演并获奥斯卡最佳影片奖提名的《丧钟为谁而鸣》，是真悟从学生时代就反复看过的最喜欢的电影之一。

游戏主人是把我的兴趣爱好都彻底调查之后再想出这个游戏的吗？想到这里，真悟顿时感到背脊升起寒气，但现在他不能去多想。他只能排除杂念，拼命地跑。前面已经看到了一个大型综合电影放映厅。

真悟跑到电子告示板前面，双手撑着膝盖，张开大嘴喘着粗气，用眼睛搜寻告示板上显示的上映片名。啊，有了！真悟睁大双眼。

——《丧钟为谁而鸣》（数字重制版），11号放映厅。

这些字样，闪烁在告示板上。真悟高声问：“还剩多少时间?”

“还有1分20秒！犯人抓捕队正在向电影放映厅出发，但人数还不多。请你警惕四周！”

警惕四周？现在怎么可能有工夫警惕四周？真悟一边在心中抱怨一边又跑起来。途中他撞上一个年轻人，那人手里拿着的爆米花被碰落一地。真悟不管身后的骂声，跑向电影院的入口处。一名电影院的工作人员正在检票。

“让我进去！”真悟大声喊着，从正在递票的客人与工作人员之间硬挤过去。

“喂，那位先生！给我看看你的票！”

“情况紧急！”真悟说完这句话就强行冲过入口处，沿着笔直的走廊跑去。走廊左右两边并排着一扇一扇的门。11号放映厅在走廊尽头。真悟跑到门前，用力推开两扇对开的门，进入场内。

此时银幕上正在上映男女主角在夜晚深情对视的场景。可是，尽管这是接近电影高潮的场面，场内却是一片喧哗声。

真悟起初以为是因为自己的突然闯入，但很快就发现是因为场内有尖锐的电子声在高鸣不已。

真悟不理会那些在黑洞洞的场内寻找声音来源的观众，只顾往后排走去。因为他的眼睛还没有习惯暗处，途中绊倒好几次之后，才终于来到最后一排。

坐在这排中间位置的是一个中年男性，观众们责备的视线都集中在他身上。他的视线游移不定，仿佛在寻求帮助。

“你站起来！”

真悟靠近他。那人只是问“怎么了”，没有马上起身。

“我叫你赶快站起来！”

那人的脸因为恐惧而扭曲，站起来往后面逃去。真悟弯下腰，去看座位底下。

有了，在这儿！一个手机被胶带固定在座位靠背的底部。真悟把响着铃声的手机连同胶带一起粗暴地一把扯下，立即按下了通话键。

“我是上原！”

“14分37秒！”

一个快活的声音震动着他的耳膜。真悟松了一口气，一下瘫坐在地上。

“不愧是上原！没想到你真能赶上。任务完成。”

“够了吧，快把人质放了！”真悟喘着气说。可是，电话那头传来的只是笑声。

“你在说什么呀，上原！好戏才刚刚开始呢。好了，我们就进入下一轮游戏吧。看到那里贴着的信封了吧？你去看看里面的信笺，指令就写在里面。对了，手机的电量已经剩得不多了，信封里有块备用电池，你最好现在就把电池换了。另外，里面还有一把钥匙，接下来要用到，你要保管好。那就再见了。下一轮玩法又不同了，你可以期待哟。”

就这样，电话很快被挂断了。我还得陪着他把这种没完没了的游戏玩下去吗？真悟垂下头，再次去看座位下面。果然如游戏主人所言，在贴手机的地方的旁边，还贴着一个信封。

真悟取下信封，站起身来。这时，从入口处走来两名电影院工作人员模样的人和一名保安，估计是来抓硬闯进来的真悟的。

真是麻烦。真悟看着他们在心里叹气，同时也打开了信封。里面有一张信笺和一块手机电池，还有一把似乎是用来打开寄存柜的小钥匙。他试着读信笺上的字，但正在放电影的场内光线太暗，无法辨认。

“这位客人，对不起，可以请你过来一下吗？”体格健壮的中年保安过来叫真悟。虽然他说话很客气，但一只手却放在腰间的警棒上，眼里充满了戒备。全场观众的视线都集中在真悟身上。

正当真悟还在犹豫该怎么说明才好的时候，一对便衣男女走进来，跑向保安。他们对保安低语几句后，从怀中口袋里拿出一个小小的长方形的东西。保安脸上闪过惊讶之色。这是犯人抓捕队的刑警在出示警察证说明情况吧。这时，银幕上的场景变成白昼，场内稍微明亮了一点儿。借着这光线，真悟勉强能认出他手中信笺上的内容。

他下面要让我干什么？真悟的眼睛追着信笺上的字样，脸上的肌肉开始扭曲。

“开……什么……玩笑……”

真悟口中发出的沙哑的声音，在电影院里空洞地回响着。

7

真悟把已经凉透的、残留在杯底的咖啡一口气倒入嘴里，顿觉一股苦涩刺痛了他的舌头。他把杯子放回托碟后，向走过身边的店员又要了一杯。这时，他看了看手表，下午5点48分。秋天日头变短，太阳已经西沉，窗外开始暗下来。

真悟现在坐着的咖啡店，名为KENT，位于代代木公园旁边，离代代木八幡站只需步行3分钟。这家已经老旧的咖啡店，就是游戏主人指定的下一个地点。真悟已经在这儿等了1个小时了，等候游戏主人的联系和一个人。

还有12分钟。真悟一边听着店员往杯子里倒咖啡的声音，一边将视线投向咖啡店入口处。要是他等的人12分钟之内不来，游戏就宣布失败，人质就会被杀。可是，真悟自己也不知道，他是希望等的人来，还是就像现在这样不要出现。

真悟转移视线，环顾灯光略暗的店内。咖啡店里摆着趣味不俗的老式家具，留声机里传出的古典音乐也柔和宜人。可是，此刻店里的空气却十分紧张，一触即发。

能容纳30人左右的咖啡店几乎坐满。可能因为很少来这么多客人，吧台后面的中年店主不停地歪着脑袋煮咖啡。

这些貌似普通的客人，上班族、情侣、主妇模样的女性等，其实大部分都是犯人抓捕队的刑警。据提前来这家店查看过的“蜥蜴”摩托车手报告说，店里的客人较少，安排多名搜查员会引人注目，并不妥当。指挥本部也同意这个判断，准备店里只派少数几个刑警来，其余人员都配置在代代木公园一带。可是，真悟提出了反对意见。

真悟要求在店里尽可能多安排一些搜查员。他强硬地表示，如果不能保证他等候的人的生命安全，他就退出对此案的协助。

指挥本部起初试着说服他，但他态度非常坚定，没有丝毫动摇。最后是指挥本部屈服，按他的要求，在咖啡店安排了最大数量的搜查员。

这样做，真的可以吗？真悟小口地喝着咖啡，不停地问自己。为了解救人质，为了揭露游戏主人的真相，自己做出怎样的牺牲都在所不惜。可是，万万没有想到，竟会把那孩子也卷进来……

真悟胡乱地抓了抓自己的头发。这时，推门声传到他的耳里。他抬起眼睛，看到一位女性站在门口，满脸不快地环视着店内。这场景与几个小时前在表参道咖啡店的场景如此相似，让他似乎陷入了一种既视感。他从椅子上站起身来。

这个牛仔裤上随意套了件毛衣的年轻女性，就是水田优衣。她看到站起来的父亲后，眯了一下眼睛，很快走过来，然后向店员要了一杯大吉岭红茶。

“什么事啊，真悟，突然把人叫出来……你不是有急事忙去了吗？”

“那个，有件事，必须得跟你说……”

真悟一边吞吞吐吐地回答优衣，一边想着在丰州电影院得到的游戏主人的指令。

下午6点之前　把水田优衣　叫到代代木八幡KENT咖啡店
若做不到　人质将亡　游戏主人

信笺上的字体有棱有角，貌似是用直尺描着写的。

起初，真悟坚持不让女儿卷入其中，但近卫恳请他，说绝对保证他女儿的生命安全，请他一定协助救出人质。结果，真悟以在咖啡店里安排大量搜查员为条件，叫来了女儿。

真悟用手机打了电话，优衣没有立即接听，连续拨打了近十遍，电话才终于接通。

“……这个月的任务已经完成了呀。”

电话里传来优衣的声音，显得极不耐烦。听到优衣把与自己的见面称为“任务”，这让真悟感觉胸口很痛，但他还是拼命地请求她来指定的咖啡店。也许是因为优衣从真悟迫切的声音里感觉到了什么，在真悟恳求了几分钟之后，她回答道：“晚上还有事，但在那之前可以去。”

“你说有话要跟我讲，什么话？我接下来还有事，你快说吧。”

“你接下来有什么事？”

“我做什么事跟你没关系吧。不过就是见个人。”

“见个人？不会是男朋友吧？”真悟不禁脱口而出。

“就算是，那又怎么了？”优衣含混地低声嘀咕。

“没、没什么……”

真悟支支吾吾着没能说出什么，优衣好像故意展示给他看似的，大大地叹了一口气。

“我跟谁交往，跟真悟一点儿关系也没有。”

“啊，对不起……”

这时，店员端来大吉岭红茶放在桌子上。优衣喝了一口杯里浅琥珀色的液体后，喘了一口气，又恢复到她的常态。

“对了，回到正题，你到底有什么事？”

面对优衣的询问，真悟只是咬紧嘴角。他用眼角瞥了一下手表，时针指到5点59分。很快就会有什么事情发生了。

“真悟，说话呀。老不说话，好吓人。”看到真悟沉默不语、表情严峻的脸，优衣的脸上闪过一丝不安。

“啊，对不起。我刚在想点儿事……”

真悟话音刚落，通知来电的铃声就震动了整个咖啡店。真悟颤抖着从裤袋里掏出在丰州电影院里找到的那个手机。犯人来电的事，现在的他已经没有必要向指挥本部报告了，因为潜伏在店里的其他搜查员自然已经把这个情况报告上去了。

下面将要发生什么？真悟的大拇指放在通话键上，停住不动。看到变得僵硬的真悟，优衣不解地问：“不接电话吗？”真悟咬住嘴唇，按下了通话键。

“喂，你好像把女儿叫来了啊？”

通过变声器传来的声音似乎很快活。真悟条件反射般看了看窗外。那家伙在盯着这边的状况吗？还只是随便说说？

“你到底要让我女儿干什么？要是你敢碰优衣一根毫毛……”

“碰她？我？”

真悟用手捂着嘴小声说的话被游戏主人打断。

“我怎么可能干那种事？首先，咖啡店里的搜查员那么多，我怎么可能有机会靠近她？”

“你能看到这个地方吗？”

“谁知道呢。不过，不用看也想得出来嘛。你那么宠爱你女儿，当然要让指挥本部出动大量搜查员。要是指挥本部不答应，你就会威胁说自己不再协助这起案件。是不是这样？”

被对方完全说中，真悟哑口无言。那家伙不但完全掌握了警察的行动，对我的心理活动也了如指掌。这家伙的确非同寻常。

因为紧张，真悟全身的肌肉都僵硬起来。

“我不会伤害你女儿。伤害你女儿的……是你自己，上原。”游戏主人像在唱歌似的说。一瞬间，真悟完全听不懂他在说什么。

“你，你要命令我对优衣做什么吗？”真悟捂着嘴低声吼道。

“哈哈，你以为我要你揍你女儿吗？我怎么会干那么野蛮的事？我的游戏更高级！现在要开始的，是‘坦白游戏’。”

“坦白游戏？”

“对，这次给了你特别福利，你不用去解谜了。你只要对女儿坦白就行。对了，这个手机你要一直开着哟。”

听了游戏主人的说明后，真悟的头脑里浮现出两件事情。

“你要让我坦白什么？”真悟声音沙哑地问道。

“就是你瞒着女儿的事嘛。你知道我在说什么吧？就是那件事。只要你跟女儿全部坦白了，游戏就完成，人质就不用去死。规定时间10分钟。好，游戏开始！”电话那头宣布游戏开始的声音十分欢快。

“喂，等等！”

真悟对着电话喊。尽管手机没有挂断，却无人回应。真悟把接着电话的手机无力地放在桌子上。

“谁打来的？”优衣问道。但真悟没法回答。

他有两件事瞒着优衣，应该坦白其中哪一件呢？真悟的头脑如一团乱麻。他感到口腔内非常干燥，犹豫不决的心情让他的身体在微微颤抖。

其中一件是本来就准备今天说的。昨晚一直在为此做演习，但在精神上的准备还是不够。

“真悟……”优衣不安地盯着他。面对优衣恳求般的目光，真悟慢慢开了口。

“我……得了……癌症。”真悟慢慢地挤出了这几个难说出口的字。

“癌症？”优衣惊讶地眨了眨眼睛。

真悟点了点头：“是的，胰腺癌。”

“什么？你说什么？癌症？那……做手术吗？”

“已经不能做手术了。发现的时候就已经是晚期了。”

“什么时候发现的？”

“去年九月。”真悟抬头看了看天花板。

从去年年初开始，他就时不时感觉腰痛。起初他以为是因为保安工作站立时间太长，但疼痛感越来越强，就去附近医院做了精密检查。结果就检查出了胰腺癌，做手术也为时已晚。

主治医生告诉他：如果不接受治疗，寿命还有半年左右；如果接受化疗，寿命可能会再延长半年。

真悟木然地听着医生的说明，当时他心里想的是就这么任其自然。刑警的工作早已辞掉，追踪的桃井一太也已经死去，而且自己还离了婚……他不知道自己为什么还活着。所以，他一方面为被宣告来日无多而感到震惊，但另一方面也有几分安心放松的感觉——终于可以不再这么空空荡荡、拖拖拉拉地活下去了。

可是，真悟最终还是选择了化疗。这是因为医生告诉他，服用抗癌药可能会减轻背部的疼痛。虽然他没有兴趣把这空空荡荡的人生再拖延下去，但他也不想继续承受身体深处仿佛被酸液腐蚀的那种疼痛的折磨。

化疗没有想象中那么痛苦。真悟开始时还有轻微的呕吐感，头发也慢慢变得稀疏，但副作用仅此而已。化疗开始一个月以后，肿瘤已经缩小了一半，同时背部的疼痛也几乎消失了。

真悟现在也每周去医院接受一次抗癌药的静脉注射。可是，大约从一个月前开始，肿瘤又长大了。主治医生解释说，这是对抗癌药产生了抗药性的癌细胞存活并增殖的结果。医生还告诉他，如果癌症按照这个速度恶化下去，他剩下的时间不到半年了。

“那……以后怎么办？”优衣从椅子上站起身。

看着表情扭曲的女儿，真悟无力地摇摇头：“没什么办法。半年以内，不，说不定两三个月内，我就不在了。”

优衣用双手捂住嘴巴，身体垮掉似的坐回椅子上。

“优衣，对不起，我跟你妈妈已经说了……但对你，怎么也说不出口……”面对一直用手捂着嘴的优衣，真悟尽量解释，“我买了保险。确诊是癌症后，保险金就给我了，有三千万日元。我一点儿也没动。我不在了以后，就给优衣……”

“我不要钱！”优衣歇斯底里地叫着。

“对不起。”真悟低着头，声音小得像蚊子一样。

这时，一阵鼓掌声震动了真悟的耳膜。他抬头环顾左右，没看到有人在鼓掌。然后他看到了桌子上的手机，一把抓过来。鼓掌声是从手机里传出来的。

“这下你满意了吧？”真悟捂着嘴低声说。

“啊，真是让人感动的坦白。不过，我要的不是这个。”

“我已经把瞒着优衣的事情讲出来了。已经够了吧！”

“你跟谁在说话?”优衣抬起眼睛看着真悟。

“拜托了。游戏就到此为止了吧。快把人质放回来!”真悟没时间去回答优衣，他在一个劲地恳求游戏主人。可是，电话那头传来的只是嘲笑声。

“不行啊，上原。你还没有全部坦白呢。你还有瞒着的事吧。把那件事说出来!大声点儿，让你女儿和店里的搜查员都听到。你看，规定时间只剩4分钟了。你想让人质死掉吗?”

真悟的手攥紧了那个手机。这个功能简单的小型手机，被攥得机身发出哀鸣。

“你，到底要干什么?为什么要这么逼我?”

“我就是要让你品尝痛苦的滋味，让你自作自受。”

“你说，我做了什么?!你这家伙到底是谁!”真悟对着手机怒吼。眼前的优衣身体在发抖。店员和店主也朝这边看了过来。

“还有3分45秒。”

游戏主人没有回答真悟，只是嘀咕了一句剩余时间，然后一直一言不发。

“到底怎么回事啊?!你一会儿突然说得了癌症，一会儿又这么大声地吼。”优衣双手抱着头，脸上一副就要哭出来的样子。

真悟慢慢地把手机放在桌子上。怎么办?要是把那件事告诉了优衣，自己活着的唯一意义——父女之间的纽带可能会就此终结。而且，要是在这里说，周围的搜查员都能听到。

这一定是犯人精心策划的一幕。他预想到我会为了确保优衣的安全而要求在店里潜伏很多搜查员，从而让我的坦白变得更加艰难。我完全被他玩弄于股掌之上。

手表秒针的滴答滴答声，在一点儿一点儿地侵蚀真悟的心智。

戴在加山枫耳朵上的耳机，差点儿掉落在地。

“怎么了？”坐在旁边的我那霸，侧头看了她一眼。

“没……没什么。”枫自己也知道，她的声音在颤抖。

枫一只手护着耳机，另一只手捂在胸前。心脏的跳动在加快。曾经爱过的男人已是癌症晚期，这个事实让她感到窒息。

驻守在佐和家中的枫和同事们，因为需要向佐和夫妇说明搜查的进展，所以指挥本部会把现场发生的事情都逐一转达给他们。当枫听到游戏主人把真悟的女儿水田优衣叫出来了的时候，她就有种不祥的预感，现在预感变成了现实。

根据指挥本部的报告，虽然真悟对女儿坦白了癌症晚期的事，但游戏主人还要求真悟继续坦白。枫立即明白了那指的是什么，就是真悟与自己的婚外情。

枫有种感觉，不知出于何种理由，游戏主人异常执拗地要折磨真悟。如果说四年前是把真悟作为警视厅的代表来折磨，那这一次游戏的目的，就是要伤害真悟本人。

上原真悟最大的弱点，无疑就是女儿水田优衣。即使是真悟和枫两人单独相处的时候，只要一提到女儿，真悟就不再是一个“男人”，而是变成了一个“父亲”。

真悟还给枫看过他和女儿的合影，炫耀地说：“作为生日礼物送的吊坠，她一直都戴在身上。”那时的真悟，眼角低垂，笑意满目。在那个时候，枫深深地意识到，真悟绝不只属于自己一个人，她甚至为此感到有些受伤。

枫很清楚，对真悟来说，向女儿坦白与自己的关系是最艰难的事。他们之间发生男女关系的时候，真悟与妻子已经处于家庭内分居的状态。真悟告诉她，之所以与妻子维持婚姻关系，只是为了不给女儿带来打击，他准备等女儿成人就离婚。可是对女儿来说，这些说辞都显得毫无意义。如果真悟告诉女儿真相，父女关系就会破裂。而且……枫握住耳机的手，不禁攥得更紧了。而且，自己现在的身份，也让真悟非常苦恼。

警视厅是一个很保守的组织。男女关系的问题对职业前途影响很大。虽然他们的关系已经过去了好几年，真悟也早已辞职，但在同一个部门时曾有过男女关系的事如果被公开，也会有些麻烦。或许自己会被赶出警视厅，调到管辖警署的交通科之类的地方去吧。

枫希望自己与真悟的关系能一直保密下去，因为她为自己是一名特殊班刑警而感到骄傲。想到这些的时候，枫的余光瞥见了佐和真奈美的身影，不禁深深地叹了一口气。

真奈美此刻垂头坐在椅子上。从远处都能看出，她的目光已经失去焦点，面部肌肉非常松弛。她虽然才四十多岁，但看起来像个老妇人。

作为一名特殊班刑警，舍身救人本应是职责使命，可我却在考虑自己的职业前途……枫的心中升起恨不能打自己耳光的冲动。

现在，就让我做一名特殊班刑警应该做的事吧。如果我这么做了，真悟也一定会做出正确的行动。因为，教导我应该怎么做一名特殊班刑警的，正是那个人。

枫下定决心，从裙子口袋里拿出了手机。

呼吸越来越困难，好像氧气突然变稀薄了似的。

被游戏主人要求继续坦白的真悟，身体变得僵硬，无法动弹。离规定时间只剩不到3分钟了。如果在这个时间内不讲，人质就会被杀。

真悟注视着桌子上的手机。是不是应该跟犯人交涉，把规定时间拖长一点儿？不可能，对方不是那种可以交涉的对象。可是，如果全部坦白了，就会失去与优衣的父女纽带。他希望临终之际优衣能够陪伴在身边，这是真悟唯一也是最后的心愿。

真悟已经不知道什么才是正确答案了。一切恍如梦境，全无现实感，就像被告知身患癌症的那天一样。

突然，有爵士乐响起。熟悉的旋律让真悟回过神来。真悟条件反射般把手伸进西装口袋，取出他自己的手机。液晶屏幕上显示收到一封邮件。

邮件的发件人是“加山枫”。这个时刻有枫的邮件，不可能是偶然巧合，一定是她在前线本部得知现在的状况后才来联络的。真悟立即打开邮件，只有短短几个字。

请做一名特殊班刑警应该做的事。

真悟身体一震。“特殊班刑警应该做的事”。尽管辞去警察职务已经快四年，但真悟还是被这句话深深地触动。即使已经失去职位，但刑警之魂还留在自己的身体里。此时他再一次深切地体会到这一点。

作为特殊班刑警现在应该做的事，那就是即使牺牲自己，也要救出被扣作人质的少女。真悟颤抖地握紧两个拳头。

“优衣，我还有件事要告诉你。”真悟握紧拳头，看着优衣的脸。优衣或许是感觉到了一种不祥的气氛，她的表情也僵硬起来了。

真悟深深地吸了一口气，开口说道：“我曾经和一位女性……交往过。”

“什么？你说什么？交往过？”优衣脸上露出吃惊不解的表情。

“是的，四年前，我跟一位女性交往过。”

“四年前？”优衣睁大眼睛，声音变大，“四年前，那时……还……”

“是的，那时我还没跟你妈妈离婚。”真悟不禁低下了头。

“就是说，你有过婚外情？我妈妈知道吗？！”

“不，她应该不知道。”

“等等！那你跟妈妈离婚，就是因为那个女人吗？”

优衣再次从椅子上站起来。真悟连忙左右摇头。

“不是的！我跟你妈妈离婚的时候，已经跟那位女性没有再见面了。”

离婚是妻子提出来的。本来应该等到优衣成人之后，但妻子说“不想再看到你那种掉了魂似的样子”。真悟也没有反对，因为他也不想再让优衣看到一个如此不堪的父亲。

“可是，你不是因为跟那个女人交往，才和妈妈的关系变坏了的吗？要是没有那个女人，你们也不会离婚，是不是？”

优衣狠狠地瞪着真悟。真悟无言以对。他与枫产生男女关系，是在与妻子已经达成等优衣成人就离婚的协议之后。可是，即使把这些告诉给优衣，在她听来也一定只是狡辩的借口吧。

“我就知道是这么回事。你抛弃了妈妈，抛弃了我，选择了那个女人！就是因为那个女人比我重要，所以你离了婚！”优衣的双手重重地拍打桌子，杯里的红茶也洒在了桌子上。

“不是的。你才是对爸爸来说最重要的人，没有谁比你更重要了……”

“我不想听。你闭嘴！”优衣双手捂着耳朵，像小孩耍横似的使劲摇晃着自己的头。她眼里浮起泪花，低着头，肩膀在微微地颤抖。真悟默默地望着她。

这下满足了吧？连女儿都被夺走了。

真悟为了向游戏主人确认，他拿起桌子上的手机，靠近耳边。这时，一直低着头的优衣轻声问道：

“那个人是谁？”

“什么？”真悟愣住了。

“那个交往过的女人！我问你，你跟谁交往过？”

“这个……”

真悟迟迟说不出口。他环顾四周，坐在周围的搜查员们，虽然眼睛没有朝他看，但明显都在竖着耳朵听。要是在这里说出枫的名字，不但毁了自己，还会葬送枫的前途。

“你为什么不说话！我是因为谁被抛弃的？快点儿说呀！”

没有必要说。不应该把枫也卷进来。就在真悟这么想的时候，耳边的手机里响起一个声音：“是的，快说！全部坦白出来。

你要不说，我就杀掉人质。只剩40秒了。”

听到这句残酷的宣告，真悟把嘴唇咬得渗出鲜血。然后，他慢慢地张开了嘴。

“加山枫。是我当刑警的时候，在同一个班的年轻同事。”

咖啡店里响起一阵叹息声。潜伏在店里的犯人抓捕队的搜查员中，有不少是特殊班的刑警。在这种时候听到同事的名字，难免大吃一惊。

“原来如此……”优衣淡淡地说了一句，脸上的表情就消失了。她那毫无表情的脸，像能剧的面具一般。她用右手抓住胸前的吊坠——这个星形吊坠是在她14岁生日时，真悟给她买的礼物。

优衣的右手随便一扯，吊坠的链条就断了，发出沉闷的响声。

“优衣……”

真悟无力地叫着女儿的名字。优衣把吊坠扔向真悟。吊坠打在真悟胸口上，又弹跳回来，落在桌子上，发出干涩的响声。

“永别了。”

一个冷冰冰的声音，刺进真悟的胸口。优衣从椅子上站起来。

“优衣！”

优衣快步走向门口，真悟向女儿的背影伸出手去，但她没有停下。她用力拉开咖啡店的门，没有回头看他一眼就走出去了。关门时响起的声音，冰冷地回荡在咖啡店里。

真悟无力地低着头，他的目光落在桌上的吊坠上面。这个吊坠呈五角星形状，有一条细细的银线把五个顶点连接起来，中间镶嵌着一颗闪闪发亮的琥珀。

即便自己与妻子离了婚，即便把对自己的称呼从“爸爸”变成了“真悟”，优衣也都一直戴着这个吊坠。这甚至成了他们父女之间纽带的象征。但是，现在断了。

“上原。喂，上原！”一个刺激神经的声音传来。

真悟瞪着他右手拿着的手机。“这下，你满意了吧?!”真悟把电话拿到脸旁，用低沉含混的声音问道。

“嗯，满意，非常满意。还剩27秒，你就已经完成了游戏。恭喜恭喜。”

“我绝对要把你找出来。找到你，抓住你，绞死你。你就等着吧。”

“上原，你终于拿出斗志了。我一直在等你这话呢。那好，天也快黑了，我们该进入最后的大决战了。”

“大决战?”

“是啊。我跟上原长达四年的因缘仇怨，在此一决胜负。”或许是因为兴奋，游戏主人越说越快。

这家伙动了真格。真悟的直觉这么告诉自己。

“你准备干什么?”

“别那么着急嘛。好不容易的一场大决战，要先找个配得上的舞台呀。”

“配得上的舞台？这次你要叫我去哪儿?”

“东京之巅。那可是最华丽的舞台啊，还是日本历史上最厉害的剑客所在之地。8点之前你要到哟。对了，前面那个信封里的钥匙，就是用来打开那里的地下寄存柜的钥匙。需要的东西在里面，你要在规定时间之内拿到。好了，上原，再见。”

电话到此被挂断。真悟把手机放回西装的内袋后，对着领口的麦克风，报告了游戏主人的指令内容。

报告完毕后，真悟拿起杯子，喝了一口咖啡。咖啡冰凉的苦味，在他嘴里扩散开来。真悟对自己有些困惑不解。生命中最后的希望，与女儿优衣之间的父女纽带明明已经破裂，在他的身体深处，却渐渐生长出一种力量。

这是一种已经很久没体会到的感觉。紧张与兴奋充满全身每一个细胞的这种感觉，在他以前作为刑警执行危险任务时常常体会到。现在，他与女儿的纽带已经破裂，揭露游戏主人的真面目并将之抓捕归案，就取而代之成为真悟的生存意义。

真悟一边对领口上的麦克风报告“我现在就去指定地点”，一边站起来去付钱。

“指定地点是哪儿？请报告。”耳机里传来通信员的声音。

连这个都不懂吗？付完钱的真悟，扬起嘴角，微微一笑。

“东京之巅、日本史上最强剑客。这不就懂了吗？”真悟的头脑，此时异常清晰，瞬间就给出了答案，“日本史上最强的剑客，当然就是宫本武藏。”

“所以呢？”耳机里传来茫然不解的回应。

真悟走出咖啡店，抬起头来。这里没有高层建筑，视野开阔。他凝视着远方那座闪烁着银白色光芒的巨大的圆锥形建筑。

“武藏……高达634米的日本最大的建筑，那就是东京晴空塔。”[1]

1　东京晴空塔的高度为634米，“634”的日语发音同“武藏”（MUSASHI），这也是该塔建立之初，日本人决定用这个数字作为其高度的原因之一。

8

真悟乘坐自动扶梯来到地面后，抬起了头。直到把脖子抬到关节稍觉疼痛，他才终于看清了眼前这座高耸入云的巨大建筑的全貌。

东京晴空塔，全世界最高的独立式电波塔。真悟现在来到了塔身底座的位置。

现在时间还不到晚上7点。真悟从西装口袋里取出一张晴空塔展望台的入场券。下午在丰州电影院得到的那把钥匙，如他所料，正是用来打开东武线东京晴空塔站里的寄存柜的钥匙。打开寄存柜，真悟看到里面有一张展望台的入场预约券，指定的入场时间是晚上8点。据说如果碰上繁忙时段，没有指定时间的预约券的话，可能得等上几个小时。

一切都按游戏主人的计划进行吗？真悟抿了抿嘴。

这是最后的游戏。一定要在这轮游戏中取胜，救出人质，并且揭露游戏主人的真相。真悟心中燃烧着漆黑的火焰。

真悟放慢脚步，开始踏上眼前的阶梯。上到四楼后，可以看到通往展望台的电梯乘坐口。看到在那附近流连闲逛的人群，真悟不禁眨了眨眼睛。木乃伊、科学怪人、女巫、吸血鬼等，各种装扮的年轻人，排成了一条长队。

真悟这才意识到，今天是万圣节。排队的年轻人似乎是要扮装去展望台。真悟很快注意到旁边墙上贴着一张海报。海报上画着各种开心的妖魔鬼怪，“晴空塔万圣节之夜”的字样非常醒目。显然这是一个庆祝万圣节的化装晚会，由晴空塔官方在展望台举办的一场活动。海报上还写着，扮装入场可享受门票优惠。

真悟的脸上露出不悦。这样一来，展望台就会挤满扮装的年轻人，为抓捕犯人而潜伏其中的搜查员就会引人注目。

在绑架事件的搜查中，搜查员有时也会乔装打扮，但警视厅不太可能备有大量的万圣节服装。现在，指挥本部一定在为怎样才能让搜查员不引人注目地混入扮装人群而焦头烂额吧。游戏主人把晴空塔指定为最后的游戏地点时，应该把这一点也计算在内了吧。

不过，如何安排搜查员是指挥本部的事，我操心也没用。万一犯人抓捕队没能出动，那我就凭一己之力去把游戏主人擒拿到手。

真悟刚在心里这么下决心的时候，耳边就响起了电子音。他条件反射般从上衣口袋里取出手机。那部在丰州电影院里找到的手机正响着来电铃声。

怎么现在会有电话？真悟感到困惑不解，但还是对着领口的麦克风报告“犯人来电”。

“犯人来电？你没弄错吗？”通信员大声说。

“我也不知道。你们的逆向追踪，准备好没有？我要接电话了。”真悟按下了通话键。

“哟，上原。你已经到了吗？”一个欢快的声音在耳边响起。

“嗯，我已经到了晴空塔下面。指定时间还没到，你有什么事？”

“对不起，计划有变。”

“计划有变？”

“对。你听好了。先去荒川河上的千住新桥。你还记得吧，那个可怜女孩的尸体就是在那儿发现的。在北千住那一侧的护栏下面，藏有一个行李箱，你把五千万日元装进去。晚上9点整，你要从大桥中间把行李箱扔进荒川河里。要是晚了，我就杀掉人质。对了，别忘记把行李箱关好。不关好的话，箱子就会沉下去。好了，上原，再会。”

“等等！到底是怎么回事？”

真悟话还没说完，电话就被挂断了。真悟手里捏着手机，呆呆地仰望着晴空塔。

“怎么成了千住新桥?！不是说晴空塔吗？”角田参事官的怒吼，回响在指挥本部的礼堂里。

“犯人改变了送交赎金的地点！”在交错不断的怒吼中，近卫提高嗓门大声喊道。

“我当然知道！不用你每次都来跟我讲！”角田歇斯底里地抓搔着脑袋。近卫尽量忍住了想对角田怒吼的冲动。

犯人改变送交赎金的地点，这是意料之外的事情。这种时候最需要指挥本部的幕僚们保持冷静。

“现在已经有抵达千住新桥的‘蜥蜴’摩托车手的报告，正如犯人所言，护栏下面确实有个貌似行李箱的物件。”

一位通信员为了不被礼堂内的嘈杂声淹没，高声报告最新动态。搜查一科科长城之内本来双臂交叉地坐在主席台上，听到这个消息，站了起来。

“让配置在墨田区和台东区的犯人抓捕队预备人员立即前往

千住新桥地区。现在潜伏在晴空塔一带的犯人抓捕队，转为预备人员，分散到荒川区各处。马上与第六、第七区域的各个警署取得联系，让他们尽量把搜查员出动到荒川周边。‘蜥蜴’摩托车队员从千住新桥到下游，沿荒川河两岸等距离配置。在搜查阵容准备就绪之前，让上原在晴空塔原地待命！”

城之内的指示清晰明快，毫无迟疑。听到搜查一科科长的明确指示后，指挥本部里原本喧嚣不安的气氛稍得冷静。不知所措的管理官们，也都立即按照城之内的话，向现场下达指示。

近卫这时把目光投向墙上的东京二十三区地图。一级河流荒川，流经二十三区东侧，注入东京湾。犯人让装有赎金的行李箱从千住新桥上扔进荒川河，是想让行李箱随河流走，然后在下游某个地点去收回。近卫推测城之内是这么考虑的。

一旦东京发生以牟利为目的的绑架事件，警视厅就会以刑警部部长的名义，向管辖范围内的所有警察局署统一发布特别警戒电报。这通电报威力极大。所有警察即使已到下班时间也必须留在警署，各署搜查员也必须立即返回警署等候命令。城之内就是决定动用这庞大人力，在荒川周边布下一个大规模的搜查网。

这个判断应该是正确的。近卫一边把城之内的指示传达给犯人抓捕队的搜查员，一边在沉思。在以牟利为目的的绑架事件中，交付赎金的瞬间就是逮捕犯人的最佳时机。即使是一直隐身的犯人，在收取赎金时也不能不现身。所以，为了不错失良机，城之内调动了大量搜查员，准备趁此机会将犯人抓捕归案。

犯人准备怎么拿到行李箱？是在岸边回收，还是坐汽艇打捞？无论哪种方式，他要想抢到赎金后逃走，都是不可能的。地面上有从全东京调来的搜查员和“蜥蜴”；空中有直升机可以追踪；即使逃到了东京湾，也可以立即请求海上保安厅协助将犯人抓获。

把赎金装进行李箱让其随河流走，这确实是一个崭新的办法。但这种程度的奇计，并不能逃脱警视厅出动全力布下的天罗地网。

是的，绝对不可能逃脱。近卫一边听取犯人抓捕队的配置进展，一边说给自己听，但他心中的不祥预感却无法完全被打消。

“有上原来的联系，要求不要调走在晴空塔的抓捕队。”听到通信员的报告，低头看着桌面的近卫抬起头来。

“什么意思？”角田惊讶地问。

“他说荒川可能是个圈套……”通信员有些迟疑地报告。

“接上扬声器，让上原报告。”城之内迅速说道。通信员连忙点头，赶紧操作手边的无线电机。

“荒川是个圈套，不要上当。”扬声器里传来上原的声音。

“我是搜查一科科长城之内。你说的圈套是什么意思？”城之内连忙问道。他的声音通过无线电传到话筒另一端，上原应该能够听到。

“游戏主人说了，要在晴空塔决一胜负。那家伙是动了真格的。他很可能在这里展开最后一轮游戏。”

“那他为什么要求把赎金从千住新桥上扔下去呢？”角田问道。

“是为了减少这里的搜查员人数。因为他知道，他提出这种要求，会让本来应该来晴空塔的抓捕队转向千住新桥那边。而且，荒川附近会聚集大量搜查员，这个他也是知道的。”

“交付赎金是逮捕犯人的最大机会，做好充分准备是理所当然的。”城之内毫不动摇地回答道。

“这个我懂。但是交付赎金很可能是个圈套，这一点请一定好好考虑。至少我是准备在晴空塔等到最后一刻的。游戏主人不是普通的绑架犯，他对我们的动向把握得一清二楚。要是我们按照基本原则来行事，就可能被那家伙玩弄于股掌之上。”上原拼命地想说服指挥本部，“只调动其中一小部分就行，请让搜查员留在晴空塔这边。还有，请允许我继续等在这里。”

城之内听完报告，就指示切断与上原的通信，然后抱着双臂沉思着。

“上原已经不是警察了，根本没有必要听一个不是警察的人的忠告！犯人明确指定了赎金的交付方法。我们应该指示上原马上去千住新桥，同时在荒川周围布置最大限度的警力。”

角田喋喋不休地说，但城之内依然保持沉默。

几十秒钟后，城之内慢慢松开双臂，大声喊道“近卫管理官”。突然被叫名字的近卫，挺直腰板回答道“是！”。

“上原真悟是个怎样的人？”

“是个优秀的刑警。他比任何人都更了解游戏主人。”

近卫很明确地回答道。城之内重重地点了点头，然后开了口：“现在潜伏在晴空塔周围的抓捕队队员里，安排10个人上到展望台，再配置20个人在那周围。做好在晴空塔交付赎金的准备。让上原在那里等到最后一刻。”

“明白了！”近卫充满信心地回答道。

9

手表的秒针指向顶点。晚上8点了。与此同时，真悟手里的手机响起了来电铃声。

果然不出所料。真悟对着领口的麦克风报告“犯人来电”后，就把接收指挥本部指示的耳机取下来，放进了上衣内侧的口袋里。

最后的游戏就要开始了。游戏规则必须集中精力去听。

“你还是打电话来了。”真悟按下通话键，把手机拿到脸旁，不紧不忙地说。

“怎么，你看破了？上原，你没去千住新桥吗？”

“我就知道你还会打电话来的。去荒川的指令是圈套吧？”

“不愧是上原！真不愧是我看上的人。”游戏主人提高了嗓门，听起来似乎是在由衷地高兴。真悟不由得苦笑一下。

“被你表扬，我一点儿也不会高兴。下面，我该怎么办？”

“那好。你20分钟之内到晴空塔顶层450楼来吧，在那里跟我玩过最后一场游戏后，你就回佐和家去。上原的旅程就到此结束了。好了，20分钟后我再联络你。上原，你能找到我在哪儿吗？”

游戏主人像在唱歌似的说完这些后，就结束了通话。真悟把手机放进口袋，一边向指挥本部报告刚刚收到的指令，一边向前方入口处走去。

真悟把从寄存柜里取来的入场券出示给女工作人员看后，他立即被允许通过了。旁边是等着买当天票的长队，真悟承受着那些排队的人投来的嫉恨目光，向电梯大厅走去。

真悟按照工作人员的指挥，和其他二十多人坐上一部电梯。周围大部分都是扮装的年轻人。被包围在扮成各种怪物的年轻人当中，真悟仿佛掉进了一个异次元的迷宫。

游戏主人会混在这些游客里吗？真悟一边盯着电梯正面的显示屏上显示的电梯速度和到达高度，一边警惕着四周。

游戏主人的目的，真悟到现在还是不懂。那家伙会来拿赎金吗？或者，他对赎金根本没兴趣，而有可能来袭击自己。

只需几十秒钟，电梯就到了距离地面350米的天望甲板。电梯门一开，周围的年轻人就发出欢呼声。十几米外的窗户后面是一望无际的夜景。

扮装的一群人小跑着冲到窗前。真悟也跟在后面。从350米的高空处俯瞰的东京夜景，宛如无数宝石镶嵌在夜晚的海面，即使在这种非常时刻，真悟还是被眼前的壮丽景象夺去魂魄。他努力把视线从夜景移开，转头环顾四周。走廊里有很多扮装的人，拥挤得让人呼吸不畅。

真悟找到了“通往天望回廊的电梯”的指示箭头，穿过人群向那里走去。他在空心甜甜圈形状的走廊走了半圈之后，看到了通往顶层的电梯。很幸运的是，电梯前面的队伍排得并不长。从这儿再往上需要另付入场费，看来愿意付钱的人不多。

在柜台付费后，真悟按照工作人员的指示又乘上电梯。与刚才的电梯不同，顶部周围是透明的，所以在通往445米高的被称为“天望回廊”的楼层的途中，能够看到外面的景色。随着电梯升高，地面上的灯光渐渐变得微弱。

电梯到了。真悟小心翼翼地走了出来，面前是一条缓缓上升的螺旋形走廊。向外凸出的大窗户全部采用玻璃制成，让人有一种在空中浮游的感觉。

的确，这就是名副其实的天望回廊。真悟慢慢地走。虽然人数比不上下面的天望甲板，但这个天望回廊里游客也不少。大多数还是扮装的年轻人，他们看夜景、拍纪念照，时不时发出欢声笑语。

游戏主人也在其中吗？真悟双手抱着背包，继续前行。在扮装的人群中，也有少数普通装扮的人。

有一对30岁左右的情侣，牵着手在看夜景，当真悟走近时，他们离开了窗户。

“我们是抓捕队。你把耳机戴上。”两人与真悟擦肩而过时，那位女性用周围听不到的声音说道。真悟既没点头也没回头，而是继续往前走，然后从胸部口袋里取出耳机戴上，打开了无线电开关。

“上原，请报告情况。我再说一遍，上原……”

“我是上原，已经抵达天望回廊。犯人还没有动静。”

“请随时保持联系。”通信员低声说道。

从现在开始，是我和游戏主人之间的决战。尽管真悟心里这么想，但他还是回答“明白了”。在这场决战中，谁也不知道会发生什么事，有可能需要搜查员的帮助。这场决战关系到人质女孩的生命安危，绝对不能失败。

“这层楼有几名搜查员？”真悟走近窗边，背靠栏杆，对着麦克风低声问。

“在天望回廊和450楼共有7人。下面的天望甲板有3人。另外在晴空塔周围安排了20人。”

耳机里传来的声音，真悟很熟悉。

“明白了，近卫。这个配置，我觉得不错。”

听到真悟的回答，近卫轻轻叹了一口气：“什么不错？你突然就把无线电关掉，怎么能这么干?!”

“那是因为我坐的电梯满员了，耳机里的声音漏出去的话不行吧？对了，派去荒川的搜查员们现在怎样了？”

“我再跟你说一遍，一定要随时保持联系。派去荒川的那些人，我在让他们赶往晴空塔，但可能会来不及。要是可能，你尽量跟游戏主人交涉，拖延时间。”

“你也知道这很难。游戏主人就是为了制造出这种局面，才故意让他们去荒川的。”

“是，我懂。上原，小心点儿。犯人的真正目的……”

“可能是我的这条命。”

真悟用轻松的语气说出这句话后，耳机里传来了低声回答：“是的，没错。”真悟自嘲地撇了撇嘴。反正这条命都只有不到一年了，如果能揭露游戏主人的真面目，我心甘情愿奉献出去。

“近卫，你别担心。我当年可是被你训练出来的。虽然最近因为癌症虚弱了一点儿，但底子还是在的，不会那么轻易就服输。”

“那就好，拜托了。”近卫说完就结束了通话。真悟看看手表，晚上8点14分。距游戏主人发来指令还有6分钟。在那之前，必须把握这层楼的结构。

“我现在开始走动。”真悟对麦克风报告后，就小心谨慎地沿缓缓上升的回廊前行。绕螺旋状回廊一周后，他到了最高层450楼。真悟一边环顾这甜甜圈状的天望回廊，一边前行。

窗边挤满了看夜景的扮装年轻人，他们声音很吵。沿回廊走了大约一半时，真悟看到好像有人在排队。

回廊前面不远有一处明显向内凹陷，是个拍纪念照的好地点。真悟立即往旁边墙壁看去，那里写着“最高抵达点451.2米晴空佳境”，还有一个相机图标。这里显然就是晴空塔展望台的最高处。

走到队伍旁边的真悟，侧头往前看了看。似乎是按照万圣节惯例，那里摆放着一个巨大的南瓜，南瓜上雕了个万圣灯笼脸，扮装的年轻人们满面笑容地在那前面拍照留念。在他们旁边有个身穿玩偶装的人，在跟他们一起拍合影。那个玩偶的造型是个女孩，后脑勺呈星星形状。真悟觉得在哪儿见过这个玩偶——他想起来了，是晴空塔的官方吉祥物。他再仔细地看，发现这个吉祥物的嘴角流着鲜血，獠牙锋利，身披一件绣有蝙蝠图样的黑色斗篷。这是装扮成了吸血鬼的样子吧。似乎连官方吉祥物也换成了万圣节主题。

过了摄影点，再往前稍走几步，有一个返回下面楼层的电梯。真悟在那附近停住脚步，背靠墙壁。

要想从这层楼下到地面的话，先要坐电梯到下面的350米那一层，然后再换乘通往地面的电梯。即使拿到赎金，只要把电梯一停，就如囊中之物，无处可逃。游戏主人到底想在这里干什么？真悟完全想不出来。

口袋里响起来电铃声。

终于来了吗？真悟取出手机，但铃声突然停了。

真悟皱起眉头。液晶屏幕上显示“邮件一封”。打开邮件以后，他眉间的皱纹更深了。

晚上8点25分之前，在晴空佳境拍纪念照一张。用最灿烂的笑容。

然后把装有赎金的背包放在南瓜后面。

之后请观赏夜景，等候下一次联系。

若不遵从指令，我就杀掉人质。

——游戏主人。

把赎金放在那个南瓜后面？真悟转过身，回头去看刚才走过的摄影点，有十多个人在排队。

要在5分钟内拍出照片，就必须马上去排队。真悟跑了起来。

站在队尾的真悟，将嘴靠近领口的麦克风。

“犯人发来邮件。”

“邮件？不是电话？”通信员问道。

“对，是邮件。要我在摄影点拍张照片，并把装有赎金的背包放在那个大南瓜后面。”

真悟一边报告现状，一边在想犯人为什么这次要用邮件发来指令。他分析理由，是因为游戏主人就在这层楼里。

这层楼里潜伏着搜查员，游戏主人应该是知道的。如果用电话发出指令，很可能会被发现。但如果只是发邮件，就不会被察觉。这层楼里人很多，此时此刻都在玩手机。

“我就按照犯人的指令，把背包放在南瓜后面，可以吧？”

真悟这样请示后，通信员回应说“请稍等”。通过耳机，真悟隐约听到那边有很多声音。指挥本部似乎在为行动方针发生争执。根本就没有商量的时间啊！真悟不由得皱起眉头。这时，耳机里再次传来近卫的声音。

“现在在让下面一层的搜查员去到你那层。你能否争取一点儿时间？”现在已经明确，这450楼就是交付赎金的现场，所以近卫想尽量多安排一些搜查员在这一层。

“不行。邮件里说了，要是5分钟之内不按指令行事，他就要杀掉人质。还剩下不到3分钟了。我没时间再等搜查员了。”

真悟迅速地回答完后，听到耳机里传来隐约的怒吼声。指挥本部已经陷入相当恐慌的状态之中了吧。

“近卫，我就按照指令把赎金放在南瓜后面。请你在摄影点附近多安排几名搜查员吧。”

近卫没有立即回答，他似乎在挨训，或许有个幕僚在怒吼：“别让上原随便乱动！”

“近卫，没有时间犹豫了。要是不在指定时间内做到，那家伙真的会杀人。我必须遵从他的指令。”

“明白了。你就那么办。这边的事交给我来对付。”近卫坚定有力地回答道。

“好，拜托了。”

真悟松开抓着的领口，抬头面向前方。队列已经前进了不少。真悟前面只剩下扮装成僵尸的一对情侣了。看手表，只剩下不到2分钟了。

没时间了，请快点儿啊！真悟咬着嘴唇等了约30秒，终于轮到前面的那对情侣了。

“拜托，请帮忙按一下。”

前面情侣中的女性突然转过身来，把手机递给真悟。这里似乎有个约定俗成的惯例，如果没有同伴拍照，可以让排在后面的人帮忙。

时间所剩无几，真悟心中备受煎熬，但他还是用颤抖的双手为这对满面笑容的情侣拍了照片。情侣取过手机，道谢后离去。

只有几十秒了，真悟心急如焚。他把手机调到照相模式，交给排在背后的三名妖精装扮的女性中的一人。

“请帮帮忙，按这里就行。”

那位女性被真悟焦急的神色吓得稍稍后退了一下，但她还是接过手机。真悟尽可能和颜悦色地对她说了声“拜托”，就走近那个夸张滑稽地张开着双手的吉祥物。站在吉祥物旁边的真悟，把挎在手臂上的背包转移到右手上，再将那只手挽在吉祥物的腰间。

“好，我就按了。”那位女性说。

真悟在勉强露出笑脸的同时，右手用力把背包往后面扔去。快门按下的声音响起。真悟把手从吉祥物腰间抽回。回头去看，背包已经消失在大南瓜后面，看不见了。

真悟握紧拳头，从女性手里接回手机，离开了摄影点。手表时间正是8点25分。真悟松了一口气，看来还算赶上了。

“我把赎金藏在南瓜后面了。”

“明白了。上原，请你离开现在的位置，移动到别处。赎金由抓捕队搜查员监视。”

真悟刚一报告，耳机里立即传来了指令。他本来想提出抗议，说“让我也一起监视赎金”，但话到嘴边又咽下去了。

在这个摄影点附近，应该已经配置了充足的搜查员。很难想象游戏主人会轻易地出现在这里。他应该另有图谋。那么，自己就应该去注意那些监视较弱的地方。于是，真悟对麦克风回答“明白”之后，便回到了螺旋状天望回廊与这450楼的连接处附近。他在那里的椅子上坐下，整理思路。

既然游戏主人说了要在这里进行“最后的游戏”，那他一定在这里准备了与“最后”相应的大动作。在这东京之巅，到底会发生什么呢?

这时，一阵电子音震动了真悟的耳膜。他从口袋里取出手机。与几分钟前一样，收到了一封邮件。

这就是最后的指示吗?真悟咽了一口唾沫，打开邮件。

来找我。你已经能看到我了。

所有的线索，都在你手中。

中间有个五角形，我就在里面。

那么，我在哪儿呢?

要是找不到我，我就杀掉人质。

要是找到了我，我就给你最想要的东西。

加油，找到我。

我一直等着你，上原。

——游戏主人

中间？五角形？真悟困惑不解地站起来，把领口拉近嘴边。

“有犯人的联系。我给你念他的邮件……”

“这是什么意思？”真悟刚刚念完邮件，通信员立即问道。

“我怎么知道?!”真悟一边提高嗓门大声说，一边去看楼层示意图。图里有一个甜甜圈状的450米高的楼层，外围是一个从445米处开始上升的天望回廊，哪儿也没有可称为“中间”的地点。

这就是450楼的示意图，楼层为甜甜圈状，外围一圈天望回廊。真悟将视线转向中心，可这个建筑的中心，到底有什么呢？

里面埋着钢筋铁条，还是……就在真悟想着这些的时候，远处传来高声喊叫。真悟转过身去，不由得瞪大了眼睛。天望回廊的尽头，升起的浓烟正向自己袭来。扮装的人群被浓烟追赶，尖叫着四处逃窜。

“起火了吗？”真悟正自言自语，楼里就响起了急促的警报声。

“起火！起火！请听从工作人员的指挥，立即避难。”广播里响起一个女性的声音，在催促人们避难。真悟向天望回廊跑去。

这绝不是偶然。这场火灾是游戏主人谋划的。游戏主人，这个令真悟日思夜想苦苦追寻的罪犯，此刻一定就在起火的源头。真悟从口袋里掏出手帕，捂住嘴，向着与逃难的人流相反的方向，跑下天望回廊。

“这边！从这边能撤离！”

真悟为了尽可能避免吸入浓烟，低身前行，沿回廊走到一半左右的时候，一个保安员高声叫住他。他看到走廊的一部分稍稍往里凹了一点儿，那儿有一扇门开着，几个游客逃出门外。真悟跑近保安员。

“这里面是什么？！”为了声音不被警报盖过，真悟大声吼着问。

“里面是消防楼梯。请立即避难！”

真悟往门里看去。里面是一个巨大的空洞，设置有一个螺旋状的消防楼梯。这就是“中间”吗？制造混乱，趁机抢走赎金，然后从这个消防楼梯逃走。这就是游戏主人的策谋吗？真悟转身回到回廊。

一瞬间，他在犹豫是否应该回到放赎金的地方，但马上改变了主意。赎金那里已经有好几个搜查员在监视，而且浓烟蔓延到那里应该还需要一点儿时间。自己现在应该去确认起火源头。游戏主人或许就在那附近。

“喂，这位先生，您去哪儿？请尽快避难！”

一位保安员慌忙地叫住他，但真悟没有理会，继续沿天望回廊下行。浓烟挡住视线，目前还看不到火焰。

真悟看到一个身影正在越过窗边的栏杆。

“你在干什么？！”真悟走到这个身影背后，带着警戒心大声喊道。看到转过来的身影，真悟吃惊地眨了眨眼睛。原来是他抵达天望回廊时提醒他戴上耳机的女搜查员。

“上原！”

“你，你在这儿干什么？”

在困惑不解的真悟面前，女搜查员尽量探出身体，越过栏杆，伸手去取了个什么东西。真悟看到她手里拿着的东西时，不禁叫了一声。

那是一个发烟筒。烟筒顶端正冒着棕色浓烟。

“在窗户旁边不容易被发觉的地方，找到好几个类似这样的发烟筒。”

使用发烟筒制造烟雾，是一件很容易的事。说不定，不但天望回廊，那450楼也…… 真悟转身便跑。

他沿天望回廊一口气往上跑，回到刚才所在的与450楼的连接处时，那里也已经浓烟弥漫，视线不清。毫无疑问，这层楼也有被点燃的发烟筒。真悟揉着眼睛，喉咙因浓烟而火辣辣地痛。

真悟的目光，捕捉到有浓烟从女厕所门口冒出来。这时，女厕所旁边的多功能厕所的门被打开，一个身穿保安制服的年轻瘦削的男子走出来。男子腋下夹着一个小包。

几秒钟后，从多功能厕所门的缝隙里冒出浓烟。

真悟对男子背影大喊一声“喂”，那人颤抖着转过头来。刚一碰上真悟的眼光，那人突然拔腿就跑。真悟大叫“站住”，立马就追。很快追上的真悟，从背后抓住他的手腕，用力一拉，那人轻易就被拉倒在地。包里掉出几支还没用的发烟筒。

“原来是你干的！”真悟冲他一吼，那人就“哇”的一声，可怜地叫唤起来。

“这家伙就是犯人吗？”赶过来的女搜查员看着发烟筒问。但真悟摇了摇头：“不，这家伙不会是游戏主人，只是个同犯而已。”

这种没出息的家伙，不可能是游戏主人。真悟双手抓住这人的制服领口，强行拉起他的上半身。

“为什么要干这种事？！”

“对不起！是别人叫我干的！”那人吓得全身哆嗦。

“是谁叫你干的？”

“不、不知道。”

“你这家伙，开什么玩笑！”真悟抓起他的领口，狠狠地盯着他。

“我真的不知道。那人是在网上叫我干的。说今天晚上8点30分在这里点燃10支以上发烟筒，就会给我钱……我事先领了十万日元，所以……”男子喘着气回答。

这家伙真的什么也不知道。真悟做出这个判断，抬起头来，皱起眉头。这时，450楼里面也充满浓烟。

如果烟雾是从天望回廊蔓延过来的话，就不应该这么浓。真悟顿时意识到发生了什么，他脸颊的肌肉抽搐了一下。

“这家伙就交给你了。”真悟对女搜查员留下这话后，拔腿就跑。

在这450楼里，一定还有其他人在点燃发烟筒。那人一定就是游戏主人。

人们被笼罩在烟雾里，楼层拥挤不堪。很多人从里面逃过来，其中也有那个穿着官方吉祥物的玩偶。人们快要陷入崩溃，工作人员拼命将大家向消防楼梯引导。

真悟穿过人群，前往放置赎金的摄影点。离那儿越近，烟雾越浓。他呼吸变得困难，眼泪不断地流。

为了尽量少吸烟雾，真悟弯着身体到了目的地。那里有三个人，同样也弯着腰。他们应该是监视赎金的搜查员。

“现在怎么样了？”真悟靠近其中一人，大声问道。那人突然被叫，一时身体紧张，看到是真悟后，立即放松下来。

“警报响起后不一会儿，南瓜后面突然冒出烟雾。烟雾的势头太强，一时间不知道发生了什么事……”

“赎金怎么样了？还在南瓜后面吗？”

“现在正在确认。”

这位搜查员朝摄影点后面扬了扬下巴。这时，两位男子从弥漫的烟雾中走出来，激烈地咳着。

“不好了！”其中一个大喊。

“不好了是什么意思，背包不见了吗？”

“背包还在，但里面的东西被拿走了。旁边掉了三支发烟筒。”跟在后面的男子举着手臂，他手里拿着一个空空的背包。

“谁把钱拿走了？”真悟问道。手拿背包的男子使劲地摇头：“我怎么知道！浓烟一下就散开，马上什么都看不见了。周围人都在尖叫逃跑，一片混乱。”

这就是游戏主人的脚本吗？真悟望着走廊尽头。远处那些扮装的人，一个接一个消失在消防楼梯的入口里。游戏主人也在其中吗？

“马上跟指挥本部联系，把这栋建筑封锁起来。”真悟大声说道。站在他身边的一个男子，咂了咂舌头：“我们早就联系了。”

“这里是指挥本部，现在通知在晴空塔的各位搜查员。对晴空塔实施即时封锁非常困难。请各位尽量抓住持有赎金的人。”

耳机里传来指挥本部的指示。搜查员们相互微微点头示意后，很快就分头行动。他们想从涌向消防楼梯的人群里找出持有赎金的人。五千万日元的钞票相当占面积，犯人应该带有行李。

在搜查员们散开之后，真悟也很快原路返回。当他回到450楼与天望回廊的连接处时，发现混乱已经开始平息。在消防楼梯的入口处，人们开始排成队列。烟雾似乎也稀薄了一些，大概是排烟系统已经启动了吧。

在搜查员们忙着询问带着大件行李的人的时候，真悟从口袋里取出手机，仔细确认游戏主人发来的邮件内容。

这个邮件里应该藏有寻找游戏主人行踪的线索。如果“中间”是指晴空塔中心的消防楼梯的话，那“五角形”又是指的什么呢?

真悟咬着嘴唇寻找五角形的东西，他的视线落在走向天望回廊的人们身上。这些人可能是看到这里的紧急出口排起长队，所以打算往人少一些的天望回廊去避难。在这些人里，真悟发现，那个官方吉祥物的头像是个星星形状。他不由得眨了好几次眼睛。

这个吉祥物，从正面看时没有注意到，但从背后看去，后脑勺的星星形状虽然棱角不分明，还勉强可以看成一个比较缓和的五角形。

“喂，你等等!”真悟对着十几米远的吉祥物喊道。他声量太大，周围几乎所有人的视线都集中在他身上。吉祥物也慢慢转过身，一双毫无表情的大眼睛，直直地盯着真悟。下一个瞬间，吉祥物往回廊里面跑去。真悟在后面追赶。他穿过目瞪口呆的人群，跑到天望回廊，看到甩着双手拼命逃走的吉祥物。真悟体力有些衰弱，双脚没站稳，险些跌倒在地，但他挺了下来，继续往前挪动脚步。

真悟在回廊中间追上了吉祥物，他飞扑到那人背上。吉祥物激烈反抗，拼命挣脱，两人都摔了个四脚朝天。真悟的后背重重地跌在地上，不禁发出一声呻吟。

真悟此时浑身疼痛，吉祥物趁机骑在他的身上，把露在服装外面的手握成拳头，狠狠殴打真悟的脸颊。拳头的袭击，让真悟一瞬间几乎失去意识，但他咬紧牙齿，保持了头脑的清醒。

吉祥物再次高举拳头。就在那一瞬间，真悟双脚用力，拱起后背，抬高臀部，让身体形成一座桥梁形状。骑在真悟身体上的吉祥物一下子失去平衡，双手着地。真悟没有放过这个机会，用双手按住吉祥物的膝盖，把身体缩成一团。真悟在警察时代长年学习柔道，此时便用练过无数次的柔道卧姿招数，来个鱼虾翻身，从压在自己身上的吉祥物的双腿之间挣脱而出。他飞快站起后，对着吉祥物的大脑袋，就像踢足球一样，狠命地踢去。

虽然大脑袋里装的棉花吸收了很多冲击力，但吉祥物还是重重地仰面倒下了。真悟顺势抓住他的手，用力一扭，肘关节就不能动弹了。吉祥物含糊不清地尖叫着，为逃脱肘关节的剧痛，他把脸趴在地上。真悟继续扭着他的关节，同时把脚踩在他的后颈上。

“犯人抓住了！这家伙就是犯人！这家伙就是游戏主人！”

真悟对着领口的麦克风大喊。耳机里传来通信员的喊叫声，但真悟没有听到。

“抓住了！游戏主人，我终于抓住了。四年来，我一直在追踪你。”

真悟舌头打结，身体在微微颤抖。他一边体味着迄今为止的人生中从未尝到过的喜悦与兴奋，一边把身体重心放在踩着吉祥物的那只脚上。

他听到几个人的脚步声，一看是几名搜查员正朝他跑来。

“这家伙就是犯人吗？”一名搜查员低头看着吉祥物说。

“是的，这家伙就是犯人，就是游戏主人！”真悟把脚从吉祥物的后颈移开，用力去扭关节。吉祥物微弱地叫着。

“可是，找不到赎金啊！”搜查员环顾四周。

“打开这个拉链！”真悟用鞋尖轻轻地碰了一下吉祥物背上的拉链。搜查员蹲下身体，谨慎地拉开拉链。或许因为已经死心，吉祥物不再抵抗。

当吉祥物服装里面的东西露出来时，搜查员们都惊叫起来。里面除了一个身穿圆领衬衫和运动裤的男子以外，还有一沓沓的钞票和几支发烟筒。

“刚才这家伙把背后的拉链打开，趁周围人不注意，把发烟筒扔到了南瓜后面。然后，趁浓烟遮挡人们视线之时，把背包里的钱转移到吉祥物服装里，最后装成避难逃了出来。就是这样的吧？”真悟一边松开吉祥物的手臂，一边对里面的男子这样说道。

搜查员们取出钞票后，把那男子从吉祥物服装里拉出来。那人几乎完全失去知觉，浑身无力，任凭搜查员们脱去他身上穿着的吉祥物服装。

真悟表情紧张地凝视着这张脸。年龄大约30岁，轮廓分明，五官端正。但表情肌肉已经松弛，整个人像掉了魂似的。

“喂，游戏主人，你现在感觉如何？”真悟蹲下，凑近去看被搜查员搀扶着坐起的男子的脸。

“游戏……主人？”男子的眼睛已经失神，呆呆地看着真悟。

“游戏已经结束。你绑架的那个孩子在哪儿？”

“绑架？！”那张肌肉松弛的脸上，显出吃惊的表情。

“你别装不知道，快把扣押人质的地方吐出来！”真悟打了男子一记耳光，那人的脸就随着响亮的声音转向一侧。

“不，不知道……绑架……什么绑架？”男子声音微弱嘶哑。

“别装傻了！我赢了这个游戏，你就放出人质。这是我们之间的约定吧！”

“什么游戏？我听不懂你的话啊。”

真悟看着眼前这个声音发抖的男子，心中开始升起不安。他刚才体会到的那种恍惚的快感，不知何时已经消失殆尽。

我赢了最后一轮游戏。这人应该就是游戏主人。

真悟咬牙切齿，随意抓住男子的右手食指，扳向手背方向，几乎弯到九十度。男子口中迸出恐惧和痛苦的惨叫。

“喂，你也太过分了吧！”一个搜查员察觉到真悟的行为意图，大声制止他。但被真悟狠狠地瞪了一眼，搜查员的声音也低了下去。

“你嚷什么。我已经不是警察了！我怎么干，都只不过是普通市民之间的私人纠纷，你们就别吱声，看着好了！”

真悟更加用力地去扳那人的手指，盯着他的眼睛。

“给我老老实实地回答问题。你说一次谎，我就折断你一根手指头。明白了吗？”

男子嘴唇哆嗦着，一言不发。真悟再次怒吼“你听懂了没有”，他才发出低微的哀叫，可怜兮兮地回答了一声“明白了”。

这是怎么回事？怎么会是这副样子？要是游戏主人的话，即使输了，也应该是威风堂堂的样子。真悟的信心其实已经开始动摇，但他还是佯装无视，继续审讯。

“你绑架了一个高中女生，向其家长勒索了五千万日元赎金。是吧？”

“什、什么?！我、我没干那种事啊。”

真悟把男子的手指扳得更弯，那人嘴里发出痛苦的呻吟。

“别想装傻。那么，你为什么拿走赎金逃跑？”

“网上！是网上有人让我干的。是有人叫我干的。这套吉祥物的服装，也是网上的人寄来的。我也觉得有点儿可疑，但已经拿了预付款，对方还说要是成功了的话会有一大笔钱……我什么也不知道啊！”

看着眼前这个拼命解释的人，真悟感觉到一阵强烈的晕眩。

“你，还有穿保安制服点燃发烟筒的那个人，是什么关系？”

“我们是一伙的。我跟他一起接了这活儿。”

这家伙也是同犯？真悟半张着嘴，呆然久立。

“喂，怎么回事？这家伙也不是犯人吗？莫非也是个同犯？”站在男子身后的搜查员大声问道。

“不可能！”真悟咆哮着凑近男子的脸，“给我说实话，不然这回我真的要折断你的指头！你就是游戏主人，没错吧？”

“我压根儿不知道你在说啥呀！游戏什么的，我根本就不懂！”

“不，你就是游戏主人，肯定不会错！”

真悟大叫着，要去折断男子的手指。搜查员们扑过来制止他。这时，电子声响起了。

真悟的手停下来。搜查员们为制止他而抓住他手腕的手也僵住了。真悟无力地松开抓着男子手指的手，战战兢兢地从口袋里掏出响着铃声的手机。

“犯、犯人，来电……”真悟向领口的麦克风报告，梦游般地低声喃喃。

“不是说犯人已经抓到了吗？怎么又有来电？”

耳机里传来大叫声。真悟一言不发，用颤抖的手指按下通话键，把手机拿到自己脸旁。他的上下牙齿打着战，发出咔嗒咔嗒的声音。

“哟，上原，找到我了吗？”

手机里传来一个声音，是通过变声器的、高亢的声音。真悟感到脚下发软，仿佛被抛到半空。他失去平衡，往后跌去，直到背部碰到回廊窗边的栏杆扶手，才终于撑住身体。

“游、游戏主人……”

真悟无法相信，自己嘴里会发出如此软弱的声音。听着真悟的低声，搜查员们都屏住呼吸。

“是啊，我就是游戏主人。怎么了，上原？你的声音像要死了似的。”

“那、那个吉祥物，那个装扮成德古拉[1]的吉祥物里面的人，不是你……”

“什么？你不会是把那个吉祥物的脑袋看成了五角形吧？还

1 吸血鬼经典形象，1897年哥特式恐怖小说《德古拉》中的同名角色。——编者注有，你不会以为‘中间’就是指的消防楼梯吧？你真以为那么简单就能把我抓住吗？还有，那个吉祥物可不是德古拉，他就是吸血鬼哟。如果不是吸血鬼的话，那就没意思了。”

“你在说什么……”

“上原，你抓到的都是小鱼小虾，无足轻重的小人物。我的视野更宏大啊！”

“什么……”

“现在给你最后的提示。上原，想想你今天一天的行动。线索已经齐全了。好，到了该听你回答的时候了。我在哪儿？你要是说错了……我就杀掉人质。”

最后那句“我就杀掉人质”，声音异常低沉，久久回响。

真悟绞尽脑汁。想！再想！这么下去，人质会被杀掉。

中间有个五角形。从这儿可以看到。这到底是指什么？

“怎么了，上原？不能老让我等啊。距规定时间还有1分钟。在那之前一定要回答我。我现在在哪儿？”手机里又听到仿佛从地狱深处传来的低沉的声音。

“电话是犯人打来的吗？请报告！”通信员的声音从耳机里传来。

真悟摘下耳机，环顾四周，仿佛想找救命稻草似的。

宏大又细致的视野，游戏主人说这就是提示。宏大……

这个晴空塔中心的用作消防楼梯的空洞，已经够大……要比这更大的地方……可是，在这晴空塔里有这样的地方吗？

“还有30秒、29秒、28秒……”游戏主人开始倒计时。

“吵死了，你闭嘴！”

真悟对着电话怒吼。他转过身，双手抓住栏杆，把自己的头往栏杆狠狠撞去。他在心中祈祷，但愿能撞出什么想法来。

当他弯下脖子准备再撞一次的时候，他突然停止了动作。他睁圆眼睛，视网膜上映出东京的夜景。

在远处的摩天大楼之间，有一片黑色。这个完全无光无亮的空间，从空中望去，宛如东京的一个巨大空穴。这个空穴的形状，虽然有点儿歪斜，但可以看成一个五角形。

"啊！"真悟一声怒吼。

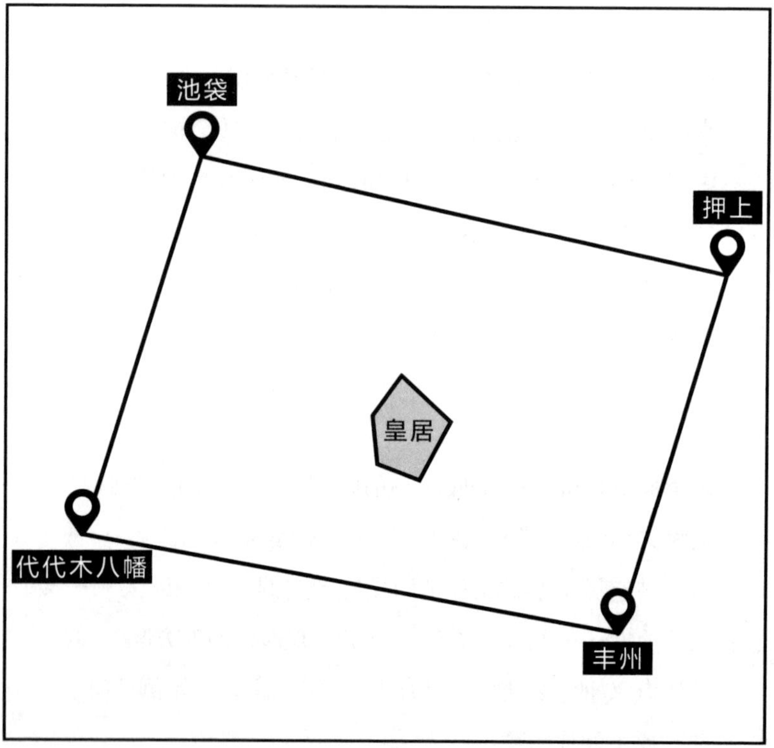

中间。池袋、丰州、代代木，还有这晴空塔。这个五角形空穴，既位于这四个地点的中间，又是东京的中心。

真悟抬起头，看着从天花板吊下来的一块牌子，上面画着从这里能看到的景观的导游图。在这张导游图的中心，是一片郁郁葱葱的绿色区域。

真悟把脸靠近手机。

“8、7、6……”不祥的倒计时震动着真悟的耳膜。

“是皇居！”真悟嘶哑地喊道，“皇居。是我今天去过的四个地点的中心，也是东京的中心，那儿是个五角形。你就在那儿。”

手机里听不到任何声响。

“怎么样？答对了吗？我赢了这场游戏吗？告诉我，拜托。”真悟闭着双眼恳求道。要是答错了，人质女孩就会被杀掉。这份重压让他喘不过气来。

“上原，辛苦了。谢谢你今天陪我玩了一天。能跟上原玩，我很开心。”

沉默了十几秒之后，手机里传来这样一段话。这次不是那种仿佛从地狱深处传来的声音，而是带有小丑味道的、高亢的声音。

“我答对了吧，我答对了！”真悟用双手把手机握在手心里。

“不要这么着急嘛。我前面发出过指令，上原，你现在去佐和家等着。你答没答对，很快就会见分晓。”

“什么时候才能见分晓？什么时候？”

“那取决于上原你自己了。好了，上原……再会。”

“等等，话还没……”真悟拼命想拖延电话，但对方很坚决地挂断了。真悟木然地望着手里的手机。

这样就完了吗？一切都半途而废，他不知道该怎么办。

“怎么样了？”一名搜查员过来迟疑地问道。真悟什么也回答不出。这时，手机再次响起。

真悟慌忙地想按下通话键，但这次不是电话，是邮件。真悟慌忙打开邮件，附有一张照片。

一张再普通不过的白色面包车的照片。看到跟照片一起发来的邮件，真悟“啊”地叫了一声。

> 被绑架的女孩在这辆车里。
>
> 快去找到她，还给她父母。
>
> ——游戏主人

真悟在心里把这封邮件反反复复读了好多遍。

10

“辛苦了。”

真悟按照游戏主人的指令回到设置有前线本部的佐和家中时，已经过了晚上10点了。真悟从后门走进佐和家，枫出来接他。

“唉……实在太累了。”回应了这句话后，真悟实在不知道该再说什么才好。在代代木咖啡店的会话，指挥本部和被害人家中的全部搜查员，应该都听到了吧。自己和枫之间有过一段婚外情，已经成为众所周知的事。很快，枫就会被调离特殊班，不，很可能连刑事部也待不下去了。

“对不住你了……”真悟表情僵硬地低下头。枫只是柔和地微微一笑：“你不用道歉。去客厅那边吧。你休息一下。”

“好的。”

关于癌症的事，枫什么也没问，这让真悟很欣慰。

“佐和奈奈子还没找到吗？”

“是的，还没有。现在在皇居周围寻找，不过，那一带也不小。根据对犯人最后一次电话的逆向追踪，查出是从东京站附近打来的。东京站离皇居很近，所以主要就在那附近搜索。”

绕皇居一周大概是10千米。虽然皇居里面是禁止进入的，但周围聚集了很多政府部门和大型商业设施。尽管已经动用了大量人力，但要找出一辆车，也不是那么容易的。

真悟和枫并肩走进客厅时，房间里所有人的视线都集中在真悟身上。我那霸和若林两人坐在无线电机前面，他们的视线非常冰冷。

特殊班的成员每天一起接受严格训练，相互之间非常团结。当发生劫持事件需要强行突击时，成员们互托性命，生死与共，他们的团结是理所当然的。如此珍贵的同伴，却可能因为婚外恋被调离特殊班，他们感到愤怒也是可以理解的。况且，那婚外恋的对象是曾经的同事，那就更可恨了。

真悟决定装作没注意到我那霸他们的视线，他走近坐在客厅餐桌旁的佐和夫妇。丈夫好继表情僵硬地低着头，妻子真奈美跟白天一样，脸色苍白，身体微微颤抖着。真悟对两人低下头。人质的安全到现在还没能确认，真悟不知该跟他们说什么才好。

好继舔了舔没有血色的嘴唇，抬头盯着真悟：“奈奈子……

平安吗？”

“我还不能下断言。不过，犯人说了会把女儿还给你们。”

“那怎么还没找到呢？！”好继气势汹汹地站起来。

“搜查员们正在找。应该很快了。”

“应该？应该有什么用！你怎么不好好地把赎金交出去？”好继唾沫四溅地大声说。

“犯人直到最后也没来取钱。”

“我就知道会是这样！”好继的脸涨得通红，表情扭曲，他费力地挤出痛苦的声音，“我知道……会是这样……”

真悟真切地懂得好继此时的心情。好继即使头脑能够理解，但如果不把情绪发泄出来，就无法忍耐这实在不合理的现实。

好继垂着头，重新坐回椅子，用双手掩住自己的脸。

“奈奈子应该能够平安回来吧？犯人是那样说了的吧？”真奈美抬起头来，恳求似的问真悟。

“可能性应该比较大……”

游戏应该是成功了的，那么，人质一定会被送回。但游戏主人的真相到现在还没能找出来，所以又不能断定。

真奈美苍白的脸上，浮现出一丝安心的表情。

真悟再次向佐和夫妇微微低了一下头后，便向坐在无线电旁的我那霸走去。看到真悟来到身边，我那霸大声地咂了咂舌头。

“怎么了，上原？找我有事吗？”

“那个面包车，还没找到吗？”

“我凭什么要向你汇报搜查进展？”

“因为报告人质可能在皇居一带的就是我呀。我接受警察的请求，今天被犯人摆弄了一天。现在来问一下进展，这点儿权利还是有的吧。”

“你知不知道皇居有多大？现在已经调来了各个警署的人在搜索，但也不会那么快就找到。更何况，谁也不知道那辆面包车是不是真的就在皇居周围。”

“在晴空塔抓到的那两个人呢？审讯结果怎么样？”

“那是杀人班的人在审。那两个家伙从一开始就完全招供了，根本用不上什么审讯技巧。毫无疑问，就只是同犯。”

“没有一点儿跟犯人有关的线索吗？”

“一点儿也没有。那两人就是蠢货，因为借了钱还不起，就去暗网上发帖说什么‘愿意接脏活儿’，结果就有人找来了。”

“什么暗网？”

“你连这个都不知道？不能因为辞掉警察职务就连报纸也不看了吧。这在前段时间可是个大新闻。暗网是可以介绍非法工作的网站，从买卖毒品到召集盗窃同伙，什么都有。”

“那种网站上的工作，真的有人去干吗？”真悟睁大了眼睛。

“在这个世界上，根本不动脑子的傻瓜满大街都是。”我那霸吐出这句话后，转眼看了看佐和夫妇，“那对夫妇的状态已经到极限了。搜索范围能不能再缩小一点儿？那女孩的身体状况也让人担心。”

听到我那霸这话，真悟表情严肃起来。当他问何时才能知道皇居是否为正确答案时，游戏主人回答说“那取决于上原你自己”。或许，那意味着范围能够缩得更小。

真悟抱着双臂，他脑海里慢慢浮现出今天内发生的每一件事。

在池袋的书店去找《灰姑娘》，在丰州闯入正在放映《丧钟为谁而鸣》的电影院，在KENT咖啡店向优衣坦白一切，在晴空塔跟扮成吸血鬼的官方吉祥物搏斗……

真悟皱起眉头。游戏主人说，那个吉祥物不是德古拉而是吸血鬼，如果不是吸血鬼就没意思了。那话到底是什么意思？不是德古拉，而是吸血鬼……

想到这里，真悟“啊”的一声叫了出来。

“怎么了？”我那霸奇怪地问。

“竹桥（ta-ke-ba-shi）……”真悟喃喃自语。

“竹桥？就是皇居壕沟上的那个竹桥吗？”

“对，就是那个竹桥！这是一个字谜，今天的四轮游戏就是线索。《灰姑娘》的shi、《丧钟为谁而鸣》的ta、KENT咖啡店的ke、吸血鬼的ba——把游戏里的这四个关键词最开头的发音组合起来，再调换一下顺序，就成了竹桥（ta-ke-ba-shi）。[1]所以，必须是吸血鬼而不能是德古拉！”

真悟因为兴奋而大叫起来。离他较远的枫、若林和佐和夫妇都向他看去。

“奈奈子的地点找到了吗？”真奈美一下子站了起来。

“不，还没有确定。请再等等。”我那霸回答真奈美之后，按下了无线电的开关，“这里是被害人家中。有情况报告指挥本部。我们得到关于被绑架人所在地的信息，可能在竹桥周围……”

当我那霸在向指挥本部报告信息时，枫走了过来。

1　在日语里，《灰姑娘》读作shinderera，《丧钟为谁而鸣》读作tagatamenikanehanaru，吸血鬼读作banpaia。

“奈奈子应该没事吧？”枫微弱地问。

“嗯，一定没事的。”真悟一边回答，一边小心翼翼地把手放在了枫的后背上。

枫看着真悟的脸，点了点头。

挂钟的时针在嘀嗒嘀嗒地走动。真悟站在窗边，忍受着火燎般的焦灼感。距离他们提供人质可能在竹桥附近的信息已经过去了近30分钟，但还没有传来找到人质的消息。

真悟不停地用右手中指咚咚地叩打大腿，试图缓解自己的紧张感。

“这里是被害人家中。搜查进展得怎么样？”我那霸在对着无线电麦克风讲话。在这30分钟里，他每隔不到5分钟就向指挥本部询问一次，但指挥本部的回答始终不变：“目前正在全力搜查中，请稍候。”

真悟一次又一次失望，但还是忍耐着等候指挥本部的回答。

“请打开耳机。”

听到指挥本部的回答，真悟全身汗毛竖立。他看到枫和若林也表情僵硬地站着。真悟为了不让佐和夫妇觉察到异样，慢慢地走到无线电旁边。

“明白了。我现在就换成耳机，请稍等。”我那霸把嘴靠近麦克风，表情严肃地切换了手里的开关。这样无线电的声音就不会传到扬声器，只能通过耳机才能听到。

真悟、枫、若林都慢慢围拢在我那霸身边，各自把耳机塞进耳朵里。佐和夫妇依然低着头，似乎没有注意到这些异常情况。

“我们准备好了，请讲。”我那霸对着麦克风说，声音有些颤抖。

无线电传来的“请打开耳机”的指示，就是等同于“下面的内容不希望让被害人听到，请把扬声器换为耳机”，那随后的报告自然通常是坏消息。

真悟的脑海里掠过四年前的记忆。

不，不会的……游戏我是赢了的。人质应该能平安归来。真悟刚摇了摇头，耳机里就有声音传来。

“刚才在东京国立近代美术馆停车场，发现了那辆跟照片上一模一样的面包车。”

东京国立近代美术馆就在竹桥清水濠对面。那辆面包车果然停在竹桥附近，推理是正确的。

真悟紧张地清了清嗓子，吞下一口唾液。在他旁边的我那霸，用双手捂住麦克风，小声问道：“人质怎么样？在车里吗？”

“车里发现了疑似佐和奈奈子的女孩，但是……”

“但是什么？”我那霸的表情变得扭曲。

真悟紧握的拳头开始颤抖。

“……脖子被割，伤口很大，出血过多……已经死亡。”

真悟一时没有听懂这个报告的意思。他的大脑和全身细胞都在拒绝理解，眼前一片空白。

“真悟！”听到枫迫切的声音，真悟才回过神来。不知从什么时候开始，他的身体已经靠在沙发上了。原来，他刚才失去知觉，倒在了沙发上。

“真悟，你没事吧？知道我是谁吗？”此时的枫也有些混乱了，她把除两人单独相处外绝不直呼对方名字的约定，完全抛在了脑后。

“啊，啊……”

真悟嘴里发出不知是回应还是呻吟的声音。这时，他听到裤袋里响起了爵士乐。他慢慢取出手机，屏住呼吸，画面上显示着“来电号码不显示”。

不可能吧……真悟把手指放在通话键上。我那霸叫道“等等，要逆向追踪”，但没能制止住，真悟的大拇指已经碰到了通话键。

“哟，上原，你还好吗？”

听到手机那头传来的通过变声器的高亢的声音，真悟顿时感觉全身的血液都在沸腾。

“为什么？到底为什么……”真悟的话卡在喉咙，发不出声来。

“看样子，你们已经找到了。这么说，字谜你也猜出来了。不愧是上原。我遵守约定，把那人质小孩还给你们了。不过，可能有点儿变冷了。”

“别装傻了。你怎么能这么干？跟你的游戏，我明明……”

“你没有赢啊。”游戏主人的声音盖过了真悟的话。

“你这浑蛋！”真悟唾沫横飞地怒吼。佐和夫妇也注意到了情况的异常，从椅子里站起来。但真悟的怒吼没能停下来：“我找到了你的位置！为什么你还要干这种事？”

“你说的是皇居吗？你真的以为那就是答案？”游戏主人用嘲讽的口吻说。

“你在说什么？事实上你就在……”

“是的，我确实在皇居附近待过。可是，那还不够啊。上原，你没能找到真正的答案，就在你身边的真正的答案。所以，很遗憾，最后的游戏你失败了。就是因为这个理由，佐和奈奈子只能死掉。”

“真正的答案？什么鬼玩意儿？”真悟心中翻腾的怒火让他舌头僵硬，话也接不上了。

“上原，上半场到此结束。虽然结果很遗憾，但上原尽了最大努力，让我很开心。所以，下面就开始下半场吧？”

“下……半……场？”真悟拼命转动已经僵硬的舌头，再次问道。

“来找我啊，上原！那才是真正的最后的游戏。你要是赢了，你就能得到你真正想要的东西。”

“我真正想要的东西……”

“是的，那就是我啊！上原，你真正想要的，不是什么人质的生命，你想要的是我。你一直想揭露我的真相，一直想抓住我。那好，你就来吧，来找我呀！”手机里传来的声音饱含热情。

“作为今天的安慰奖，我给你一个提示，很重要的提示。”游戏主人压低声音说，“其实，上原，我见过你，跟你面对面说过话。”

真悟睁大眼睛，眼角像要裂开似的。他的脑海里，一个接一个浮现出几十张甚至几百张面孔。

“真悟！”枫在旁边叫他，但真悟的耳朵听不到枫的声音。

“我一定要追到你，找出你，让你还债。绝对的！”

“我很期待呢，上原。那好，再会。”游戏主人仿佛满心欢喜，说出了最后一句话：

“任务继续。”

游戏结束

ゲームオーバー

GAME
OVER

1

透明的液体流淌过输液管，被吸入手臂的血管里。真悟坐在舒适的单人沙发上，翻看着摊开在膝盖上的一个笔记本。他抬起头来，500毫升的输液袋存量已经所剩无几。他合上笔记本，收进身边的皮包里，环顾了一下这个房间。偌大的房间里，间隔地摆着15张单人沙发。坐在沙发上的人，都带着一种黯淡的气质，他们的手臂上都跟真悟一样吊着输液管。

这里是离JR御茶水站徒步约5分钟的明华医科大学附属医院，真悟现在所在的房间是门诊部二楼的门诊输液室。他从一年前开始，每周都来这儿接受抗癌剂的输液治疗。

真悟靠在沙发背椅里，轻轻地抬起脖子看着天花板。他头脑里想起主治医生今天上午告诉他的话。看到主治医生在查看电子病历里的血液数据时那有些阴郁的表情，真悟很快意识到会有不祥的消息。

“有什么坏消息吗？”真悟试探着问，主治医生把视线从电子病历上移开。

“肿瘤指数的数值与上周相比，有大幅上升。”

“也就是说，癌细胞生长的速度在加快，是吗？”

“很有可能。我认为是对抗癌药产生了抗药性的癌细胞在增加。”

“是吗……”真悟并没有慌乱。他本来被告知，如果不接受治疗的话，寿命只有不到半年。通过化疗，他活了一年多，而且不用承受那种身体如同被酸液腐蚀的疼痛。仅就这些，他已经满足了。

“下面，我还剩有多少时间？”

“两三个月吧，也可能更短。”主治医生的声音十分低沉。

“上原先生，输液已经结束了，我来拔针。”陷入沉思的真悟，被护士的声音拉回现实。他看到护士熟练地从手臂上拔出输液的针头。

“你现在身体有没有什么症状，比如头晕之类的？”

“没有。”

“那好，今天的治疗就到这里，请下周再来。”

护士鞠躬行礼之后便离开了。真悟拿起皮包，站起身来，轻轻地伸了一下懒腰。因为坐得太久，他感觉背上的肌肉有些紧张。在下一个瞬间，他感到腰部深处一阵疼痛，嘴里发出轻微的呻吟。不过，疼痛很快就消失了。

刚才的痛肯定是因为突然扭身导致肌肉拉扯引起的，仅此而已。真悟这样对自己说着，离开了门诊部输液室，走向一楼，在自动缴费机前支付了医疗费。

当真悟把钱包放回口袋转过身时，他的面前站了两个身穿西装的人。一个肌肉结实的中年男性和一个30岁左右的年轻人。真悟顿时满脸不悦。

“重野，你这个杀人班的刑警来医院干什么？是喝酒喝得肝脏出了毛病吗？”真悟带着讽刺的语气说。

这个叫重野龙三的中年人，是警视厅搜查一科杀人犯搜查第四组的刑警。他使劲地摇头：“我的肝脏还不至于那么弱。你应该明白，我们是来找你的。”

“佩服佩服，你们怎么知道找到这儿来？”

“你在说什么呢？上周五你不是说了吗，你每周要在这个医院接受一次抗癌治疗，所以那天不能接受警察的调查。那你今天当然就会在这里了。”

重野说得很对，的确如此。真悟挠了挠后颈：“杀人班的刑警亲自前来，意味着搜查很不顺利吧。”

真悟像是挖苦般做出了猜测。重野严峻的脸顿时变得扭曲。真悟说中了。

警视厅搜查一科杀人犯搜查组，俗称“杀人班”。警视厅搜查一科共分32个组，“杀人班”由其中17个组构成。搜查一科负责处理重大犯罪，“杀人班”则负责其中影响特别大的杀人事件，所以尤其引人注目。

13天前，人质佐和奈奈子的死亡得到确认之后，营救人质的行动宣告结束，警方的目标变为对绑架杀人犯的追捕。与此同时，担任搜查的中心部门，也从特殊班变为杀人班。

在曾经设置了“绑架事件指挥本部”的高轮警署礼堂里，取而代之的，是“绑架杀人事件特别搜查本部”。在事件中承担了运送赎金任务并与犯人接触最多的真悟，在事发后的一个星期里，除上周五以外，每天都去高轮警署，在审讯室接受调查。当真悟面对那些追根寻底、杀气腾腾的杀人班刑警们讲述事件的详细经过时，他感到自己好像被当作嫌疑犯在接受审讯似的。

被绑架的高中女生惨遭杀害，犯人尚未缉拿归案，警察为此受到媒体的严厉批评。不过，犯人自称游戏主人的这件事，暂时还没有泄露出去。

如果媒体得知，这次事件的凶手有可能与四年前的女初中生绑架杀人事件的凶手是同一个人，对警察的批评会更加激烈。因为警方三年前曾正式宣布，自杀的桃井一太就是游戏主人。

真悟转过身，迈开步子就走。

“喂，你要去哪儿？”重野用混浊的声音叫住他。真悟转过头来招招手：“别太大声，这里是医院。我带你们去个可以慢慢说话的地方。”

真悟刚走，就听到身后传来两人的咂舌声和脚步声。他们一起坐电梯来到地下，走进一家咖啡店。店里只有几个医学院学生模样的年轻人。真悟在点餐台要了一杯咖啡。接过咖啡杯，他去咖啡店尽头的一张四人桌旁边坐下。不一会儿，重野端着柠檬汽水，年轻刑警端着红茶，两人在真悟对面坐下。

“这家咖啡店不错，午餐时间以外，客人很少。”

“你对这里很了解啊，连这种店也知道。”重野环顾了一下四周。

“去年，为了接受化疗，我在这里住院了两周。”真悟喝了一口咖啡，速溶咖啡的廉价苦味在他嘴里散开。

“这位就是你这次的搭档吗？”真悟看着坐在重野旁边的人。

如果是一个为此专门设置了搜查本部的事件，刑警们基本上是两人一组展开搜查。在这种时候，通常是杀人班的刑警与附近局署派来的刑警或机动搜查员结成搭档。

“对，我是高轮警署刑事科的佐藤。”刑警佐藤点了点头做了自我介绍。他体格健壮，但看起来自信心不足。

“你们找我有什么事？”真悟向用吸管喝着柠檬汽水的重野试探地问。

“你，隐瞒了什么？”重野抬起眼皮打量着真悟。

“你在说什么？”

“别装傻了。上周调查你的家伙是两年前才调来的新人。因为上面领导说，要是由认识你的熟面孔来调查就不会有什么结果，所以专门指定了那家伙。但是，结果恰恰相反。”重野用手指捏住吸管甩了甩，水滴溅到真悟的脸颊上，“其实应该让对你知根知底的人来调查才好，比如我。”

“要是换成你，调查结果会有什么不同吗？”真悟擦了擦脸颊。

“那当然！我知道你辞去警察职务之后干了些什么。因为没能救出人质，你脑袋就出了毛病。你想凭一己之力找出犯人，就利用刑警时代的人脉到处活动。因为你的行为，最大的受害人就是我们这些搜查员！就是因为你，犯人才上吊的！”

面对恼怒晃头的重野，真悟扬了扬嘴角。

“有什么好笑的？”重野的脸涨得更红了。

“你们还在以为桃井一太就是游戏主人吗？不，不是的。那家伙只是个替罪羊。”

真悟盯着重野的脸。他想从重野脸上的表情变化，读出特搜本部对这次犯罪与四年前的事件是不是同一人所为而做出的判断。

重野缓缓地扬起嘴角，低声说了一句：“果然如此。”

“果然如此？”真悟把脸稍稍前倾。

“是的，果然如此，不出所料。你，又在想自己一个人去追踪犯人吧。”

“你在说什么？”

“别装傻了。你在试探我的反应吧！你想知道我们对这次犯人是怎么看的。”因为被说中了，真悟一时无言以对。重野得意地哼了一下鼻子：“有个自称游戏主人的人出现了，你怎么可能安分地待着呢？你肯定在想自己一个人去追踪犯人。所以，你有什么瞒着我们的事情吧？”

重野身体前倾，盯着真悟的眼睛。是的，重野说得没错。在上周接受调查时，真悟有意隐瞒了一些信息。真悟为重野的洞察力感到不寒而栗。

“我把知道的事情全部都说了……我被刨根问底地调查了整整一周啊。”

“你……没觉得自己有责任吗？”重野压低了声音，“四年前，因为你没能赶到代代木公园，那个女初中生死掉了。这次更恶劣。犯人为了跟你玩什么愚蠢的游戏，绑架了一个女高中生，最后割了她的脖子。”

“你是想说，人质的死，全部都是我的责任吗？”真悟皱起眉头。

“我没有说全部。但是，你也有一部分责任吧。”

重野的语气一下子变得像是在告诫似的。真悟嘴唇紧闭。

四年前，如果自己跑得再快一点儿，人质或许就能得救。这一次，是否因为自己的什么失误，佐和奈奈子才被杀掉的呢？不需要重野指出，真悟自己一直在为此备受煎熬。

“我说，上原。你有什么瞒着的事，一定要跟我们讲啊。要是不把犯人抓出来，被杀的孩子死不瞑目啊。你把你掌握的信息给了我们的话，我们一定会抓到犯人的。让我们一起努力吧，让那个被杀的孩子尽快得到解脱。”重野微笑地对真悟说道。

真悟沉默了几秒后，慢慢开了口：“我的心情跟你们一样，所以，我说过好多次了，我知道的事情已经全都讲了。”

“你这家伙，太不像话了。你还是个刑警吗?!”重野涨红了脸。

“我早就不是刑警了，我不过是个半死不活、微不足道的保安而已，你们怎么老是来找我？事件已经过去十多天了，至少应该发现了其他嫌疑人吧？”

“我不会上你的当。你别小看了杀人班。”重野大声地咂了咂舌头。

“上当？上什么当？你在说什么？”真悟假装不解。

“你是想套出搜查进展吧。我不会上当的。这次特别搜查本部绝不能把信息泄露给你。”

“不用那么戒备我吧，就是聊聊天而已。”

“什么叫聊聊天？上原你听着，你不要忘了，虽然我在三年前放过了你，但这次你要是又来妨碍搜查的话，我们就要以妨碍执行公务罪把你抓进去。”

“妨碍执行公务？我根本没想妨碍你们啊。”

真悟耸耸肩。重野狠狠地挠了挠头，站起身来。

“重野，你去哪儿？”佐藤慌忙抬起腰。

“去洗手间。你就在这儿等我，回来后我们就走。”

“洗手间在外面走廊。”

真悟指了指方向后，重野迈着响亮的脚步声走出咖啡店。确认看不到他的身影后，真悟才跟坐回椅子上的佐藤搭话：“你是叫佐藤吧？”

佐藤低头垂目回答“是的”。真悟对他温和地微笑，佐藤的表情似乎跟着缓和了一些。

“别那么紧张嘛。我知道，重野叫你不要跟我说话，是吧？”

“这个……”

“跟那家伙做搭档很不容易吧。他对辖区刑警要求很严的。”

“确实很严。不过，作为刑警，能跟他学到的东西也很多。”佐藤的声音变得有力。

“是吗？佐藤是高轮警署的刑警吗？”

“是的，三个月前调到刑事科的。”

“还是新人呢。怎么会被派到特殊搜查本部呢？你真了不起。”

“因为我是在白金那一带长大的……”

“原来如此。你对那一带很熟悉？怪不得你会被重用。”真悟点了点头。佐藤高兴地回答：“是的。”两人之间开始熟络起来。

是不是应该进入正题了？真悟用唾液湿润了一下干燥的口腔。

“我以前在新宿警署的时候，也经常被派去协助特殊搜查。第一次去特搜本部，那规模之大，吓了我一跳。”

“我也一样的。根本没想到，会有那么多搜查员。”

“因为这次事件特别大，会不会是‘双管齐下’？”

“是的，参加搜查的有两个杀人班。”

看到佐藤毫无戒备地点头，真悟的双手在桌子下面握紧了拳头。

一般来讲，特别搜查本部由一个杀人班参与，但在极少数情况下，如果是引起广泛社会关注的重大事件，也会出动两个或三个班来参与，这就叫“双管齐下”或“三管齐下”。

真悟微微吐了口气，正当他要开口问最想问的事时，他看到上完厕所的重野回来了。

“是这样啊。那么这两个杀人班，一个是重野所在的第四组，另外一个是第几组呢？”

“第六组。杀人班的第四组和第六组，管理官是横森警视。现在人马就是这样的。”

“喂，佐藤！”

听到身后一个混浊的声音在叫自己的名字，佐藤连忙转过身去。

“我不是跟你说了吗，不要理睬那家伙。你跟他都说了些什么？”

被重野责问的佐藤，吞吞吐吐地说：“不，那个，没说什么。”

“重野，你不要太欺负年轻人嘛。搜查内容什么的，我一点儿也没问，你放心好了。”

“那就好，我们该走了。”

在重野的催促下，佐藤站起身来。

“再见。加油啊。”

听到真悟这么说，重野的表情扭曲了一下，佐藤则对他微微点了点头。

把两人送出咖啡店后，真悟在心中自言自语：“是第六组啊，我运气不错。”

2

酒吧的木门响起吱呀的声音，一个男人推门而入。坐在吧台最里面的真悟，向着进来的人举了一下手里的杯子。

那人身穿西装、脸色不悦，一边谨慎地戒备着四周，一边向上原走了过来。

“上原，我说了，这样不行的。”

“说什么呢，阿久津？都好久没见了嘛。哎呀，先坐下，喝点儿什么酒？”

真悟指着旁边的座位，阿久津和弘无奈地坐下，向酒吧主人要了一杯啤酒。

“好久没有跟你在这家店喝酒了。”

真悟环顾了一下灯光昏暗的室内。酒吧采用了类似登山小屋内部的装修风格，从天花板到墙壁都用原木覆盖，爵士乐的音量舒缓柔和，恰到好处。此时已是凌晨3点多，除了他们外，只有一个中年上班族模样的男子坐在离得较远的一张桌旁喝着啤酒。

这家酒吧位于新宿歌舞伎町附近地下，是真悟在新宿警署工作时经常光顾的地方。这里的保密性较好，可以放心讲一些不想让人听到的话。那时，和真悟经常一起喝酒的人，就是比他晚两年到新宿警署刑事科的阿久津。

酒吧主人把一杯啤酒摆在阿久津面前。

“那，为久别重逢干个杯吧。”

真悟举起一杯威士忌，阿久津表情僵硬地碰了一下，把半杯啤酒一口气灌进喉咙。

“你一点儿没变，还是喝得这么爽快。今晚我请客，你想喝多少就喝多少。”

“我不能久坐，明天还要早起。”

“要回高轮警署吗？那也不远，就陪我喝两杯吧。”

“果不其然啊。你今天叫我，还是因为知道了我在特殊搜查本部的消息吧。”

阿久津的语气变得更加僵硬。就在真悟辞职之前，阿久津被调到了搜查一科杀人班搜查第六组。昨天下午，真悟从佐藤那里得知杀人班第六组参与这个事件的搜查之后，便给阿久津发了个邮件，约他来这个酒吧。

“你是个重情义的人，我知道你会来的。”

真悟嘴里抿了一口威士忌，苏格兰威士忌散发出的浓郁泥土香气直冲他的鼻孔。阿久津的表情不太愉快，或许是因为自己的行动被真悟掌握而感到有些不舒服。

“喝了这杯我就走。现在还是第一期，不能离开岗位太久。”

事件发生后的前20天，被称为“第一期”。在这期间，搜查员原则上要在搜查本部所在的管辖警署的练武场里铺被过夜。

“已经这么晚了，别人都睡了吧。而且，这次搜查是双管齐下，人数很多，你一个人不在，谁也不会注意到的。”

“要是被人知道我在跟你见面，那就麻烦了。”

“那也太夸张了吧，不过就是跟老朋友喝杯酒而已。”

“上原，你被戒备的程度，超过你自己的想象。横森管理官在搜查会议上说了好多次，绝不能把信息泄露给你。”

“哈哈，听说这次是横森负责。四年前也是他。他还是甩着下巴上的横肉发号施令吗？”

由于三年前的那个事件，横森管理官对上原很介意，因为他一直认为，桃井一太的上吊自杀是上原的行动所导致的。

“桃井一太是被游戏主人杀掉的，特搜本部也是这么怀疑的吧？”

真悟试探地问，但阿久津皱了皱鼻子。

“你是想套我的话吧？我不会上钩的。搜查的事，一概免谈。”

“好吧，你只要听听我说就行。四年前的那个事件，桃井一太并不是主犯。是游戏主人操纵了对警察怀有仇恨的桃井，把他装扮成犯人，然后伪造一个自杀现场把他杀掉了。”

阿久津一语不发，只是小口小口地喝着啤酒。真悟完全不在意，继续往下说。

“因为嫌疑人已经死亡，桃井的材料被送到检察院，这个事件就算了结，游戏主人也得以侥幸逃脱。可是，那家伙不能忘怀事件带来的兴奋感，三年来一直在妄想一场新的游戏，于是，他又开始了。这一次，把我也卷了进来……”

真悟倾斜酒杯，一股热辣辣的刺激滑过他的喉咙。

“为什么是你呢？”阿久津眼睛看着正前方，低声说道，“为什么游戏主人特意要指名你呢？”

“谁知道呢？是我在四年前被那家伙看上了吧。”真悟摇晃着酒杯，球状的冰块响起清脆的碰撞声。

“不要岔开话题。这一次，犯人明显很固执地针对你。四年前其实也一样，虽然那时犯人并没有特别指定运送赎金的搜查员，但从一开始，他就暗示会让搜查员在规定时间里跑相当长的距离。他也清楚，这样一来你就会被选为赎金运送人，不是吗？”

阿久津说着说着兴奋起来，声音也越来越大。真悟喝完杯子里剩下的威士忌后，又要了一杯。

“喝那么多，没问题吗？你是……癌症吧？”

“反正剩下的时间不多了，就让我随心所欲吧。”

“是吗……”

阿久津似乎一时不知道该怎么回应，只好这么敷衍了一句。酒吧主人把苏格兰威士忌倒进真悟酒杯里，液体沿着冰块的表面流淌下去。

“喂，阿久津，你今天为什么来这儿？”真悟把酒杯举在脸前，看着琥珀色液体上闪烁不定的灯光。

“为什么？不是因为你叫了我吗？”

“我说的不是这个意思。你跟我见面的事，要是被人知道了会很麻烦，可你还是来了。”

“前辈叫喝酒，没法拒绝啊。”

“别装傻了。你这家伙确实重情义，但也不可能仅仅因此就冒这么大的风险。关于我的事，横森还说了些什么别的吧？”

阿久津一言不发，真悟继续说。

“横森是个脑袋好用的人。他肯定还说了这样的话：‘绝对不能把搜查信息泄露给上原，但上原手里掌握的信息我们要争取到。’你在想，或许有可能把我手里的信息打听出来，所以我一约你，你就来了。是这样的吧？”

阿久津的眼角肌肉微微抽搐了一下。真悟扬起了嘴角。

“就像你说的，游戏主人是很固执地针对我。可能仅仅是因为忘不了四年前的游戏，也可能还有其他理由。如果有其他理由，我应该知道点儿什么。横森是这么想的，对吧？”

“是……”阿久津表情僵硬地点点头。

真悟一只手捂住嘴角，忍不住偷笑起来。

“有什么好笑的？”阿久津的眼神变得锐利起来。

“我是觉得横森真的很厉害，毕竟当了这么多年杀人班的管理官。”

“你果然是隐瞒着什么的吧？”

阿久津用责备的眼光看着真悟。真悟慢慢地把酒杯放在吧台上。

“喂，阿久津，特搜本部掌握的信息，都告诉我吧。”

“什么？！你没听到我刚才说的话吗？我是不能把任何信息泄露给你的。要是干了那种事，我的麻烦可就大了！”

“我不会让你白干的。”

“你以为我是能用钱收买的吗？”阿久津的声音低了下去。

“你别误会。我们认识这么久，你不是用钱就能收买的人，这点我还是知道的。我想跟你做个交易。你要是把信息给我，作为回报，我也会给你信息。”

“只有上原才会知道的信息吗？”阿久津的表情掠过一丝紧张。

“是的。是特搜本部特别想要的信息。要是你能从我这儿打听出来，你就立了大功了。”

“不要做这种滑稽的交易了，你就直接告诉我吧。这种信息，与其你一个人握在手里，不如跟特搜本部共同分享，更能发挥应有的价值。要是你也记得自己曾经是个刑警，就不要那么固执，请把逮捕犯人的事放在首位来考虑。”

“告诉你，阿久津，我的寿命只有两三个月了。”

听到真悟突如其来的坦白，阿久津一时说不出话来。

“能像现在这样自由行动的时间，可能就更短了。我的人生已经快到尽头了。对于我来说，这是最后一个案件了。”

真悟用手指划过酒杯的杯缘。

“用自己的双手揭开游戏主人的真相，让他偿罪，这就是我现在活着的唯一理由。当然，要是身体动不了了，我会把全部信息告诉特搜本部。可是，在我身体还能动的时候，请让我把游戏主人追查出来吧。在死之前，清算跟那家伙的关系，画上句号，这样我死后才能瞑目。”

阿久津表情严肃地沉默了几秒钟，然后开了口：“也就是说，如果我现在把信息泄露给你，等你身体不能动之后，我就能得到你掌握的全部信息，是这样的吗？”

“是的。”

“这个交易对你很有利啊，谁知道我要等到什么时候呢。更何况，你说你身体很快就会动不了，这说不定也是个谎言呢。”

“嗯，你说得也对。”真悟抱起双臂，想了想，然后抬起头来，“一个月。我们就约定一个月，要是一个月后我和特搜本部都没能查出游戏主人的真相，我就把我掌握的所有信息都交给你。怎么样？”

“一个月后……”阿久津在嘴里念叨这句话。

“要是特搜本部的搜查已经进展到一定的程度，有把握在一个月之内把游戏主人抓出来，那就请你把我刚才的话忘掉，当我没说过。”

真悟看到阿久津扭曲的脸，他确信搜查还没有进展到那一步。真悟明白，阿久津已经心动，只差最后推一把了。他一边的嘴角微微扬起。

“喂，阿久津，你这次的工作内容是什么？”

“是现场搜查，怎么了？”阿久津有点儿不情愿地回答道。

参与搜查杀人事件的刑警，通常两人结为一组，他们担任的工作内容，分为现场搜查、综合搜查、证据搜查和特殊搜查四种。所谓现场搜查，主要是询问在犯罪现场的周边人物，多由年轻刑警来干。相反，经验丰富的刑警则多承担对被害人本人情况以及人际关系的全面搜查，这称为综合搜查。

现场搜查需要有踏破鞋底的忍耐力，反复去到现场，大量听取相关人员的证言。工作平淡无奇，体力消耗严重，却很少能找到真正有意义的重要线索。正因此，这个工作很难取得成果，或者得到正面评价。

“现场搜查？不过你还年轻，被安排到这个任务也是没办法的事。不过，确实很辛苦吧？”

“你想说什么？”

“要是你能从我这儿得到信息，你在特搜本部的重要性就不可同日而语了。你很可能从现场搜查组调到特别搜查组，被指定去确认我提供的信息的真实性。说不定，就能因此锁定犯人，最后拿到警视总监的‘大奖’也不是做梦。”

阿久津的神色开始动摇。

“不过，你要是不愿意干，同样的这个交易我就去跟第四组的人提。”真悟一口气说完。阿久津发出含混不清的叹息声。

搜查一科共有17个杀人班，各班之间竞争意识强烈。这次特搜本部是双管齐下的搜查阵容，两个杀人班参与其中，他们之间的对抗心更是到了白热化阶段。把重要线索告诉给作为竞争对手的另一个班的人，对于杀人班刑警来讲，这句话的杀伤力堪称致命。

“你打算怎么办？给我一个回答吧。我的时间不多了。”

“……你有什么样的信息？”阿久津终于挤出了这句话，他的表情因苦恼而扭曲。

“你是什么意思？”

“你掌握的信息是怎样的内容，请先告诉我一点儿，我听了之后再做答复。我单方面冒这么大的风险，要是结果你的信息尽是些没用的垃圾，那我也太惨了。”

“你说得也是。”真悟考虑了几秒钟后，小声说道，“游戏主人似乎和我见过。”

“什么？你刚才说了什么?!”阿久津提高了音量。

“在最后的最后，游戏主人说了这句话。他说跟我直接见过面，说过话。”

“那么……”

“是的，也就是说，游戏主人认识我。”

“可是……那会不会是他为了扰乱搜查而胡编乱造的?”

“不，不会。”真悟慢慢地摇摇头，“对于那家伙来说，被我或警察找出真相，也是他的游戏的一环。所以，他不会说谎。我被迫陪着他玩过好几次游戏，知道这一点。”

真悟从放在吧台上的皮包里拿出几本笔记本。

“那是什么？那些笔记本里写了什么?”

“都是我的资料。四年前的事件的详细过程，从辞去警察职务到桃井一太自杀为止我做的调查，还有这次事件……我所知道的一切关于游戏主人的事情，都写在这些笔记本里。包括特搜本部没有掌握到的信息，都在里面。”

真悟快速地翻过用小字写得密密麻麻的笔记本。

“每次参加重大事件的搜查，我都会像这样做一本自己专用的笔记本，把关于这个事件的所有信息都记录在里面，以便将来能够想起。你还记得十年前我们一起追踪的那个叫什么‘绿绿’的合成大麻贩卖组织的事吗？我们把那个头目揪出来了吧。我记笔记的习惯就是从那时养成的。”

“你这样做真的没问题吗?！嫌疑人的个人信息都写在里面的

吧？要是被普通人看到，麻烦就大了。”

“没问题，平时我都是保管在家中的保险箱里的。我想要跟你说的是，四年前，我动用在新宿警署当刑警时积累的所有人脉去追踪了游戏主人，只要有一点儿蛛丝马迹我都不放过，挨个儿去见嫌疑人，并做了详细记录——可能见了近一百人。在调查过程中，我发现桃井一太的嫌疑很大，所以对其他人就没有做更深的调查了。说不定，我在那段时间里跟真正的游戏主人见过面。”

“也就是说，这个笔记本里写有……”

“是的，嫌疑人很可能就在这个笔记本里。要是把这些人一个一个调查清楚，找到游戏主人的成功率就会很大。可是凭我一己之力，要查遍所有人是不可能的。”

“要是把这些信息送到特搜本部，两周之内，就能把所有人都查遍。”

阿久津把手伸向笔记本。真悟苦笑着推开他的手。

“别着急啊。我说了，一个月之后，就把这个笔记本给你。在这一个月之内，如果特搜本部和我都没能找出游戏主人，那你就可以说‘我好不容易说服了上原’之类的话，把这个笔记本交给特搜本部。然后，你们用人海战术把这里面的人一个一个地查，最后，你拿警视总监大奖。这个交易，不坏吧？”

真悟向阿久津伸出手去，但阿久津没动。真悟故意叹了一口气：“难为你了，对不起。你好不容易才当上了搜查一科的刑警，当然不会想冒这个险。好吧，我刚才说的话请你都忘掉。没办法，只好去找第四组的人了……”

真悟慢慢把手收回来，就在这时，阿久津一把抓住了他的手。真悟脸上泛起胜利的微笑。

“成交了。”阿久津咬着嘴唇，迟疑地点了点头。

“对那两个在晴空塔逮捕的人，审讯结果已经出来了吧？”真悟一边小口地抿着第三杯威士忌，一边问道。交易成功，两人再次干杯之后，真悟立即开始收集信息。

“嗯，那两人从一开始就全部交代了。确实只是两个蠢货。他们只是完成了通过暗网得到的指令而已，对主犯当然是一无所知。他们拿到了一笔预付金，还听说要是成功就能分到五千万日元的一半，所以就上钩了。他们说自己压根儿没想到会成为绑架案的同犯。”阿久津一边叹气，一边喝下一口咸狗鸡尾酒。

“那个把预付金转账过来的人，你们不能锁定吗？要是在自动取款机转账的话，应该有人脸录像。”

“意外的是，预付金不是通过银行转账，而是用信封邮寄的。”

“邮寄？那他们告诉对方地址了吗？”真悟眨了眨眼睛。

“你没法相信吧，那两个蠢货居然把自己的地址告诉给了那么可疑的人，而且连真名也说了。真不晓得那两个家伙的脑子里塞了些什么东西。”

“可是……指令是用邮件发来的吧？发件人没能锁定吗？”

“已经知道是通过东京都内的免费Wi-Fi发出的。我们查看了基站周围的监控录像，一无所获。那么小心谨慎的家伙，当然会注意避开摄像头。”

“那么你们对丰州电影院、东京晴空塔站寄存柜、白色面包车的停车场这些地点的监控录像，都在做调查分析吧？”

“那不是理所当然的吗？特别是对监控录像，我们花了很多精力，但始终没有收获。摆着《灰姑娘》绘本的书架和装有晴空塔入场预约券的行李寄存柜，这两处都在监控范围之外。至于电影院，虽然有入口处的录像，但因为不知道手机是什么时候装上的，所以很难锁定嫌疑人。面包车也是停在监控摄像头的死角盲区。对停车场周围事件当天的监控录像，我们也都做了收集和分析，目前还没有收获。可以说，犯人的行动，是把监控摄像头的位置全部精准计算过的。”

阿久津的回答有一半是在真悟的预料之中，他点了点头：“晴空塔的那两个家伙穿的吉祥物服装和制服呢？是他们偷来的吗？”

“不，那两件都不是正版。有家缝制吉祥物的小店，收到过一封订货邮件，很仔细地备注了把那个吉祥物改成吸血鬼风格的做法。至于那件制服是现成品，本来就不是晴空塔工作人员的制服，但非常像，乍一看分不出真假。这两件东西都是直接寄到那两个家伙的地址的，就连付给订货小店的款，用的也是邮寄方式。”

“从信封上没有得到什么线索吗？”

“采集到了几个指纹，但资料库里没有与其记录一致的，可能是邮局工作人员留下的吧。我们还查了邮票，期待能查出唾液里的DNA，结果还是一场空。这个犯人，把自己的痕迹抹去得很彻底。”阿久津一口气喝完咸狗鸡尾酒后，又向酒吧主人要了一杯黛绮莉鸡尾酒。

“那两个家伙是怎么上到晴空塔450楼的呢？坐电梯之前，

我记得是要检查行李的。”

听到真悟这么问，阿久津嘲讽地笑了笑：“这个问题的答案嘛，其实就是畅通无阻。”

“畅通无阻？”

“是的。一个穿着官方吉祥物的服装，另一个穿着跟保安制服一模一样的服装，这样的两个人堂堂正正地走过来，工作人员当然会以为他们是晴空塔员工，所以就不做检查了——犯人就是那么下的指令。也不知道该说什么才好，只能说犯人太大胆了吧。”

“安全检查那么轻易就能通过吗？”

“若放在平时，也并非如此。但那天是万圣节，游客是平时的好几倍，于是就请了保安公司来支援。所以，一些平时没见过的人混在保安里也没被注意到。发烟筒之类的东西，是藏在吉祥物服装里面带上去的。”

真悟一边闻着威士忌的香气，一边在思考下面该问的问题。

“被害人的尸检结果如何？”

“死因是切割颈动脉导致的失血过多。死亡时间推定为10月31日晚上7点到9点。”

听到阿久津的回答，真悟握着酒杯的手握得更紧了。晚上7点到9点，正是最后一轮游戏的时间，游戏主人可能是听了真悟最后的解答后，才把佐和奈奈子杀掉的吧。

游戏主人说，我答错了。要是我找出了正确答案，佐和奈奈子或许就能回到父母身边。

真悟一口气喝完酒杯里的威士忌。这种酒精度数超过40度的液体，带着灼烧般的疼痛感流过食道。真悟捂住胸口。

到底什么才是正确答案呢？直到现在，真悟也不知道。

“你没事吧？”阿久津担忧地问。

“没事。尸检还发现了什么吗？”

“被害人的双手双脚可见轻微的内出血，怀疑是被捆绑后留下的痕迹。除此之外没有明显外伤。”

“有没有性侵犯的痕迹？”

“没有。不过，佐和奈奈子似乎有过性经验。”

“现在的孩子嘛……关于那辆发现尸体的面包车，有没有什么信息？”

“那是一辆这个月月初在埼玉县一家大型超市被盗的车。有相关的失窃报告。在那一带，据说时不时有人把钥匙插在车上就去买东西。”

“车上有没有发现犯人的痕迹？”

“没有。”阿久津摇摇头，“被盗的面包车车主家有个念幼儿园的孩子，那个母亲似乎经常让同一所幼儿园的其他亲子也坐自己的车，所以车里留下了大量的指纹和头发，但没有发现与资料库里记录一致的。车里的大量血迹，都是被害人的血。”

“这辆面包车在事发当天的移动路线呢？”真悟把能想到的疑问都投向阿久津。

“很遗憾……这个不知道。”

“不知道？你们查过N系统了吧？”

警察厅在全国道路上设置有读取并记录车牌号的探测器，收集到的信息用于犯罪搜查，这个系统就叫N系统。只要去查这个N

系统，立即可以知道车辆经过的时间和地点。

“查过了，但没有查到。那辆车被盗之后，很快就换了车牌。而且，在我们发现时，车前的车牌已经被摘掉了。”

“也就是说，犯人连N系统都知道？那特搜本部现在准备从什么地方着手去追犯人呢？”真悟问道。阿久津挠了挠太阳穴。

“是啊……现在着重搜查的是物证吧。”

“原来如此，事件现场的证据。这的确是搜查的正确方法，但对方计划如此周密，会有效果吗？”

“但也不能不查吧。犯人的计划无论有多周密，一定会有破绽，这是横森管理官的想法。比如，联系时用过的预付卡手机，在电影院固定手机的胶带，装晴空塔入场券的信封，等等。这些东西我们正在一件一件地查。”

“有没有一点儿更有用的信息？你该不会是为了不让我去追犯人而有意对我隐瞒吧。要是这样的话，刚才说要给你笔记本的事，就当我没说过。”

“你不要着急嘛。比起现场物证，特搜本部还有一个更重点关注的地方。其实，被害人的行踪很可疑。”

“被害人？就是佐和奈奈子吗？”

“是的。据她母亲说，事发前一天，奈奈子离家外出，说是要去朋友家过夜。那个朋友是她同班同学，家住赤坂。”

“赤坂？住得可真好啊。”

“毕竟被害人念的学校是私立名牌女校嘛。对了，上原，从白金到赤坂，你会怎么去？”

“去赤坂吗？那先坐地铁到溜池山王站或日比谷站，然后换乘千代田线吧。”

“没错。可是我们查看了事发当天的车站监控录像，发现下午6点后出现在白金高轮站的人质，坐的是去目黑方向的南北线。”

“目黑？那不是相反方向吗？”

“是的。那之后，被害人在目黑站下了地铁，换乘JR山手线，在涩谷站下了车。”

“涩谷？她是想从涩谷站坐银座线或半藏门线去赤坂见附站吗？可那样会绕很远啊。”

“是的，没必要绕这么远。而且，从银座线和半藏门线的监控录像里，都找不到被害人的身影。也就是说，她从山手线下车出站以后，行踪就消失了。她是在涩谷被犯人绑架的吧。”

涩谷是全日本最拥挤的地方之一，要在那种混杂的人群里追踪一个人的去向实在太困难了。可是，为什么佐和奈奈子要特意去涩谷呢？

“那你们去询问那天准备一起学习的朋友的证言了吗？”

“当然。那位朋友说，事发当天被害人要来家过夜的事，她根本不知道。被害人以前确实曾有过几次来她家过夜一起准备考试的事，但现在两人关系已经疏远了。看来，人质是对母亲撒了谎，她去的是涩谷，在那里被绑架的。也就是说……”

“不可能！难道说游戏主人和佐和奈奈子是认识的？！”真悟吃惊得连声音都变了调。

“是的。特搜本部就是这么考虑的，所以正在全力取证。说是只要把被害人周边的人际关系彻底查清，就应该能找出犯人。”

“被害人的手机找到了吗？即使没有找到，只要查看通话记录，应该也能发现她跟游戏主人之间联系的痕迹吧。”

“被害人应该是有智能手机的，但没有找到，可能是犯人拿走了吧。通话记录也查过了，但除了家人和学校的朋友以外，没有跟别人通过话的记录。不过，有同班同学的证言说，被害人除了智能手机以外还有另一部手机。”

“另一部手机？”

“据说现在的学生就是这样。为了和恋人频繁联系，就另外备一部专用手机，跟平时用的手机分开。”

“为什么要做那么无聊的事情呢？”

“专用手机可能有种与对方之间情感纽带的象征意义吧。不过实际原因应该是，即使手机被家长检查，与恋人联系的事也不会被泄露。事实上，对被害人的另一部手机，特搜本部也还没能完全掌握线索。因为挂在人质本人名字下的手机只有一部平时用的智能手机，所以，要是她还有另一部手机的话，那应该是在黑市上买的挂在别人名字下的预付费手机。”

在黑市上买卖的预付费手机，游戏主人也在用。想到这里，真悟意识到了一件事。

“等等。佐和奈奈子在事发前一天离家外出，她撒谎说要去朋友家过夜。也就是说，她那天晚上其实是准备跟游戏主人在一起的。你刚才说了，佐和奈奈子有过性经验。”

“是的，如果不是非常信赖的关系，是不可能想要一起过夜的。犯人有可能是人质的恋人。这就是本部的看法。”

“游戏主人是佐和奈奈子的恋人……那个人，你们还没有查到吗？”

“问题就在这里。”阿久津原来有些得意的脸，现在又变得扭曲起来。

“怎么回事？”

“首先，被害人对这段关系隐藏得很深。她有男朋友这件事，对谁都没讲过，当然更不用说那人的真实身份了。不过，因为今年年初后她跟朋友的关系变得疏远，同时又似乎有另外一部手机，所以她的朋友中才有人怀疑她有了男朋友。”

“无论如何，这种事不可能完全隐藏得住吧。你们杀人班的刑警，不就是应该对人质做彻底的调查，努力从中发现点儿什么有用的信息吗？”

“可是，彻底调查太难了。刚才我说了，被害人念的是相当有名的私立女校。据说那所学校已经向警视厅上层表示了不满，要求我们不要在学校周围把事情闹大。而且，那所学校还指示学生们不要向警察泄露信息，所以学生们也不愿多说。”

“自己学校的学生被杀害，校方协助搜查是理所当然的吧？”

“在那个世界里，这种常识是行不通的。当然，因为这起事件，各种媒体涌向学校，所以学校的态度也不是完全不能理解。总之，由于种种因素，很难再得到更多的信息。现在，我们主要在被害人就读的私塾补习班收集信息，但收效甚微。”

“她父母现在的情况怎么样？”

听到真悟这么一问，阿久津拿着酒杯举到嘴边的手，停下来了。

“她父母……比学校还难搞。”

“发生了什么事？”真悟有种不祥的预感，压低声音问。

阿久津把鸡尾酒喝进嘴里，慢慢咽下，喉咙里发出咕咚咕咚的声音："在事件发生三天后，她母亲试图自杀。"

真悟深深地吸了一口气，说不出话来。

"她服用了大量安眠药，但幸好抢救回来了。不过，因为精神状态不稳定，独处很危险，所以现在在医院住院。"

"那，她父亲呢？"

"她父亲在事件之后就完全拒绝对警察的协助。他似乎认为，女儿的死是警察的责任。他女儿的葬礼结束后，因为白金的家门前一直有媒体在等着采访，所以他没有回家，不知道躲在什么地方了。"

"这样啊……"真悟捏紧了放在吧台上的拳头。要是那时的我赢了游戏主人……真悟凝视着吧台上的木纹。

"在第四组的刑警里，还有人说，那个父亲说不定与事件有关。我不相信这种说法，那也太离谱了。不晓得说出这种话的人脑子是怎么想的。"或许是不忍心看到真悟那么痛苦的样子，阿久津强行转移了话题。

"为什么会怀疑她的父亲呢？"真悟缓慢地抬起头来。

"好像父女关系不太好。青春期嘛，这种事情是会有的。现在特搜本部掌握到的信息大致就是这样了。看来，要是把被害人的交友关系都查出来，应该能够追到犯人。"

真的会那么顺利吗？真悟用食指弹了弹酒杯。对手是那个游戏主人。警察会查到这一步，也应该在他的计算之中。

无论怎么翻筋斗，也逃不出如来佛的掌心。自己的各种行动，难道只是被游戏主人操纵后的结果吗？真悟心中始终缠绕着这种焦虑。

“你还有什么想问的吗？”阿久津把鸡尾酒杯放在桌子上。

“桃井一太的案子怎么样了？对那家伙，你们也重新查过了吧？”

“那是当然的。不过，案子毕竟已经过去四年了，重新搜查也不是那么容易。说实话，三年前我们收集到的证据不能说很充分。他只和他的父母有联系，但我们也没能从他父母那儿收集到什么证词。因为嫌疑人桃井自己上了吊，那个案子也就半途中断了。”阿久津的语气里明显含有对真悟的责备。

“要是那样的话，可以对桃井的住宅再搜查一次，也可以再重新找他父母打听打听。”

“桃井已经死亡，搜查住宅的许可很难得到批准。更何况，桃井一个人住过的公寓房子已经被拆毁了，他的遗物据说由他父母全部处理掉了。”

“还可以去找他父母……”小声嘀咕的真悟，感受到阿久津投来的锐利目光，闭上了嘴。

“那个事件后，桃井的父母受到了巨大的骚扰。他们被人在背后说养了个杀人犯儿子，家里被人涂鸦，被扔石头。不堪忍受的父亲两年前上吊自杀了，跟他儿子一样。”阿久津看着表情僵硬的真悟，继续说，“他母亲现在一个人生活，对警察怀有强烈的憎恨。去找她的刑警都被她泼水赶走了。”

“要是跟她好好说明，你们的目的是逮捕主犯，由此可以让她那被主犯操纵的儿子名誉稍得恢复，这样或许能打听出点儿什么吧？”

真悟的话，让阿久津陷入沉默。

“……你们是不是隐瞒着桃井不是游戏主人这件事？”

“那是当然的！首先，桃井是否真的不是四年前的主犯，我们也不知道。对于这次事件，特搜本部也认为模仿犯的可能性极大。”

“不，那家伙绝不是模仿犯！我已经告诉过你们了，那家伙说出了只有我和游戏主人之间才知道的话。”真悟忽然想到一件事，向前倾了倾身体，“对了，做声纹鉴定怎么样？犯人打到佐和家的电话是录了音的，把它跟四年前的绑架事件时录下的犯人声音做个比较，应该就能分辨出是不是同一犯人。即使用了变声器，声纹分析应该还是有效的。”

“试过了，没成功。”阿久津摇了摇头，“根据鉴定，这次事件用的变声器是超高性能的，连声纹分析都已失效，没法确定声音是否与四年前的犯人为同一人。”

“原来如此。”真悟又深深地坐回椅子里。

“在抓到真正的犯人之前，我们按模仿犯来处理。这是特搜本部的决定。”

“可是，你们与媒体是有报道协议的。这件事要是被媒体知道，那就麻烦了。”

“将一个不是主犯的人逼到自杀，逃掉的真凶再次犯下同类事件——这种可能性，怎么能公开宣布？”

“桃井并非自杀，这种可能性有吗？”

真悟还在继续问，阿久津已经显出倦色，摇了摇头。

“他脖子上的绳索痕迹不是被别人勒的，而是自己上吊时留下的。不过，从桃井死后的血液里查出了大量的酒精。对这一点，以前警方做出的判断是桃井为了缓解对死亡的恐惧而喝了酒，现在看来，也有可能是有人在他喝醉昏睡的状态下，用绳子套在他脖子上把他吊起来了。”

也就是说，存在他杀的可能性。真悟看着威士忌酒杯。

“你还有什么想问的吗？”

“没什么了，已经够了。很有用，谢谢！”真悟低声回答。阿久津像松了一口气似的，稍稍吐了吐气：“你可别忘了，一个月以内，要是你还是没能找到犯人，你的全部信息就都给我。另外，我给你提供信息的事，千万不能泄密！”

对于阿久津的提醒，真悟轻轻摆了摆手说：“我懂的。”

“那好，我该走了。你要注意，别干太显眼的事。想用妨碍执行公务的名义把你抓起来的人，可有不少呢。”阿久津从椅子里起身，走向门口。

“你等等……”真悟在背后叫住他。

阿久津回过头来，脸上有些不解的表情。

“那个，加山……怎么样了？特殊班的加山枫，你知不知道她现在怎么样？”真悟一直想问，但又一直犹豫，现在终于问出口了。

“应该没什么变化吧。至少现在。”阿久津语气冷淡地回答道。

“至少现在，是什么意思？”

“就是字面上的意思。也就是说，她现在还在特殊班。不过有传言说，她近期内可能会被调出去。”

“是吗？”真悟感受到阿久津责备的视线，低下头去。

“上原，恕我多言，你最好把加山的事忘了吧。加山肯定也不想再为从前的恋人而烦恼了吧。”

“对，是的……你说得对。”

看着真悟挤出这句话，阿久津说了声“回头见”，就转身出了店门。

酒吧木门关上的声音听来有些干涩，震动着室内的空气。真悟看着关上的门，忽然感到视线一角有些异样，于是扭头往酒吧里面看去。坐在桌边喝着啤酒的那个中年男性，正在侧头看着自己。当两人目光相碰时，对方很自然地把视线移开了。真悟在想，或许是因为他与阿久津之间激烈的话语交锋引起了这人的注意。

我也该走了。真悟一口气喝完酒杯里剩下的威士忌。一种类似疼痛的刺激在他口腔里散开，给他紧张疲惫的神经带来些许舒适放松的感觉。

3

“嗯，她的确是我班上的学生，但我对她没什么印象。”名叫堂本的年轻的补习班老师回答真悟。他声音低沉含混，很难听清。

得到阿久津提供的信息后，第三天下午，真悟来到佐和奈奈子就读的补习班的接待室。关于这家补习班的情况，他昨天从阿久津的电话里听到了比较详细的说明。

“你有没有什么关于佐和奈奈子的信息？不管怎么细微琐碎都没关系。”

“上周我已经把知道的所有事都告诉给别的刑警了，怎么又来？”堂本不满地噘了噘嘴。

真悟对补习班的接待人员说的是“我的工作与警察有关，来找负责佐和奈奈子的老师了解情况”。自己曾经是刑警，说“工作与警察有关”也没错，不算谎称身份。要是万一出了事，真悟也准备就这么辩解逃脱。他足足等了一个多小时，终于见到了堂本。

“我今天又来，是因为想到这一周你或许会想起点儿别的什么事情。多次占用你的时间，真是对不起，请多多关照。”

真悟低头鞠躬，堂本只是叹息一声作为回答。

“老师，你这么年轻，却要负责一个班呢。”为了创造出一个能轻松交谈的气氛，真悟先闲聊了一点儿与事件无关的话题。

根据阿久津提供的信息，佐和奈奈子每周三次，从晚上6点到8点30分，在从品川车站步行只需5分钟左右的这个补习班上英语课。负责这个课的老师就是眼前这位名叫堂本骏平的戴眼镜的男子。堂本虽然个子相当高，但弯腰驼背，加上又很瘦，所以看上去有点儿寒酸相。他说话声音又小又含混，显得精神不振。真悟很怀疑，他说话这么难听清，上课教学没问题吗？

“我也不算年轻，今年都32岁了。”

“是吗？对了，佐和奈奈子是个怎样的学生呢？”

“我也不知道该怎么回答你……”

“佐和每周要上三次你的课，她的情况你应该多多少少知道一点儿吧。”面对支吾躲闪的堂本，真悟一步步地追问。

“佐和的确来了教室，但她没有听我的课。”

“你是说，她没有认真上课吗？”

“嗯，是的。她总是坐在教室最后一排的角落里，课堂上也一直玩手机。”

“对这种态度的学生，作为老师的你不警告吗？”

“这里不是学校，是学生自己要来读的补习班。”堂本淡淡地说。

“可是，她明明不想学习，怎么每周还要来三次呢？”

“她说过是父母强迫她来的。有时候家长会打电话来，询问佐和是不是确实来上了课。”

“原来如此。对了，佐和是从什么时候开始来这个补习班的？”

“大概三个月前吧。”

“三个月前？只有三个月吗？”

“嗯，应该是这样吧。”

“是吗？”真悟摸了摸自己的鼻尖。因为他听说佐和夫妇对女儿的教育很严格，所以他以为奈奈子上补习班已经很久了。或者，是不是来这儿以前上过别的补习班呢？

“你还有什么要问的吗？我得去准备下一堂课了。”

“对不起，占用你的时间了。最后再让我问一个问题，这个补习班里有没有跟佐和要好的学生？要是有的话，我也想找她谈谈。”

“没有。因为佐和很明显地在回避其他学生。”

“那么，在讲师里面呢？我看到办公室里有好多讲师，其中有没有跟佐和比较亲近的人呢？”真悟想起被接待人员带到教师办公室时看到的光景，那里有20个左右老师模样的年轻男女。

“那些人不是讲师，是兼职当家庭教师的大学生——我们这个补习班也会派遣家庭教师。他们来这里只是为了办一点儿事务手续和领取教材。佐和只上了我的课，跟我都几乎不说话，我感觉在这群人里应该没有跟她亲近的人。”

“明白了。抱歉我耽误了你宝贵的时间。”

真悟从椅子上站起来鞠躬致歉。堂本含糊地回了一句“没什么”，很快就走出了接待室。听完堂本的话，真悟走出补习班，轻轻地伸了一下腰。可能是因为坐得太久，他感觉腰部有点儿重。虽然在这个补习班没有得到什么有用的信息，但也是他预料中的事，所以并没有感到特别失望。下面要找的才是真正重要的人。

真悟看了看手表，已经过了下午4点。

该去了。真悟向品川站走去。虽然他做了一点儿拉伸动作，但腰部的沉重感还是没能减轻。

真悟一边用手指拈着已经凉透的炸薯条，一边看着窗外。他此刻坐在一家从大江户线赤羽桥站步行几分钟便能到的快餐店的靠窗座位上。真悟从一个小时前就占了这个座位，一直向外面张望着。

外面夕阳西下，天色已暗，上完一天班的上班族和学生们在他眼前走过。在这些人流中，真悟一个一个仔细打量着身穿制服的女高中生们。她们的学校位于这家快餐店与田町站之间，这所女子高中就是佐和奈奈子就读的学校。大部分学生放学后会从田町站、三田站和芝公园站回家，路经这家快餐店去赤羽站的肯定不多。但真悟确信，他要找的人一定会路过这里。

一直有点儿漫不经心地看着窗外的真悟，这时从椅子上撑起身来。两个扛着吉他盒的女生正走过店门口。真悟迅速地从口袋里掏出手机，看了一下画面，里面有个穿着制服的女生证件照片。没错，就是现在走在外面的两个女生中的一个。

真悟匆匆走出快餐店，保持一定距离地跟在女生后面。在特殊班时代，他接受了高强度的跟踪训练，虽然辞掉刑警职务已经四年了，但刻在身体里的技能应该还没有生锈。

真悟继续跟踪她们，不时用眼角观察这两个边走边愉快聊天的女生。不一会儿，或许是想走通往车站的近路，她们拐进了一条行人稀少的小路。真悟停脚片刻，环顾周围之后，也跟着快步走进小路。

“晚上好！”真悟走近两人，从身后招呼她们。两个女生停下脚步，回过身来，用狐疑的眼光看着他。

“你是谁？”其中一个短发中略带棕色的女生盯着真悟。

“对不起，我想找你说说话。”真悟浮起满面笑容，两位女生更加戒备。

“走……我们走吧。”

黑色长发的女生显得有点儿害怕，她抓着短发女生的衣摆。短发女生的视线一直没有离开真悟，她对同伴微微点头，转身要走。

“你是猪原美香吧？请不要那么紧张。”真悟连忙说道。

短发女生睁大了她那双眼皮的大眼睛：“你……你怎么会知道我的名字？”她生硬地问。

“我想找你打听点儿事，是关于佐和奈奈子的。”

这个名叫猪原美香的女生，就是佐和奈奈子在事发前一天告诉母亲的要去一起学习的人。因为事先已经得知美香住在赤坂，所以真悟推测她放学后会从赤羽站坐地铁回家。

“叔叔，你是记者还是警察？”

“算警察那边的吧。”

真悟语气轻松地回答，但两个女生的神情依旧戒备，并没有缓和。

“要是警察的话，前几天在学校的时候，我已经讲过了，你怎么还要在这种地方来叫住我们呢？”美香一边护着黑发女生，一边追问。

真悟之所以在小路上叫住她们，是因为不想让别人，特别是杀人班的刑警们看到他在与她们接触，为此，他选择的等候地点不是在学校前面，而是在稍远一点儿的快餐店。要是被刑警们看到自己在追踪这个事件，就会被特搜本部知道并被更加戒备。

“这个嘛，是因为学校不让我们与你们接触，所以只能在老师看不到的地方来找你们。”

“学校有指示，关于奈奈子的事，什么也不能说。”

看着语气生硬的美香，真悟在寻思怎么才能让她们跟自己说话。人人都有弱点，如果能找到对方的弱点，就能在交涉中取得优势。真悟想起了在特殊班时代接受的说服劫持犯的训练。

“就这样。我们在赶路呢…… 我们走吧。”

美香轻轻转过身去，对身后的朋友使了个眼色。这时，真悟看到两人的书包上挂着同一种钥匙链，上面有著名的男子偶像五人组合的照片。

“请等一下，我只问一个问题，好吗？”真悟急忙说。

“不是说了吗，我们不能讲奈奈子的事。”

面对皱起眉头的美香，真悟指着钥匙链，满脸堆笑地问道：“你们都是这个偶像组合的粉丝吗？”

两个女生完全没有想到会被问这样的事，她们眨了眨眼睛。

“看，这就是我答应过你们的。”

当真悟从上衣口袋里拿出两张票时，她们嘴里发出欢呼的尖叫声。

“这，这是真的吗？真的是本人吗？不敢相信啊！”

猪原美香满脸通红，她一边与坐在旁边的黑发女生握着手，一边嘴里不断地重复着“真的吗”这句话。第二天晚上7点，真悟与美香她们在青山一丁目后街的一家咖啡店见面了。

“当然是真的。这就是你们喜欢的偶像组合的圣诞节音乐会门票，而且还是离舞台很近的特等席位。”

真悟轻轻地晃了晃门票，两个女生再次欢呼起来。

昨晚，真悟指着美香书包上的钥匙链跟她们交涉：“要是你们同意给我讲奈奈子的事，我就帮你们买到这个组合的音乐会门票。”

“你在说什么呢？就连粉丝俱乐部的会员，如果不是运气特别好都抽不到票。你怎么可能买到呢？”虽然美香表示不相信，但她眼里还是闪过一丝微弱的期待，这一点没有逃过真悟的眼睛。

“不要小看警察的人脉哟。”

真悟与美香交换了联系方式后就分开了，他立即着手买票的事。他最大限度地动用了刑警时代积累的人脉，找娱乐圈人士、票券兑换所老板甚至黑道人物，几乎所有人都表示爱莫能助："那个组合的票实在太难买了。"只有一个在新宿警署工作时雇佣的提供信息的线人回答说："要是你肯出一笔相当可观的金额，或许能弄到手。"

结果，真悟支付了包括手续费在内的八十万日元给那人，才买到了这两张特等席位的门票。因为在癌症确诊后领到的三千万日元的保险金还一点儿都没用，所以真悟在经济方面是有余力的。

然后他立即与美香取得联系，约好在这家咖啡店见面。

"谢谢！这个音乐会我超想去！但买票抽签总是抽不中。"

美香把手伸出来，可当她的手快要碰到门票时，真悟把票收起来了。

"你得先给我讲佐和奈奈子的事。"

"会讲的，我会好好讲！"

美香提高了嗓门。真悟用锐利的眼光看着她，这让美香的表情紧张起来。

"这个票我是费了很大劲才弄到手的。要是你们不把知道的事全部都告诉我，我就把这两张票转给其他会讲得更详细的同学。你们明白我说的意思吗？"

听到真悟的话，两个女生面面相觑。两人小声商量了几十秒后，转过来对真悟说："我们告诉你的事，你能保证绝对不对学校泄密吗？"

"当然，信息来源是要绝对保密的，我向你们保证。"

真悟微笑着回答。两人再次小声商议后，犹豫地开了口。

“你……想问什么？”

“你是佐和奈奈子的朋友吧？”

真悟先问了个简单的问题。美香的表情阴沉下来。

“以前是……”

“以前？就是说现在不是了？”

“对。大概是从一年前开始吧，我们之间有点儿……我们本来就不是一个班的，进了高三后就一次也没说过话了。所以在这次事件里，听到奈奈子说要去我家学习，我很吃惊。”

“你们不同班，怎么成了朋友呢？”

“我们都是轻音乐部的。”美香指着身边的黑发女生和自己说，“奈奈子也是同一个轻音乐部的，但她今年年初退部了。”

“你们是俱乐部社团活动的朋友啊。”

“对。不过我们只是业余爱好，但奈奈子很认真。她一直在追逐自己喜欢的乐队，经常一个人去看现场演出。她还说自己将来也要组建乐队，进入乐坛。她很有梦想。”

真悟想起了佐和奈奈子的房间，墙上确实贴着乐队的海报。

“既然佐和那么认真，那她怎么会退出轻音乐部呢？”

“这个……”美香的话变得吞吐起来。真悟对她轻轻地晃了晃手里的票。

“我想是因为她有了男朋友。”

听到美香犹豫着说出的话，真悟顿觉身体紧张起来。奈奈子的男朋友，此人很可能就是游戏主人。

“她的男朋友是谁，你知道吗？”

“她没有告诉我，我也不知道是怎样的人。怎么说呢……其实奈奈子有男朋友这件事，她并没有告诉我们。”

“她没有告诉你们？那你们怎么知道她有了男朋友呢？”

“太明显了。”美香得意地哼了一下鼻子，“以前，奈奈子的话题只有她喜欢的乐队，可突然之间，她开始喜欢讲时装、约会地点之类的事。她甚至有了一个新手机。而且，好几次她要我帮她做伪证，说她是来我家过夜了。她肯定是跟男朋友一起去旅游了。我特别讨厌做伪证，但因为是朋友，没办法拒绝。”

“也就是说，佐和因为有了男朋友，就不太跟同学玩了，俱乐部活动也不参加了，跟你们的关系也疏远了……是这样吗？”

“还不止这些。”美香的声音低下去，“自从有了男朋友，奈奈子完全变了一个人。”

“变了一个人？”

“她开始看不起我们了，就因为她有了个男朋友，好像很了不起似的。还有，她开始贬低学校和俱乐部，后来连自己一直追的乐队也看不起了。不过，最过分的是说父母的坏话。当然了，我们对自己父母也多少有些不满，但奈奈子对她爸妈，怎么说呢，可以说是怨恨吧。因为她说得太过分了，我们劝她，结果她歇斯底里大发脾气，真是麻烦死了——我说得对吧？”

美香向旁边的朋友征求同意，黑发女生也畏畏缩缩地点点头。

“因为有这些事情，我就跟奈奈子渐渐疏远了。”

看着端起一杯拿铁咖啡的美香，真悟摸了摸自己的鼻尖。朋友遇害还不到两周，她们却已经可以为偶像的音乐会而兴奋。真悟本来对美香她们感到不可理喻，但现在，他开始有些理解了。

对于她们两人来说，佐和奈奈子已经是“不存在的朋友”了。对于年纪尚幼、从未接触过死亡的她们来说，一个本来就不在自己的生活圈之内的人的消失，可能不会有什么现实感吧。

真悟轻轻地摸了摸自己的胸口，他的手掌能感觉得到里面有一个死神的存在。几个月后将要夺去自己的生命，那是真实的“死亡”。

“也就是说，因为男朋友的影响，佐和变了一个人，是吗？”

“与其说是受了影响，不如说是被洗脑……的感觉。”美香的表情僵硬起来。

“洗脑……”

“是的。在这之前和之后，奈奈子完全像是两个人。怎么说呢，就好像是信了什么新兴宗教的人一样，让人觉得有点儿可怕。”

看到皱起眉头的美香，真悟感到不寒而栗。

四年前，玩弄警视厅、震惊全日本、得到部分人热烈追捧的游戏主人——以他的那种“魅力”，把一个高中女生改造成一个可以随心所欲、自由操控的对象，是有可能的。

“还有什么想问的事吗？我们已经把知道的事都讲了。”美香的眼睛时不时去瞥真悟手里的票。

“佐和跟男朋友是在哪里认识的？你们知道点儿什么吗？”

“不知道。刚才说了，有男朋友这件事，奈奈子都没有告诉我们。”

“那么我想问你们，如果有人想接近佐和，他会采取什么行动？听你们的话，直到一年前左右，她还对男性没什么兴趣似的，要想跟她亲近，应该很难吧。”

真悟迫切地想要找到一点儿线索，就像抓住救命稻草一样。他继续问下去。

“那很简单嘛。”

看到美香跟朋友相互点头，真悟睁大了眼睛。他没想到，问得这么暧昧的问题，居然很快就能得到回答。

“怎么做？”他向前倾了倾身体。

“只要跟她谈她喜欢的乐队的话题就行了。直到一年前，奈奈子都在为那个乐队着迷，但那个乐队很小众，周围没有一起追星的同伴。所以，举个例子，在演出会场去跟她搭话，说自己也是这个乐队的粉丝什么的，她肯定会上钩。”

“那个乐队叫什么名字？！”

看到急切地想知道答案的真悟，美香露出一丝狡诈的笑容。

“是啊，那个乐队叫什么来着？要是拿到了那张票，我应该马上就能想起来。”

真悟步伐沉重地走在文京区的住宅街。手表时针已经过了深夜0点。

从猪原美香那儿打听到佐和奈奈子喜欢的那个乐队的名字后，真悟马上去了一家网吧，检索关于那个乐队的信息。

这个乐队不但小众，还屡次改名，检索起来相当费劲。在网上查了2个多小时，真悟掌握到如下信息：美香说的这个叫“YUMEKISS”（梦之吻）的乐队，现已改名为MASK；现场演出大约每月一次；下一次演出是在3天后的涩谷。确认这些之后，真悟离开网吧往回走。

真悟离婚以后，住在千驮木车站附近的住宅街里的很旧的公寓单间里，从车站步行需15分钟左右。真悟停下脚步，抬头望了望浮在黑夜里的月亮。

通过调查那个乐队，真的能找到游戏主人的线索吗？虽然没有确信，但现在只能循着这条微弱的线索往前追寻，除此以外别无他法。

真悟稍稍停步后又继续走起来，这时，他听到背后有微弱的脚步声。他的眉毛稍稍抽动了一下。

有人在跟踪自己吗？真悟竖起耳朵加快脚步，身后的脚步声也加快了节奏。毫无疑问，自己被跟踪了。真悟全身紧张起来。

是杀人班的刑警吗？不会，那帮家伙不会干这么麻烦的事。他们要是知道我在调查这个事件，会当面警告我的。

那么，后面的人到底是谁？真悟把注意力集中在背后的脚步声上。

那人离自己有二三十米。因为是深夜，路上行人也少，这个距离已经足够。即使自己突然走快，那人也能不慌不忙地跟上来，从这点看来，似乎他对跟踪行为已经很是熟练。对方应该是一个人吧。如果是有组织的跟踪行动，就不会一直跟在背后，而是用更不容易被发现的办法。

真悟用在特殊班时代学到的跟踪技巧来探究对方的身份真相。惯于跟踪、单独行动，而且有必要跟踪自己的人……想到这里，真悟的身体僵硬起来。

游戏主人。那家伙掌握了我的一切。在对我进行那么详细的调查过程中，也一定跟踪过我吧。而且，不知为何，那家伙对我异常执着。

身后的人可能是游戏主人。真悟的心脏怦怦地急促跳动。

冷静，要冷静。真悟拼命调整紊乱的呼吸。

现在应该立即转身向那人跑去吗？可是，如果对方逃掉了，就一无所获。

很想确认背后的人的样子，但又要避免回头惊动对方。在真悟犹豫不决的时候，一样东西进入了他的视野。

对，就是这个！真悟保持着之前的速度往前走，注意着不要加快脚步。到了十字路口后往右拐弯。再向前走几米，到了跟踪人看不到自己的地方，真悟回头去看设在十字路口的凸面镜。镜子里映出一个身穿大衣的男子。由于路灯光线不足，加之距离较远，看不太清楚，但可以看到是个中年男子，戴着眼镜，嘴上遮着口罩。

那人就是游戏主人吗？真悟的视线被凸面镜里的男子吸引住了。这时，本来微微低着头走路的那个男子，抬起头来。

真悟的视线与镜中男子的视线相碰。那人的身体明显颤抖了一下。

被发现了！真悟来不及多想，拔腿便追。镜中男子转过身。

真悟转过十字路口，沿原路跑回去。在前方约30米处，看到一个奔跑的男子，他的大衣被风吹起。那人跑进了一条狭窄的小巷。

我能追上他！看到那人跑的速度并不快，真悟相信自己。

真悟是长跑健将。虽然因为癌症体力有些衰减，但看到那人的跑速，应该能够在体力消耗殆尽之前追上他。真悟追着那人跑进小巷。那男子跑在前面约20米远时，回过头来看了真悟一眼。

马上就能把你抓到！真悟身体前倾，加快速度。与那人的距离眼见着越来越近，还有5米左右了。

我追上了！就在真悟这么想的时候，他感到腰部火辣辣地痛。两脚不听使唤，一下摔倒在地。他的右肘因为条件反射地伸出去想保护脸部，被柏油路擦伤。可是，比起手肘，腰部的疼痛要强烈得多。真悟用手按着腰，当场蜷缩起来。

真悟记得这种痛感。从一年前开始，这种疼痛一直折磨着自己。他意识到自己的身体正在发生什么。

癌症。依靠抗癌药得到控制的癌细胞，又开始压迫神经。

真悟咬紧牙关，抬起头。那男子的身影早已不见。

为什么偏偏在这个时候……真悟一边在口中反复诅咒自己的命运，一边把身体弯得像只西瓜虫，静待这阵剧痛慢慢过去。

不知过了几分钟，真悟才慢慢地站起身来。虽然腰部深处依然隐隐作痛，但连呼吸都不敢的剧痛已经过去了。

他吐出肺里积存的浊气后，又在小巷里摇摇晃晃地走起来。

虽然他已经听到医生告知癌细胞又开始增生的病情，但因为身体状况没有明显变化，所以并无实感。可是现在，那种疼痛又回来了。

剩下的时间很少了。正是这种痛感，让他痛切地意识到了这个现实。

……我还能动到什么时候？

如果痛得无法动弹，搜查就不能继续下去。游戏主人的真相，就得不到揭露。自己将一事无成地……从这世上消失。

迄今为止从未感受过的强烈的恐惧，让真悟的上下牙齿不住地打战。

不要想。不要多想。真悟拼命咬住打战的牙齿，跌跌撞撞地往前走。他脑子空白，什么也不想，只是无意识地移动脚步，不知不觉间到了自己公寓的一楼入口处。他步履蹒跚地走到邮箱前面。

如果刚才那人是游戏主人的话，他的目的是什么呢？是表达挑衅？还是想直接伤害我？

真悟打开邮箱，在各类宣传广告的传单和邮件中，他看到一个茶色信封，地址和收信人都是棱角分明的直角字体。

真悟把信封拿在手里，翻到背面。没有寄信人姓名。他心中升起不安，随手撕开信封。里面只有一张折叠的信纸。真悟取出信纸，匆忙打开，里面的文字映入他的视网膜。

你　还　找不到　我　吗
我　一直　等着　你　呢
我　一直　看着　上原　呢
快　来　找到　我　吧
快　来　抓住　我　吧
要不　快点儿　惩罚游戏　就要　开始了
来自　游戏主人　怀着　对你的爱

这些文字，仿佛在向无法动弹的真悟发起进攻。

4

这……到底是怎么回事？

真悟背靠在演奏会场后面的墙壁上，皱着眉头看着舞台。这是位于涩谷边缘的一个冷清的现场音乐演奏会场。从猪原美香那里得到证言的3天之后，真悟站在这里望着舞台。

会场很小，前后不过15米左右，只要进来100人左右就已无立足之地。现在观众有20多人，都集中在舞台附近，真悟的周围空空荡荡。

舞台上，4名年轻女性正在演奏摇滚乐。她们的发辫形状复杂，颜色鲜艳，化妆浓得认不出本来面目。而且不知为何，她们都戴着大面具，甚至主唱都戴着面具唱歌，所以声音含混，听不清楚歌词。这个四人乐队，就是佐和奈奈子到去年为止一直沉迷的乐队MASK。

原来，因为都戴着面具演奏，所以就叫MASK（面具）吧。真悟皱着眉头听着震耳欲聋的强音轰鸣，理解了乐队名字的由来。那些聚集在舞台附近的观众，大声尖叫，蹦蹦跳跳。

在这个观众大部分是未成年少女的空间里，衬衫外面穿件普通深色外套的中年男性真悟有种走错地方的感觉。不过，也没有人对他投来怀疑的目光。或许是因为他跟这会场的气氛实在相差太远，被当作是工作人员了吧。

这场演奏还要持续多久呢？真悟看看手表，快到晚上8点了。从开演时间7点开始，他就在这个会场，承受了一个多小时的轰鸣声，感觉快要头晕了。他轻轻地摇了摇头，感到腰部很痛，便用手去按住那儿。这是剧痛即将发作的前兆。

真悟走出旁边的门，来到走廊上，从一台老式自动售货机里买了一杯咖啡，在附近的椅子上坐下来。他从上衣内袋里拿出一板PTP药片，从中取出一粒放在掌心，然后塞进嘴里，连同咖啡一起吞了下去。

离药片生效还需二三十分钟。在这之前，为了避免那种难以忍耐的剧痛的发作，必须安静休息。真悟弯着腰，低着头，一边为剧痛发作的前兆而担忧，一边回想前天的事。在收到游戏主人寄来信件的第二天，真悟没有预约便去看了主治医生，讲述自己又开始剧痛的情况。

主治医生告诉他，如果住院接受放射治疗，在一定期间内也许能控制疼痛，否则就只能使用止痛药。

没有时间去住院，真悟选择了服用止痛药的治疗方法。主治医生建议他服用少量麻醉剂，但他坚持只用普通的消炎止痛药。因为使用麻醉剂的一个副作用是可能导致思维迟钝，这是他无法接受的。

即便不服药，游戏主人的真面目也隐藏在深深的浓雾之中；要是思维能力变得更加迟钝，那就更不可能把那家伙找出来了。

于是，真悟虽然很恐惧那种发作起来会让人失神的剧痛，但他还是靠着服用超过指定量的消炎止痛药来勉强维持他的搜查活动。

腰部的疼痛加重了。真悟拭去额头上油腻的汗珠，努力把自己的意识从腰部转移开去。

他的脑子里浮现出游戏主人的那封信。

为什么游戏主人要寄来那种信呢？这三天，他一直在思考这个问题，没有答案。不过有一点可以确认，那就是游戏还在继续。既然如此，那游戏主人会继续尝试来接触自己吧。

自己是单枪匹马在搜查，要想赶在特搜本部之前揭露出游戏主人的真面目，那就只能利用好现在这种状态。真悟舔了舔干燥的嘴唇。

既然自己的地址已经被对方知道，那就有夜里被潜入房间遭到袭击的危险，但真悟没有更换住处。如果游戏主人来袭，那就拼个你死我活，这种结局也不坏。这份孽缘如何终结，无人知晓。被癌症侵蚀的真悟，希望能在自己身体不能动弹之前决出胜负。想必游戏主人也希望如此。

真悟握紧拳头。可能止痛药开始生效，他腰部的疼痛消失了。

会场的门被用力推开。真悟抬头看去，化妆浓艳的少女们陆续从门口出来。看来演奏会已经结束。真悟看看手表，时间是8点30分。他坐在长椅上，等少女们离开。

时间差不多了，真悟慢慢站起来，回到演奏会场去。空无一人的会场显得格外宽敞。他往后面的舞台大步走去。

“这位先生，我们要打扫清洁，可以请你离开会场吗？”背后有人叫住真悟。他回头看去，一位清洁工模样的男子站在入口处。

“哦，我是今天演奏乐队的相关人员。”真悟登上舞台，走进了旁边的小门。

门后延伸着一条光秃秃、冷冰冰的水泥走廊，右侧的一个房门上写着“演出人员休息室”。真悟敲了敲门。

从房间里传来一个女性的声音：“是谁？请进。”

“对不起，打扰了。”

推开门后，真悟看到了一个大约10张榻榻米大小的房间，里面除了两张梳妆台以外，什么布置也没有。刚才在舞台上演奏的四位女性都在。年龄都在20岁左右。她们现在都取下了面具，露出化着浓妆的脸。

“请问，你是这个会场的工作人员吗？”其中一位女性警惕地问道。她似乎是这个乐队的队长。从发型上判断，应该是打鼓的那位。

“不，我不是会场的工作人员。我想向你们打听点儿事。”

四人眼里狐疑的神情更浓了。

“喂，梅，这人有点儿可疑啊。”

主唱的女性靠近鼓手。被叫作梅的那位女性，眼睛看着真悟，低声说：“不要紧，茜。”

真悟看了一眼这个乐队贴在墙上的海报。海报上有四人戴着面具的半身照，照片下面分别写着“梅”“铃”“茜”“纪子”等字样。这是她们的名字吧。

“你想问什么事？——你是什么人？”

梅的语气很生硬。真悟从上衣内袋里拿出一张佐和奈奈子的照片。这是他前几天从猪原美香那儿得来的。四人的视线都集中在照片上。

“这……不就是以前经常来看我们演出的那个女孩吗？”

弹贝斯的女性说得不太自信。弹吉他的女性附和她："对，有可能。"

"原来你们认识她？"真悟趁机开始发问。贝斯手迟疑地点点头。

"对不起，我想知道她的事，可以请你谈谈吗？"

真悟向贝斯手提出请求，但她求助似的环顾乐队同伴。

"喂，大叔，你不要只顾自己往下说。你到底是什么人呀？那孩子出了什么事吗？"梅往前走出一步。

"这孩子下落不明，父母痛不欲生，所以我在调查她。"

"是离家出走吗？大叔，你是私人侦探吗？"

"嗯，差不多吧。"

"原来是这么回事。不过，你这样突然闯进休息室来不太礼貌吧？再说了，我们为什么非要回答你的问题呢？我们没这么空。"

"你们的现场演出已经完了吧。稍稍说几句话的时间还是有的吧？"

"我们中有人还要去打工。演出本来已经够累了，还要整夜在便利店收银、整理货架什么的。所以，请你快点儿回去吧。"

"接下来还要去打工吗？你们真是很辛苦。"

"没办法。现场演出是要花钱的。"

"你们不是收了入场费吗？"

"这点儿观众怎么可能盈利？乐队亏本，亏得很厉害。要是观众能买点儿我们的光盘，也许还能好过点儿，但现在的粉丝们都把钱包捂得紧紧的。"

梅自虐般笑了笑。真悟看了一眼堆在房间一角的纸箱，里面装满了光盘。真悟想起来，在演奏会开始之前，有个工作人员模样的中年女性在没精打采地卖着光盘。

“所以我们没有时间陪大叔聊天。”梅往后转了转她的头。

“那些光盘，共有多少张？”真悟扬起一边嘴角，指了指房间角落里的纸箱。

“这个关大叔什么事？”

“告诉我有多少张，有什么不可以吗？”

“可能有将近300张吧。一时得意，做多了点儿。”梅挠了挠后颈。

“300张？不算少啊。那么，一张多少钱？”

“两千日元。怎么了？”

梅有些不耐烦起来。真悟当着她的面取出钱包。

“这些光盘，我都买了。”

“啊？你说什么？”梅的声音变了调，其他成员也睁圆了眼睛。

“我说，我要把这些光盘全部买下来。一张两千日元，共有近300张，那六十万日元够了吧。”

真悟开始数从钱包里取出来的一万日元钞票。自从开始搜查以来，为备不时之需，真悟的钱包里总是装有一百万日元左右的现金。

“等一下，你是真的吗？真的要全部都买吗？”

“怎么了？不卖给我吗？”

“不、不是不卖。你要是买下来，当然是帮了我们……”

看到梅在犹豫地嘀咕，真悟把六十张一万日元的钞票塞给她。

“好，买卖成立了。那么，作为交换，让我问你们一点儿事情，可以吧？”

双手接过钞票的梅，耸耸肩，点了点头。

“那好，关于照片上的这个孩子，可以把你们知道的事情都告诉我吗？”

真悟再次拿出佐和奈奈子的照片，乐队成员们面面相觑。

“她是以前来追我们的粉丝，但最近完全不来了。”梅回答说。

“你说的最近，是指什么时候？”

“因为没有特别注意这孩子，记不太清楚了，可能有快一年没看到她了——对吧？”梅看看其他成员。贝斯手和吉他手两人微微点了点头。

“但这孩子是你们的狂热粉丝，你们对她知道得应该会更详细一点儿吧？”

“我们有几百个狂热的粉丝呢，不可能记得那么详细。”

“几百个？”

“大叔，我知道你想说什么。你看到今天的演出只来了这么一点儿观众，就觉得我们乐队怎么可能有那么多粉丝，是吧？”

梅嘲讽地哼了哼鼻子。真悟一时语塞，连忙说：“我不是那个意思。”

“不用客套，你就是这样想的。我们现在确实没什么人气，但直到去年夏天，我们的听众还是不少的。那时光盘卖得也很火。我们按照那时的感觉定制了光盘的数量，结果就剩下了这么多。”

“你是说叫‘YUMEKISS’（梦之吻）的时候吗？”

“哦！你查得很详细嘛，不愧是侦探。是的，说的就是那个时候。但是，从去年夏天开始，该怎么说呢，我们乐队失去了魅力……总之，就是人气渐渐凋零了。”

“所以你们灵机一动，就把乐队名字也改了？”

“大概就是这样吧。然后我们商量出了戴着面具演奏的形式。我们在电视上看到，说是戴面具让女人更显魅力。很先锋吧？”

“是的。”

也太先锋了点儿吧。真悟的脸颊肌肉抽搐了一下。

“也就是说，你们本来有不少热情的粉丝，但因为改变了演奏形式，那些粉丝就离开了。照片上的这孩子也是其中一个。是这样吧？”

“差不多吧。”

梅含糊地附和着真悟的话。真悟挠了挠太阳穴。按照猪原美香的说法，佐和奈奈子是因为被男朋友洗了脑，所以连原本追逐的乐队也变得讨厌起来，现在看来，猪原的话有点儿可疑。把迄今为止的信息综合起来，应该是佐和奈奈子对本来追逐的乐队突然改变形式感到失望，所以不再当粉丝了。

“怎么了？你的脸色突然变得好严肃。”

听到梅叫他，真悟才回过神来。

“没什么。对了，这孩子有没有跟一个男人一起来看过演出？”

真悟终于开口问了他最想问的问题。如果佐和奈奈子是通过这个乐队认识了“男朋友”，那乐队成员或许看到过两人在一起的情景。可是，她们对此反应寥寥。

“没见过。”“嗯，我也没见过。”四人面面相觑，嘀咕着同样的内容。

“真的？能不能再想想？这点很重要。”

看到真悟拼命恳求的样子，梅抱歉地耸了耸肩。

“我们的粉丝几乎都是年轻女孩，要是有男性来，会很引人注目，我们应该都记得的。这孩子跟一个男人在一起的事，应该真的没有过。”梅说得斩钉截铁。

“是吗……”真悟十分垂头丧气。自己在拼命地追寻游戏主人的蛛丝马迹，好不容易发现的这条细微的线索，眼看着就要断了。

“对不起，让你买了这么多光盘，却没能帮上你什么忙。”也许是真悟表现得太失落了，梅安慰他。

“别介意，不是你们的错。”真悟勉强地笑了笑。

“这样吧，要是我们想起了关于这孩子的别的什么事，再跟你联系吧。可不可以把你的联系方式告诉我们？”

“太好了，谢谢。”真悟致谢后，把自己的手机号码告诉了梅。

“那就再见了。今天打扰你们了。”

真悟正要离开休息室，身后追来梅的声音。

“那……这些光盘怎么办？”

真悟转过身，面带微笑。这一次他笑得很自然。

“对于我这种音乐器官生锈的中年男人，拿走这些光盘也太可惜了。拿去送给你们的粉丝吧。”

冷风吹进领口，带走体温。从现场演奏的会场出来，真悟的身体颤抖了一下，他翻起了外套领子。不但身体降温，连情绪也一下子低落了许多。真悟已经不知道下面该怎么办了。

真悟头脑里的推理是，游戏主人以那个乐队为诱饵来接近佐和奈奈子，然后将她洗脑。但这种推理可能完全错了。

再进一步想，佐和奈奈子的“男朋友”真的是游戏主人吗?不，佐和奈奈子真的有过男朋友吗?连这一点也变得让人生疑。

无论如何，姑且先回家吧。真悟弯着腰，开始慢慢走起来。

真悟跟着加班后回家的上班族的人流，继续向车站走去。这时，他听到腰间传来微弱的爵士乐声。

是谁呀，怎么在这个时候?真悟从口袋里拿出手机。液晶屏幕上出现“来电号码不显示”的字样。

“号码不显示”的来电?真悟抽身离开人流，走到已经关门的商店前面，按下通话键，把手机靠近耳朵。

“晚上好，上原!”一个通过变声器的高亢的声音响起来。真悟感觉全身的血液在倒流。

“是游戏主人?!”

“今夜凌晨2点，到我指定的地方来吧。要是你来了，也许能见到我哟。”

那个声音没有回答真悟，只是自己说话。

“你在哪儿!我该去哪儿!”真悟唾液四溅地大叫起来。

“别那么兴奋嘛。可别告诉警察哟。警察一来，我马上就逃。上原，你要一个人来。地点在品川区八潮……”

真悟双手拿着手机，一股热流从他身体深处涌起。

呼出的气息在路灯淡淡的灯光下变成了白色。真悟双手放在胸口，努力抑制加速的心跳。

时间已经过了凌晨1点50分。离指定时间只有不到10分钟了。

这是面向东京湾位于东京港野鸟公园附近的一个码头。真悟警惕地戒备着四周，走进一条左右两侧耸立着巨大仓库的小路。

或许很快就能与游戏主人直接对峙。这种期待和不安，让真悟肾上腺素升高、心跳加快。这个港口的死角很多，不知何时会遭突袭，丝毫不能放松警惕。

真悟按照对方指示，没有通报警察。游戏主人对警察的行动了如指掌，要是通报了，他一旦察觉就会马上逃掉，所以没能通报。真悟这样说给自己听。可是，他内心深处知道，这不是真正的理由。

不被任何人打扰，自己一个人跟游戏主人决一胜负。真悟内心深处涌起的这种欲望，支配了他的身体。很快，他就来到了一栋仓库的入口。仓库很大，大概有一个小学体育馆那么大。

仓库入口旁边的门牌上，写着电话里指定的仓库名称。

真悟伸手握住门上把手，慢慢转动。没有遇到任何阻碍，门在眼前打开了。真悟咽下一口唾液，下定决心，进了仓库。

仓库内部至少高达10米，杂乱地堆放着无数的集装箱。从天花板上吊下来的电灯泡发出微弱的光线，周围相当昏暗。

真悟一步一步谨慎前行。通往仓库里面有一条较宽的通道，左右两侧堆满集装箱。真悟眯起眼睛，往仓库深处看去。这时，他的心脏猛地跳动了一下。在那些集装箱的阴影里，他看到了一个人影。

真悟跑了起来。他的理智告诉他“不要慌！注意周围！”，但他身体里的那种野兽般的冲动已经无法抑制。终于，就要和追踪了四年的对手正面对决了。真悟往仓库里面跑去。

快到了，还有一点就要到了。真悟握紧拳头，跑到了通道的中途。这时，一个身影从旁边的集装箱后面向他扑来。

正在全速奔跑的真悟，对这突如其来的袭击猝不及防。那个人影挥动的拳头，击中了真悟的一边脸部。他的视界大幅摇晃，地面急速迎面压来。在下一个瞬间，他的头部侧面受到了剧烈的冲击，意识一片空白。

“快！快点儿动手！”一个回音很重的男性声音从远处传来。

真悟慢慢睁开眼皮。身体的左面接触到水泥地，冰冷的感觉传到脸颊。这是墙吗？不，这不是墙，是地面。我现在倒在地上了。理解了现状的真悟，试图站起来，但身体一动不动，仿佛大脑和身体之间的线路被切断了。

真悟拼命整理混乱的大脑，试图弄清楚发生了什么事。这时，一双皮靴出现在他的视野里。真悟转动眼球，抬起视线。他身旁站了一个戴着大墨镜的中年男子。至此，他终于明白，他被这个从集装箱死角里冲出来的家伙击倒在地了。

这家伙就是游戏主人吗？如果是，那仓库深处的那个人影又是谁呢？

他沉重的脑子里冒出一个又一个的疑问。

“你快点儿！已经没事了！”

站在真悟身旁的男子大喊之后，从仓库最深处的集装箱后面，出现了另一个戴着头套只露出两只眼睛的男子。

“喂，机不可失，快点儿吧。”

墨镜男子说得很快，但头套男子微微点头，一语不发。

从两人的对话来看，头套男子似乎地位更高。那么，他是游戏主人，墨镜男子是他的同犯吗？

头套男子慢慢走近。真悟虽然还是倒在地上，但他把自己的双手慢慢地张开又合拢。渐渐地，被切断的神经又开始连接起来。

“你要赶快！我把他扶起来。”

墨镜男子胡乱抓住真悟的领口，试图强行让他站起来。

动起来！就在真悟咬紧牙齿的那一瞬间，他感觉大脑与身体又连接起来了。真悟双手一把抓住墨镜男子的手，跃起双腿。顿时，他的双脚像蛇一样缠上墨镜男子的胸和脖子，把他的手肘固定在自己的两腿之间。

这是真悟当警察时在柔道训练中学到的特技“臂锁”。墨镜男子睁大眼睛，试图抽回手臂，但被真悟抓牢的手，不是那么简单就能挣脱掉的。

真悟把双脚像镰刀一样钩在那人的脖子上，用力一拉，那人就失去了平衡，当即跌倒在地，墨镜也飞了出去。

真悟一面继续用脚控制墨镜男子，一面用双手钳住他的手臂。男子拼命挣扎，但已经完全中招，根本无法逃脱。然后，真悟一边往后倒下自己的上半身，一边向上挺起腰部。于是在他两腿之间，响起了像是水果被捏破的声音，随后听到了墨镜男子嘴里发出的喊痛的尖叫。

真悟这才松开他。墨镜男子护着手肘，身体蜷缩，一直在呻吟。真悟没有站起身，保持两膝着地的姿势。他跪着去看站在十多米远处的男子。那人戴着头套，看不清他的表情。

真悟的视线始终没有离开头套男子，但同时也渐渐向蜷缩在他旁边的墨镜男子挪近。他把手搭在他肩上，强迫他转向自己。当看到墨镜男子那张因为剧痛和恐怖而歪斜的脸，真悟的大脑感到一阵刺痛。

这个人，我在哪里见过。真悟努力搜寻记忆，脑海里浮现出几天前的情景。

“你，你这家伙，就是酒吧里的那个人！”真悟盯着他。这人就是在歌舞伎町酒吧里向阿久津打听信息时也在店里的那个客人。

“你在说什……什么？”墨镜男子用沙哑的声音费力地说。

真悟抓紧他的手肘，他嘴里发出喘息和叫声。

“你这家伙，在歌舞伎町的酒吧里监视过我，是吧？你是一直在跟踪我吗？”

“……是！是！我受人委托，一直在跟踪你！”

墨镜男子大叫。真悟抓他手肘的双手更加用力。

“那人就是游戏主人，是吧？你是受游戏主人之托，一直在跟踪我！”

“不，不是那样的……”

就在墨镜男子喘着气费劲地发出声音的时候，真悟听到了一声野兽般的嚎叫。他抬头一看，头套男子大叫着向他跑来。

真悟放开墨镜男子的手肘，站起身来，放低重心，摆好姿势。

特殊班的一个任务是在劫持事件中向犯人发起突袭，所以他们堪称特种作战部队。真悟接受过无数的格斗训练，这种训练的结果至今深深地刻在他的身体里。

真悟闪身躲过头套男子挥来的右拳，与此同时，用膝盖狠狠去踢他的腹部。头套男子的嘴里顿时流出口水，发出呻吟，当即弯下腰，真悟趁势抓住他的外套衣袖，脚下迅速一扫。头套男子吃了个真悟的扫堂腿，当场摔倒。真悟跃身骑在他的身上，用右拳猛击他的脸部。在真悟感到打得拳头发麻的同时，头套男子也全身失去了力气。真悟的手颤抖地伸向他的头，指尖触到了他的头套。

终于，就要揭开游戏主人的真面目了。种种情感在真悟胸中翻腾汹涌，他的视线已经模糊不清。他咬紧牙关，一把扯下遮在那人脸上的头套。

看到露出来的脸，真悟的大脑停止了思考。

“怎么会……”一个微弱的声音，从真悟半张的口中发出。

扯下头套后露出来的，是一张他认识的脸。单眼皮、浓眉毛、鼻梁粗挺。倒在这里的，是佐和好继，被游戏主人杀害的佐和奈奈子的父亲。

佐和好继就是游戏主人？这人绑架并杀害了自己的女儿？但是，事发当天，他应该是一直在家里的。

真悟因为头脑太混乱，全身无法动弹。

“什么怎么会？你说什么？你要说你什么都不知道吗？”

真悟被一个愤怒到极点的声音吓到。好继双手抓住真悟的领口，用力一拉。真悟未料到好继会有如此动作，身体顿时失去平衡，上半身向前倒下。两人额头几乎相碰。在这极近的距离里，四目相对。在好继睁圆的怒目深处，燃烧着一股暗黑的火焰。

"就是因为你，奈奈子才被杀掉的！要是没有你，奈奈子今天还活着！都是因为你！"

听到好继吃力地说出的话，真悟全身失去了力气。

不，这家伙不是什么游戏主人。

好继把手从真悟的领口上松开，捂住自己的脸。真悟慢慢站起身来，走近那个护着手肘的男子。那人后退了一步，他的脸因为恐怖而歪斜扭曲。

"你是佐和先生雇来的私人侦探吧？"真悟低头看着那人，用冷静的语气审问道。

男子稍稍踌躇了一下，胆怯地点了点头。

"佐和先生让你调查我的情况，还让你用变声器来引诱我。这样，我会以为是游戏主人打来的电话，就会到这里来。是这样吧？"

面对真悟的审问，那男子再次点了点头。真悟想起来了，事发当天，他曾把自己的名片给过好继，上面有手机号码。好继知道自己的联系方式。

"这里就是佐和贸易公司的仓库吧。你把我叫到这里，是要干什么？是要把我杀了扔到海里去吗？"

真悟压低了声音，那男子连忙左右摇头。

"怎么可能干那种事！因为佐和先生说，要是不狠狠地揍你几拳，他脑子就会发狂，我没办法，只好帮他。我叫他不要这么做……做了这种事，吃不了兜着走。可他说，就算他一个人也要……”那男子被真悟锐利的目光直视，说话声音越来越小。

“滚。”真悟低声说。

“什么？”男子眨了眨眼睛。

“我叫你快滚！怎么，你是想让我去报警吗？！”

“好……好，我滚。”男子护着手肘，连滚带爬地到了门口。

真悟确认男子出了仓库之后，才回过身来。站在他面前的，是用一双血红的眼睛盯着自己的好继。

“女儿死了，妻子自杀未遂，我一家支离破碎。这一切的一切，全都是因为你！你太可恶了！”

面对饱含怨恨、责怪自己的好继，真悟默默地看着他。

“你怎么不说话？说、说句话呀！”

好继高高举起拳头。对迎面而来的拳头，真悟没有躲开。拳头的打击让他眼冒金花，嘴里散开铁锈的味道。

“我叫你说点儿什么，你怎么不说？”

好继吼叫着，一把抓住真悟的领口，把他狠狠地推倒在旁边的集装箱上。真悟的后脑勺撞在坚硬的铁板上，背靠着集装箱滑倒在地。然后，好继的左手抓住真悟的领口，嘴里不成声调地吼着，右手拳头狠狠地打在真悟头上。真悟一次也没有躲开，只是任由好继的拳头不停地落在自己头上。

过了一会儿，好继终于停下手，慢慢松开了捏紧的拳头。

“你……为什么，一句话也不说？为什么，会发生这种事？”

好继双膝着地，号啕起来。真悟嘴里吐出一大口鲜血，对着好继深深地低下头。真悟的头，低到好继能看到他的头顶。

“真的对不起。”

听到真悟的道歉，好继的号啕声更加响亮。真悟背靠集装箱，默默地看着哭泣的好继。好继也一定明白，拳打真悟是毫无意义的。但即使头脑明白，对于降临在自己身上的这种不合理的现实的愤怒，又不能不在某个地方发泄出来。

真悟颤颤巍巍地站起双脚，把手放在长跪在地全身哆嗦的好继的背上。好继抬起头来，满脸都是眼泪和鼻涕。

“佐和，我在调查那个残忍地杀害了你女儿的犯人，请帮帮我吧。”

“请。”

真悟把一杯速溶咖啡放在矮桌上。好继盘腿坐在地毯上，表情僵硬地端起杯子，喝了一口。

大约一个小时前，两人离开仓库，在附近的国道上叫了一辆出租车，来到真悟的公寓。脸上流着血的真悟和哭肿了眼睛的好继，出租车司机从后视镜里很奇怪地瞄了他们好几次。

“你夫人的事，我也听说了……她现在情况怎样了？”

“还在住院。不过，治疗开始生效，现在安定些了。”

“是吗？”真悟自己也喝了一口咖啡。嘴里的伤口受到咖啡的刺激，很痛。

“为什么？”好继嘀咕着。

“什么为什么？”真悟把咖啡放回桌子上。

“为什么不把我交给警察？我是做好了思想准备的。把你揍了以后，被抓起来，或者被送进监狱，我都不在乎。”

“我也有女儿。独生女。”真悟无意识地说出了这句话。答非所问，但好继也没有再追问。

“这是你的家吗？”好继环顾这个狭小的房间。真悟点了点头。

“你家人呢？”

“两年半前离了婚。女儿的监护权归前妻。本来跟女儿是一个月见一次，但因为这起事件，她跟我断绝关系了。”

“是吗？”好继又喝了一口咖啡，皱了一下眉头，“味道不行啊。”

“速溶咖啡。便宜货嘛，没办法。”

好继微微扬起嘴角，把剩下的咖啡一饮而尽。

“我问你，你把我带到这个地方是想干什么？因为被我揍了，要报复，所以准备在这里杀了我？”

“你在说什么啊，我只是想问你点儿事。”

真悟连忙回答。好继哼了哼鼻子，有点儿不屑。

“那，你要问什么？”

“关于你女儿，包括作为父亲可能有点儿难以启齿的事。”

“……这种事我为什么要跟你说？”好继的目光变得锐利起来。

“为了把那个残忍杀害你女儿的犯人捉拿归案。”

因为在演奏会场没有得到有用的信息，真悟本以为追踪游戏主人的一丝微弱的线索已经被切断，但他现在意识到，佐和奈奈子的父亲好继可能会知道点儿什么。

好继盯着真悟看了几秒钟，然后小声地说起来："刚才把我丢下、自己逃掉的那个人渣，是我雇佣的私人侦探。这一周来，他把你的行动都逐一报告给了我。他说，你一直在单独追踪犯人。"

"是的。"

"为什么要单干？你一个人，不可能比警察还先找到犯人吧？"

"我有只有我才知道的信息。"

"如果真是这样，你应该告诉给警察。比起你一个人，警察应该更能有效利用吧。"

"你说得对。"

"那为什么……"

"因为我很快就要死了。"

面对睁大眼睛的好继，真悟语调平淡地继续说。

"你也许知道，我是癌症晚期患者，活着的时间只剩下几个月了。我因为与这次事件的犯人——游戏主人发生牵连，事业和家庭都失去了。我要亲手揭露游戏主人的真面目，让他为自己的罪行付出代价。这就是我现在活着的唯一理由。"

说到这里，真悟站起身来，打开壁柜。里面有个小保险箱。

"你不用担心，我已经准备好了'后事'。这个保险箱里有我的笔记本，我把关于游戏主人的事，以及我知道的全部信息，都整理记录在笔记本里了。我死了以后，笔记本会被交到特搜本部里一位负责这起案件的刑警手中。"

"犯人……有可能被找到吗？"好继抬头看了真悟一眼。

"不知道。但是，如果能从离奈奈子最近的你这里得到些什么信息，弄清犯人的真相是有可能的。”

好继神色凝重地思考着。真悟没有催促他，只是耐心地等待回答。

“如果……”好继足足沉默了3分钟，然后开了口，“如果，犯人抓到了，那家伙会被判死刑吗？”

“游戏主人迄今为止杀害了两名未成年少女，如果没有特别的情况，应该是能把那家伙送上绞刑架的。”

“特别的情况是指什么？在什么情况下不能判他死刑？”

“如果犯人是未成年，或者被认定因患有精神疾病等而丧失了刑事责任能力，有可能判处死刑之外的刑罚。但是，这次犯人不可能属于这两种情况中的任何一种，应该会被判处死刑。”

真悟慢慢地向好继解释。低头听他说明的好继，脸上的表情渐渐消失。

“帮我杀了他。”好继面无表情地低声嘀咕。

“你在说什么？”

“你要答应我，要是犯人可能会因为你刚才说的理由逃脱死刑的话，你就不要逮捕他，而是当场就杀掉他。”

好继的语调没有抑扬起伏，这让真悟知道他是认真的。

“这……”

“要是你不答应，我就什么也不说。”

“明白了。要是那样，我就杀掉犯人。”

真悟压低声音回答后，好继的脸上露出放心的表情。

“那么，你要问我什么？”

如果真的出现那种情况，我确定无疑会亲手杀掉游戏主人吗？真悟无法得出答案。他怀着摇摆不定的心情，开口问了第一个问题。

“我首先想问的是，你们夫妇与奈奈子的关系怎么样？”

“亲子关系吗？很好的。”

“很好……吗？”

“看你的反应，可能是从哪儿听说了什么关于我家的事。不过，我们的关系真的很好，女儿对我们又依恋又尊重……直到一年前。”

“去年，你女儿有没有发生什么事？”

“她突然开始顶撞我们了。跟她说话她也不理，连饭都不想跟我们一起吃。最初我以为只是因为青春期……”

“但并非如此。”

“是的，不是因为青春期。——奈奈子变得仇恨我们了。”

“仇恨？”因为这种情绪表达太强烈，真悟皱了皱眉头。

“是的。不知不觉中，奈奈子把我们视为仇恨对象了。”

“怎么会变得这样？有什么引发的契机吗？”

“什么也没有，但女儿的态度一天比一天恶劣。我们真不知道该怎么办……好像女儿一点儿一点儿地变成了另外一个人。”

真悟想起了猪原美香说的“奈奈子被洗脑了”的话。

“但是，大约三个月前，我终于明白了原因。”好继的声音有些颤抖。

“你说的原因，是什么？”

“一个男的。”好继厌恶地吐出这句话。

真悟睁大了眼睛。对是否真的存在“佐和奈奈子的男朋友”，他本来是抱有怀疑的，没想到奈奈子的父亲好继会自己提起。

“奈奈子有个在交往的男朋友，确定吗？”

“是，没错。”好继的表情很难过。

“为什么你能说得那么肯定呢？你知道那人是谁吗？”

“我不知道那人是谁，但她有个在交往的男朋友是毫无疑问的。”

“这是什么意思？”

“三个月前，我收到一张寄到我家的照片。装有照片的信封上，收信人写的是我的名字。”

“照片？”

“是的。奈奈子跟一个男的进一家酒店时的照片。”

好继用一只手遮住眼角，真悟深深地吸了一口气。

“你确定是你女儿吗？那男方的脸你认出来了吗？”

“毫无疑问是我女儿，因为照片上有她的脸。但那男的是背影，看不到脸。不过看得出来，跟女儿不是同一个年龄段，有30多岁了吧……”

好继说到这里，已经不能再继续说下去。真悟轻轻地摇晃了一下混乱的大脑。谁，会把与一个男子幽会的女孩的照片寄给她父亲？这么做，是出于什么目的？

“有没有可能是合成的照片呢？现在技术很发达。”

“没有。因为我直接追问了本人。”

“直接追问你女儿？！”

“是的。奈奈子回家后，我把照片给她看了，问她是怎么回事。那孩子瞪了我一眼，承认照片上的人就是自己。但那男的是谁，她死也不肯说。”

“这种照片是谁寄来的，你有没有点儿线索？”

“完全没有。”好继无力地摇了摇头。

“是吗……那收到照片后，你是怎么做的呢？”

“我当然是想办法让奈奈子跟那男的分手啊！一个成年男人跟尚未成年的女儿交往，我是不能接受的。我甚至想过去找警察。”

“你让他们分手，这件事成功了吗？”

“应该是……成功了。”

“应该？什么意思？”

“我让她没有时间去见那人。每周让她去上三次补习班，其他时间则规定必须下午6点以前回家。”

“那她也有可能不去补习班而是去见了那人吧？”

“不会的。我们会定期确认她是否真的去了补习班。另外，在周末节假日，她被允许出门之前，都要讲清楚跟谁去哪儿。”

“但她有可能让朋友做伪证，实际上去了别的地方。”

“这个也没有。在奈奈子节假日外出的时候，我让刚才逃掉的那个私人侦探跟踪她。奈奈子没有去见那个男的。所以，他们应该是已经分手了。”

“你竟然能做到这个地步？！”

“当然啊！我只有这一个女儿，这么宝贝的唯一的女儿！”

看到好继眼里泛起的泪光，真悟无言以对。

“那你女儿的反应怎样呢？她乖乖地顺从你了吗？”

“怎么可能！她又叫又闹，非常麻烦。那之后的三个多月，几乎不跟我说话。就算在家里擦肩而过，她也完全无视我，甚至会对我咂嘴巴。”

“那事发当天，侦探没有跟踪她吗？”

“没有。我不知道那天奈奈子要出门。她是有意选在我出差的时候，跟她母亲要求去外面过夜的。妻子也觉得我做得太过分，所以就同意了她。”

原来如此。事发当天好继责怪妻子说“都是因为你”的理由，真悟终于懂了。

“妻子自感责任重大，所以服了大量安眠药。可是，这其实是我的责任，我把奈奈子逼得过分了，所以才会发生这种事。”

真悟注视着双手抱头的好继。其实，好继也跟他妻子一样，精神状态很不稳定，所以才会干出对我发起奇袭这种愚蠢至极的举动。

“你知不知道，事发前一天，奈奈子没有去朋友家？”

“你在说什么？”好继抬起头，惊讶地看着真悟。

“奈奈子从一开始就没有打算去朋友家，那个朋友也没听说她要去。奈奈子一个人去了涩谷。”

“涩谷？她怎么会去那种地方？”

“我推测是去见她男朋友。”

“怎么可能？他们还没有分手吗？那就是说，奈奈子在去见男朋友的途中被绑架了？”

“有这个可能，不过……”真悟盯着好继的眼睛，“也有另一种可能，奈奈子交往的男朋友，或许就是绑架犯。”

好继最初似乎没有听懂真悟的话，一脸茫然，然后睁大了眼睛。

“怎……怎么可能……”

“还不能断定，但我认为这个可能性很大。游戏主人从一年多以前就盯上了奈奈子，并设法接近她。他成功地取得了奈奈子的信任，在事发前一天把她叫出去了。那人一定反复叫奈奈子绝不能把自己的真面目告诉任何人，所以，无论你们怎么追问，奈奈子都没有讲出她男朋友的名字。”

“你是说，照片上的那个人，说不定就是他杀了奈奈子，是吗？”

“好继，请你再想想，有没有关于那人的线索？无论多么微不足道，都是有用的。”

“没有……关于那人，奈奈子真的什么都没有告诉我们。奈奈子和那人的照片，我也烧掉了。不过……事件之后，我整理女儿房间时，发现了一些很奇怪的东西。”

“奇怪的东西？那是什么？”

“我也觉得实在……有些可怕，所以没有跟任何人说过。我本来打算留在心底，就让自己一个人知道的。”

“告诉我！这或许能成为找到犯人的线索。”

好继在真悟的催促下，胆怯地取出手机，开始操作。

“在整理奈奈子的……遗物时，我发现了这个。”好继打开手机，里面有张照片。

“这是……”

“这是奈奈子的书桌抽屉。我撬开锁，发现里面塞满了这些东西。”

真悟眯起眼睛盯着手机屏幕，他想起了事发当天观察奈奈子房间时，曾看见过一个打不开的抽屉。

被拉开的抽屉里塞满了书。真悟看到书脊上的书名，皱起了眉头。

《怪物・桃井一太的真相》《捉弄警视厅的人》《SIT败北之日》《实录高轮台女初中生绑架杀人事件》《绑架犯“游戏主人”的深层心理》……都是关于四年前那起绑架杀人事件的书籍。

佐和奈奈子在收集这些书吗？真悟更加混乱，感到头也痛起来：“……奈奈子对四年前的绑架事件有兴趣吗？”

“不知道。至少，我没有听她提到过那个事件。但看到这些书……”

的确，从这些藏书推测，毫无疑问，佐和奈奈子对四年前的绑架事件有浓厚兴趣。突然，一个可怕的念头掠过真悟的脑海，让他的身体颤抖了一下。

或许，佐和奈奈子其实知道男朋友就是游戏主人？知道对方是杀害女初中生的犯人而被他吸引。事实上，的确有崇拜游戏主人的人，佐和奈奈子可能是其中之一，不能否定这种可能性。

“另外，书里还夹着这样的照片……”

好继切换了画面，屏幕上显示出几张摆在桌子上的照片，拍的都是同一栋房子——一栋看上去随时都会倒塌的老旧木造平房，好几处窗户玻璃的破损处贴着修补胶布。

真悟拼命忍住了差点儿就要发出的惊叫声。他知道这栋房子。可是，佐和奈奈子为什么会有这栋房子的照片呢？

“我能提供的信息就是这些了。犯人……能找到吗？”

“你的信息非常有用。犯人一定会被抓住的。”

“你答应我的事，可别忘了。”好继小声说道。真悟咽下一口唾液，缓缓地点了点头。

“那好，我就告辞了。”好继艰难地站起来。

“你现在住在哪里？听说你还没有回家。”

“我住在妻子住院的医院后面的一家廉价酒店里。从那里去医院方便些。”

“是吗？那让我把你送到一楼门口吧。”

好继微微一笑，真悟也跟着站起来，走向门口。两人一言不发地坐上电梯，下到一楼。

“请留步吧。”好继一边走出大门一边低声说，“请一定让杀害我女儿的家伙受到惩罚，绝对！”

真悟停下脚步，回应一声“好”。好继没有回头，继续往前走，叫住了一辆正好经过公寓前面的出租车。

“今天谢谢你了。多亏了你，让我离犯人又近了一步。”真悟对正要上出租车的好继说道。

好继回过头，脸上浮起有点儿讽刺的微笑：“别说那么好听的话了，今天你被我揍得那么狠。”说完，轻轻地做了个挥动拳头的动作。

“但我得到了很重要的信息啊。”

“……今天我对不起你，是我脑子出了问题。请原谅。”好继低下了头。

“我说了，对挨揍我是不会介意的。不过，你还寄来恐吓信，那也太过分了点儿。”

真悟开玩笑似的说，好继脸上浮起不解的神情。

“恐吓信？你说的是什么？我让那个侦探干的事，只是监视你和用变声器把你叫出来而已。”

“真的？可是……”

真悟还在困惑，出租车司机已经在喊：“这位客人，你上不上车呀？”

“没什么。我有点儿搞错了。请你上车吧。”

在真悟的催促下，好继犹豫地坐进了出租车后座。车门一关，出租车就发动了。真悟目送出租车的尾灯之后，赶紧回到公寓一楼的邮箱前面，用手转动开箱号码。邮箱的门打开，真悟取出各种广告传单。他的手突然停下了。

邮箱底部有一个棕色信封。信封上写着“上原真悟收”，直角字体的棱角格外分明。

5

在自己公寓里跟佐和好继交谈后的第二天下午，真悟坐在一辆出租车的后座上，低头看着一张信纸。

你　还　找不到　我　吗

我　注视　你　十年以上　了

已经　等得　太累了　惩罚游戏　就要开始了

敬请　期待

来自　游戏主人　怀着　对你的爱

是昨晚在邮箱里发现的棕色信封里的内容，不出所料，这是来自游戏主人的第二封恐吓信。真悟很想找出把恐吓信投进信箱里的人，但他住的这个老旧公寓，一楼入口处没有安装监控摄像镜头。

真悟从昨天开始，把这几行字反复看了很多遍，有一处他始终看不懂——“我注视你十年以上了”。十年前，真悟还没有成为特殊班刑警，还在新宿警署刑事科工作。从那时开始就一直注视，意味着什么呢?

真悟继续往下看，看到“惩罚游戏”这个词时，他的视线停下来了。

“喂，这位客人，应该就在这附近吧。”

听到司机的声音，真悟抬起头。不知何时，出租车前面出现了一个熟悉的景象。

“好，我就在这里下。”真悟付钱下车，环顾四周。这是一个有些冷清的住宅区，从日比谷线的三轮站步行约需20分钟。

已经三年没来这里了……真悟双手插进外套口袋，慢慢走起来。他感到腰部深处在隐隐作痛，便咬紧了牙齿。尽管止痛药的服用剂量已经大大超过指定处方，但疼痛发作的次数还是越来越频繁。

一定要尽快了结这一切。真悟加快了脚步。他感觉自己已经开始接近游戏主人的真面目了，但人物轮廓仍然模糊不清。

如果去那儿调查，这模糊不清的轮廓也许能变得清晰起来。这种预感，让真悟加快了脚步。现在要去的地方，很可能在刑警的监视之下。为了不引起注意，真悟在离目的地还有300米左右的地方就下了出租车，一边留意着周围情况一边往前走。在一条小巷里拐了几次弯之后，他看到右边有一块空地，空地尽头有一栋老旧的木质平房。立在几十米外的这栋平房，就是在佐和奈奈子的抽屉里发现的照片上的房子。

真悟确认周围没有刑警后，走到房子前面。眼前的异样光景让他惊呆了。

房子周围的木栅栏上，缠了好几层铁丝网。门口旁边立着一块牌子，上面写着“私人宅地禁止擅入”，字迹很潦草，像是主人盛怒之下写出的。

三年前不是这样的。房子虽旧，但还是一个普通的家，旁边有一栋小公寓——桃井一太住过的公寓。真悟眼前的这栋房子，是那个自杀身亡的绑架事件嫌疑人桃井一太父母的家。

桃井一太在成为警察的梦想破灭之后，就住进这栋建在他家旁边属于他父母所有的公寓的一楼里，闭门不出。四年前，出于报复警察的目的，他绑架了一名女初中生，把她囚禁在自己的公寓房间内并杀害了她。迄今为止，人们是这么认为的。

三年前，经过自己的拼命搜查，真悟开始怀疑桃井一太。那时他多次来过这里，最后，他埋伏在对面的公寓里，观察桃井的行动。他还以记者的名义，到他父母家打听过情况。

佐和奈奈子为什么会有这栋房子的照片？他不知道。但是，从那个抽屉里收藏的大量书籍来看，毫无疑问，她对四年前的这起绑架事件怀有浓厚兴趣。不但如此，如果那些照片是佐和奈奈子自己拍摄的，那说明她曾经来这里看过。真悟一边小心地注意不要碰到带刺铁丝，一边推开栅栏，来到门口，按下门铃。

根据阿久津提供的信息，桃井的父亲已经在两年前自杀身亡。那么，现在应该是桃井的母亲独自一人住在这栋房子里。

她的名字，应该是叫桃井初子吧。真悟抿紧嘴角，等候回应。可是，足足等了一分多钟，门铃也没有回应。

在真悟再次把手伸向门铃的瞬间，房门突然打开，从里面飞出一只手，一把抓住他的手腕。从稍稍打开的门缝里，一个干瘦的女人盯着他。

从门缝里突然伸出来的手臂，细如枯枝，青筋凸出，皮肤干燥，多处开裂。因为眼窝下陷，眼球格外凸出。这是桃井初子吗？真悟非常困惑。

三年前去找她的时候，她还是个随处可见的普通主妇的模样。没有这么瘦，甚至感觉属于丰满的类型。

这三年里，自杀的儿子被指控为绑架杀人犯，丈夫也随后自绝性命。这样的三年时光，把她完全变成了另外一个人。

“你！你是谁呀？”桃井初子嘴巴歪斜，露出发黄的门牙。

“我叫……”真悟从外套口袋里拿出一张写着“独立记者上田真也”的名片。这是他三年前独自搜查时用伪名制作的名片。

“你，是三年前也来过的人吗？”

“是，是啊。”真悟点着头大声回答。

三年前，真悟来找初子的时候，给她的也是这张名片。那时他向她打听：“听说有个绑架来的女孩被关在这附近，你听到过什么声音吗？”幸亏初子还记得，看来这次应该比较顺利。

真悟紧接着说道：“请让我问问你关于你儿子的事。”

“给我滚！”初子突然发出怒吼。真悟大吃一惊，无所适从。

初子继续气势汹汹地大声说："问我？你们这些人也太厚颜无耻了。你们乱写的什么儿子是杀人犯的那种胡扯东西，让我家遭了什么殃，你知道吗？！"

真悟一边用袖子擦去溅到他脸颊上的唾沫，一边侧头看了一眼缠在栅栏上的带刺铁丝。

初子吃了怎样的苦？作为一名前刑警，真悟很容易想象。被认为绑架并残杀了少女的桃井一太自杀以后，公众的愤怒失去了发泄的目标，便将矛头指向养育出这个怪物的父母。在扭曲的正义感的驱使之下，一定有些人对这个家庭做出过种种骚扰行为。

"快滚！再不走，我就叫警察了。"

初子松开真悟的手腕，正要关门。就在这个瞬间，真悟飞快地把脚趾伸进门缝。脚趾被狠狠关上的门夹住，痛得钻心。

"你、你可别这样！我实在没什么可说的！"

"你儿子是冤枉的！"真悟提高了嗓门。

初子的眉毛跳动了一下："你，刚才说什么了？"初子抬起头来看着他，这让真悟感到自己的话起了作用。

"我说，你儿子不是什么绑架杀人犯。相反，他是受害者。这一切都是警察捏造的阴谋！"为了能让初子更感兴趣，真悟故意用了一连串很刺激的词语。初子一边盯着真悟，一边慢慢地开了门。

"为什么现在才说什么一太是受害者？我已经说了三年了，但警察和记者通通不理。"

"你知道两周前在东京发生的那起绑架杀人案吗？"真悟压低声音。

“嗯。电视里一直都在播。”

“其实，那个事件的犯人，很可能跟四年前的绑架犯是同一个人。”

“什么？真的?!”初子睁圆了布满血丝的双眼。

“真的。这次事件的犯人，跟四年前一样也自称游戏主人，他还说桃井一太不是绑架犯。”

或许因为不知道该怎么理解真悟的话，初子半张着嘴，目光游移不定。

“桃井太太，拜托了。请让我问你点儿事，关于你儿子的事。”真悟拼命地想说服目瞪口呆的初子。

“你不是来骗我的吧？为了又乱写我家一太，才瞎编了刚才的胡话？”充满疑虑的话，从初子无力的嘴里发出。

“桃井太太，最近有警察来找过你吧？”

听到真悟这么一问，初子的脸颊抽搐了一下。

“看，我就知道他们来过的。那是因为，他们已经开始感到一太可能不是四年前的犯人，所以来搜查了。”

“但是……一太可能不是犯人这种话，谁也没有提过一句。”

“把一个无辜的人当作犯人逼上自杀绝路，这种事情，警察是不想承认的。这件事要是曝光，警察会被日本全社会猛烈谴责的。”

“怎、怎么可能有这种事?!我家孩子被那些人逼死，丈夫也……但他们却不认错，不负责……”或许因为过于兴奋，初子舌头转不过来，说话结结巴巴、断断续续。

“所以，请你把知道的事情告诉我。我们这样的媒体，会去揭露警察的卑鄙行径，还你儿子一个清白！”

初子盯着真悟的脸看了几秒，然后大大地拉开了门。真悟点点头，说了声“打扰了”，就进到屋里。

“这边走。”初子带着真悟走过走廊。可能因为地板已经腐烂，每走一步，脚下就会吱吱作响。一股酸臭味侵入鼻腔，也许是剩菜垃圾发出来的。走廊里随意堆着好多垃圾袋。

“你就随便坐吧。”

真悟被带到走廊尽头的一个房间。这是一个8张榻榻米大小的和式房间，屋子中间有个电暖桌，桌上散乱地摆着啤酒空瓶和吃过的桶装方便面之类的。

“房间又脏又乱，你被吓了一跳吧？”

“不……不。”

“你就别瞒我了。前几天，我家后门窗户被打破了，家里进了小偷，但什么东西也没被拿走。当然了，看到这个样子，小偷也马上知道我家不会有钱。”

初子弯着腰走到房间的角落。那儿有个简易的佛龛，应该是供奉着丈夫和儿子的吧。初子在佛龛前端坐下来，双掌合十，嘴里开始念叨。

看到初子这个样子，真悟感到有些内疚。他跟初子说她儿子很可能不是游戏主人，但真悟明白，这并不意味着桃井一太没有罪过。

的确，桃井一太可能不是四年前那起绑架杀人事件的主犯，但他参与了事件是毋庸置疑的。策划事件、随心所欲地操纵桃井一太的游戏主人——真悟在头脑里推想游戏主人的人物形象。

一定是个人见人爱、富有魅力，同时又擅长揣测别人心思的人吧。既有吸引他人的魅力，又有从对他人的操纵中获得快感的扭曲心态。而且，应该还隐藏着一种为了实现自己欲望可以无视道德的残忍心性。

初子停止了她的念叨，慢慢地从佛龛前站起身：“你这人怎么像个稻草人似的站着不动呢？我让你坐了呀。”

真悟说了声“失礼”，就坐下来，把脚伸进了电暖桌里。

“你想听什么？怎么才能证明一太无罪？”

“最直接的方法是找到犯人。如果抓住了这次事件的犯人，而且还能证明他跟四年前事件的犯人是同一人，那就证明一太不是犯人了。”

“这种事怎么才能办得到？我该做什么？”

“四年前，犯人把一太当了替罪羊。可是，要让一个完全不认识的人当替罪羊是很难的，所以一太和犯人认识的可能性很大。四年前，一太有没有亲近的朋友？”

“应该没有。四年前，那孩子谁也不见。都是警察不好，一太那么想当警察，但全部考试都没通过。”

“不过，一太没有住在这个家，而是住在隔壁公寓吧。有没有可能他朋友来玩的时候，你没注意到呢？”

“那孩子的早中晚饭，都是我送过去的，从来没有在他房间里看到过一个朋友。”

“他有没有可能去到外面见朋友呢？”

“应该也没有。一太基本不出门。有时去一下附近的便利店什么的，也只出去20分钟左右。”

怎么也问不出有用的信息，真悟摸了摸鼻头。桃井一太上吊之后，他房间里的东西肯定都是作为物证被没收了的，电脑和手机里的数据当然也都是被全部仔细查过的。尽管如此，警察却没有考虑同犯的可能性，这说明桃井一太的确没有与同犯联络接触的证据。

不过，如果是嫌疑人已经死亡的情况，对没收品的调查往往容易变得马虎。这也很正常，因为不再需要在法庭上证明嫌疑人有罪。

总之，至少表面上看来，与桃井一太频繁见面，或者用邮件、电话保持联络的人是不存在的。如果是这样，那游戏主人与桃井一太是一种怎样的关系呢？要想影响他人达到能够支配其行为的程度，肯定需要密度很高的交流……

真悟一边想着这些问题，一边从外套口袋里取出一张照片：“换个话题吧。对了，你见过这个女孩吗？”

真悟把照片放在电暖桌的桌面上。佐和奈奈子的照片。奈奈子仔细调查过四年前的绑架事件，抽屉里藏有这栋房子的照片。如果照片是奈奈子自己拍的，那她有可能与初子有过接触。

初子把照片拿在手里，似乎因为老花眼看不清楚，一会儿拿近一会儿又拿远。真悟紧张地等待初子的回答。很快，初子露出了笑容。

“哎呀，这孩子，不是直奈子吗？”

“直奈子？”

“对，直奈子，没错。她经常来我家呢。照片上她没戴眼镜，所以我刚才没看出来。”

真悟咽下一口唾液。难道佐和奈奈子生前曾经戴眼镜乔装，用化名“直奈子”来过这里吗？可是，到底为了什么呢？

“啊，对了，你调查一太是不是因为听了直奈子的吩咐？哦，原来你认识直奈子呀。所以你相信我家一太是无罪的。是这样吧？”

“呃，是，是的。就是她热心地给我讲了一太的事，所以我才又来调查了。桃井太太，你跟直奈子很熟吗？”真悟拼命迎合她，尽量把对话继续下去。

“当然了，那真是个好孩子，来过我家好多次呢。”

“她为什么要来你家呢？”

真悟慎重地考虑该提的问题。初子的眉毛抽动了一下。

“为什么？当然是因为相信一太是冤枉的！她还说她想证明这一点。我本来心想，一个黄毛丫头能干什么呢？没想到她把真正的记者也给带来了。”

奈奈子因为相信桃井一太是冤枉的而来这儿？真悟的一只手按着脑袋。

“那个，奈奈子，不，直奈子，最初来这儿是什么时候，你还记得吗？”

“大概半年前吧。有一天，直奈子突然来我家，说什么‘你儿子是冤枉的’。起初我以为她是来骚扰我的，想把她赶走，但她说‘我想还你儿子一个清白，请把你知道的事告诉我’，所以，我觉得该听听她的话。”

半年前，那已经是奈奈子有了“男朋友”、行动开始发生变化的时期。真悟一边看着眯起眼睛的初子，一边在头脑中计算。

“直奈子说没说她是怎么对一太的事产生兴趣的？”

“她好像是说，在大学的一门叫什么犯罪心理学的课程里，要写份关于四年前的绑架事件的报告，但她详细调查后，感觉一太不是犯人。”

“原来是这样啊。”真悟一边在口头上附和着初子，一边在头脑里整理情况。

毫无疑问，奈奈子是在调查四年前的杀人事件。但是，从她特意使用化名并谎称因为大学课程而感兴趣之类的行为来看，她并不是真的相信桃井一太的无辜而想为他洗冤，她跟自己是一样的，只是想通过这种方式来获得初子的信任。

那么，佐和奈奈子是出于什么目的来接触初子呢？

“直奈子经常来这里吗？”

“嗯，一个月要来两次左右吧。每次来都给我做便当，打扫屋子，真是个好孩子。”

“直奈子最后一次来是什么时候，你还记得吗？”

“应该是三个月前吧。说是要去海外哪儿留学，可能暂时来不了了。”

三个月前，也就是她父亲好继知道了她与男朋友的关系的时候。也就是说，因为父亲的监视变得严格，所以她来不了了吗？不，好继知道了男朋友的事情后很快就雇了一个私人侦探来跟踪奈奈子。如果奈奈子最后来这里时已经处于被跟踪的状态下的话，好继应该是知道这件事的。也就是说，奈奈子有男朋友的事，极可能是她最后一次来这里之后，才被她父母知道的。

那么，奈奈子为什么要说“要去海外留学，暂时来不了了”

这样的谎话呢？是因为她已经没有必要来这儿了吗……

“桃井太太，直奈子最后一次来这儿的时候，她做了些什么？”一直低头思考着的真悟，猛地抬起头问初子。

“最后一次来的时候？跟以前一样啊，做便当、做清洁、问点儿一太的事，然后……”

“然后什么？”真悟催促她继续说下去。

“然后……让我想想。哦，对了。她说她想看看一太的遗物，我就给她看了。”

对！就是这个！真悟攥紧双手。奈奈子之所以不惜花费时间接近初子，就是为了看到桃井一太的遗物。目的达到了之后，她就决定不再来这儿了。

“可不可以让我也看看一太的遗物？”

“一太的遗物？那种东西，你看了有什么用？”

“或许能找到一些可以证明一太冤枉的东西。”

“看了遗物真的就能知道一太是冤枉的吗？”

“我说的只是一种可能性，但看一看的价值肯定是有的。为了揭露警察的欺骗隐瞒，为了恢复你儿子的名誉，我们需要尽一切努力。”

听到“为了恢复你儿子的名誉”这句极具诱惑力的话，初子的嘴角抽搐了一下。

“明白了。你来这边。”

初子有气无力地站起来，带着真悟走出和室。走到走廊中间时，她停下脚步，蹲下身。真悟弄不懂初子在干什么，扭了一下自己的脖子。初子把手伸向走廊与墙壁交界的地方。那里凹下去了一块，成一个拉手的形状。初子把手放在拉手上，用力喊一声“嗨哟”，一把就拉起了一块地板。地面露出一个洞，里面有个通往地下室的楼梯。

真悟惊呆，小声问：“是地下室吗？”

“算不上什么地下室，就是个小小的储物间。来，你看吧。”

在初子的催促下，真悟往打开的洞口里看去。十几级楼梯的尽头，有一个四张半榻榻米左右大小的空间，里面堆了十多个纸箱。

“这就是那孩子留下来的东西。”初子神情有些凄凉。

“这些是你儿子死去时留在公寓房间里的东西吗？”

“公寓房间里的东西基本上都被警察收走了，当时说是几个月以后返还回来，但我老伴儿说不要了，所以也没还回来……老伴儿是想忘掉一太的事。”

真悟用专注认真的神情听初子的讲述。

“这里的东西，都是一太搬进那个房间之前的东西。在幼儿园时画的画，在小学运动会上获得竞走第一名的奖状，等等。”初子的目光在天花板周围游移徘徊，她是在回味儿子点点滴滴的往事吧。

“没有一太搬进公寓之后的东西吗？”

真悟略带失望地问。他最想看到的，是桃井一太考试失败后闭门不出对警察滋生出扭曲的复仇心理的那个时期的遗物。

“有，在那边。”初子指着仓库角落的三个大纸箱。

“啊？你不是说公寓里的东西几乎都被没收了吗？”

“在一太死去的两三周前，那孩子抱来三个纸箱，说‘帮我把这个保管一下’，从那以后，箱子就一直放在那儿。”

桃井一太在死去之前，即上吊之前搬到父母家里的东西。那个时候，桃井一太应该已经察觉到搜查之手逐渐向自己逼近，他是把不想让警察看到的东西装进纸箱，藏在这里了吧。想到这里，真悟心跳加快。

“你看过纸箱里的东西吗？”

“没看过。”初子很明显地移开了视线。纸箱里一定有些什么不祥的东西，这一点她也感受到了吧。

“桃井太太，我想仔细调查里面有没有能证明你儿子冤枉的东西，你可不可以让我一个人在这里单独看一会儿？”

“好，可以。你就尽管看吧。我回刚才的房间里去。”

初子逃跑似的回到和室去了。真悟走下台阶，按下开关。一个裸露的电灯泡悬吊在天花板上，发出微弱的光线。空间低矮狭窄，伸手便碰到天花板。真悟有种被关进了地牢的压迫感。

真悟在他准备看的纸箱前盘腿坐下，木地板冰冷的寒气透过裤子渗到他的臀部。真悟长长地吐了一口气之后，把手伸向其中的一个纸箱。

这些纸箱在三年前没有被没收，可以说是搜查工作的疏忽怠慢，不过，真悟也不想责怪当时的搜查员。按照相关法规，如果事件的嫌疑人死亡，警察应该执行“因嫌疑人已亡，故材料送交检察院”的程序，搜查工作也随之以这种暧昧含糊的形式宣布结束。即使搜查员想去犯人父母家搜查，搜查本部的领导和法院也不会许可。

当真悟的手摸到纸箱上面时，灰尘沾上了他的指尖。真悟停下手，环顾四周。这里的其他多数纸箱上都积着厚厚一层已经稍稍变色的灰尘，只有眼前这三个纸箱，上面的灰尘很薄，不伸手去碰就注意不到。这是这些纸箱最近被打开过的证据。

佐和奈奈子的目的就是这个。真悟确信自己的判断后，连忙打开这三个纸箱。看到里面塞得满满的东西，真悟睁大了眼睛。

大量的关于警察的图书。

《犯罪搜查的现实》《绑架搜查如何进行》《警视厅搜查一科大解剖》《刑警的生活》等。

书脊上的这些词，一个接一个地映入真悟的眼帘，至少有100本。

真悟把这些书一本一本小心地取出来。所有的书上都沾满手垢，书页破损，处处可见被主人反复翻阅的痕迹。真悟随手翻开一册，不禁惊讶地叫出声。

书中随处可见用不同颜色的笔画了下线的地方，书页的空白处也用小得让人眼睛看起来很累的字写满了笔记。

虽然真悟早就听说桃井一太非常渴望当上警察这件事，但看到这堆资料，他感觉这已经不是“渴望”，而是“执迷”了。

真悟把书从纸箱里拿出来。不一会儿，他在一个纸箱的图书下面发现了几十册大型笔记本。真悟一边推测里面的内容，一边拿起其中一册。笔记本的封面上写着“杀人犯搜查组⑦”的字样，显然是关于杀人班的学习内容。真悟随便翻开一页，不由得按了按自己的眼角。

笔记本的页面上，主人仿佛生怕留下一丁点儿空白似的，密密麻麻地填满了小字。

桃井一太似乎是把所有的事情都记在了笔记本里。那么，在这些笔记本的某个地方，很可能记有关于游戏主人的事情。可是，仅凭一己之力，要在如此大量的笔记本中找出必要的信息，无论如何也办不到。

该怎么办？如果把这个信息传达给特搜本部，他们会立即全部没收这些笔记，然后动用充足的人力资源，很可能在短时间内就会找出关于游戏主人的记述。可是，如果那样的话，真悟就不能亲手抓到游戏主人了。

真悟怀着非常矛盾和犹豫的心情，开始逐项整理这些笔记。即使由自己来调查笔记内容，也不可能把笔记本全部带走，顶多只能选几本最有可能包含游戏主人信息的带回去。

真悟把笔记本从纸箱里拿出来摊在地上，当他拿出了三分之一左右的时候，他意识到一件事情。他把双手伸进纸箱，慌张地查找剩下的笔记本。

……没有。把全部笔记本都找完之后，真悟看着这些笔记本的封面。

《搜查一科杀人犯搜查组》《搜查二科》《搜查三科》《搜查四科》《公安》《管辖警署（概论）》《交通科》《SAT》《机动搜查队》《鉴别》《派出所·驻在所》等。这些笔记本的封面上写着警察各个部门的名称，可是，唯独缺少一个部门——《特殊犯搜查班》或其简称《SIT》。也就是说，桃井一太写的关于特殊班的笔记本，真悟找不到。

的确，跟杀人班等部门相比，特殊班不那么引人注目，而且组织的全貌笼罩在秘密的面纱之下，公开的信息也很少。可是，这个连对交通科和机动搜查队都留下笔记的人，却对特殊班完全没有调查，是一件让人感觉很奇怪的事。

即便是被游戏主人操纵，至少作为同犯，桃井一太是参与了四年前的事件的。那么，对于主导绑架事件的搜查工作的特殊班，他也应该进行过详细的调查。不仅如此，他很可能有一本关于绑架事件详细计划的笔记本。

“这，就是佐和奈奈子的目的……”

桃井一太在察觉到搜查之手离自己越来越近之后，担心自己的公寓会被搜查，所以把所有可能成为绑架事件证据的资料都藏进了这个房间。本来，他也可以把这些资料烧掉，但多年来辛勤的血汗结晶，也不是那么轻易就能放手的。后来，因为桃井一太死去，这些资料就不为警察所知地保留到了今天。

可是，应该在这里面的资料，缺失了一部分。而且，从桃井一太死去到今天为止，接触过这些资料的，只有佐和奈奈子一个人。

佐和奈奈子特意用化名、乔装之类的手段来接触桃井初子，就是为了窃取桃井一太留下的关于绑架事件的资料。可是，她为什么要干这种事呢？理由只有一个……为了隐藏游戏主人的真相。

如果桃井一太并非游戏主人的事实被暴露，那这些资料早晚会被搜查员发现。游戏主人正是因为担心这件事，所以利用佐和奈奈子，让她把笔记本偷出来。

佐和奈奈子的确是游戏主人的追随者吧。可怜的女孩，忠实地执行了游戏主人的命令，却不知道自己将成为下一场游戏的牺牲品。

“这个浑蛋！”真悟一拳打在墙壁上，拳头顿时痛得发麻。

又是一次徒劳。自己的行动完全被对方破译解读。本来以为自己一直在拼命思考、努力搜查，但实际上只是被游戏主人操纵而已。桃井一太、佐和奈奈子、搜查员们。把所有人都玩弄于股掌之上的游戏主人，到底是何方神圣？我真的认识那个家伙吗？

真悟感到脚下不稳，仿佛行走在云层之上。现实感越来越稀薄。

真悟用手打自己耳光。昨天被好继揍过的伤口又裂开了，铁锈味道在嘴里散开。因为这种疼痛，他似乎恢复了一点儿现实感。我怎么能这样夸大犯人的形象呢？对方同样也是人，无论具有何等轻而易举地操纵他人的魅力和智力，一定会有破绽之处。找到它！

真悟继续从纸箱里拿出笔记本。在还剩下几册的时候，他感到有点儿不对劲。手里拿着的一册比其他笔记本要厚得多。

当他把这本笔记本拿起来举到脸前时，有个什么东西滑落下来，在地板上发出轻微的响声。

真悟把笔记本放回纸箱，蹲下来查看落在地上的东西——是一个小塑料药盒。

笔记本里怎么会有这种东西？真悟捡起这个大概只能装五粒药片的小药盒，打开盒盖。当看到里面的东西时，他屏住了呼吸。

鲜艳的翠绿色椭圆形药片。真悟的头脑里顿时火花迸溅。

翠绿色药片，游戏主人与桃井一太的关系，自己被卷入游戏的理由……这些一个一个的点，渐渐地连成了一条线。

游戏主人的信里有一句“我注视你十年以上了”。对，十年前。一切都是从十年前开始的。

隐藏在云雾中的游戏主人的身影，终于捕捉到了他的轮廓。揭开那个怪物的真相，就在眼前了。

真悟用尽全力紧紧攥住手里的药片盒。

“今天真是谢谢你的帮助。”

真悟往和室里探了探头，向坐在电暖桌旁的初子道谢。初子抬起头来。

“你看完了吗？找到什么没有？证明一太不是犯人的东西，有没有？”

“很遗憾，没有找到明确的证据……”

真悟慢慢地摇摇头。在那间地下室发现的东西，他准备不告诉任何人。至少在自己身体还能行动的时候。

发现翠绿色药片后，真悟把取出来的笔记本和关于警察的资料，全都装回了纸箱，包括药盒在内。

那个纸箱里的东西是找出游戏主人的重要线索。如果自己能亲手揭开游戏主人的真相，当然最好；但如果在那之前身体已经不能行动，那就需要通过阿久津把信息告诉给警察，让他们去搜查。

“是吗……那也没办法。”初子很失落。

“要是你有什么想起来的事，请给我打电话，号码在名片上。”

“好，明白了。这位先生，求求你，帮我证明一太不是绑架犯吧，要不然我死不瞑目。”

真悟低下头，说了一句“我会尽力而为”就出了房间。他走过走廊，在门口穿鞋的时候，还听到背后传来初子的“真的拜托你了”的声音。真悟想呕吐，于是按住了自己的胸口。这是欺骗初子带来的罪恶感吧。真悟推开缠着铁丝网的大门，走出院子，迈着缓慢的脚步沿路前行。

无论如何，找到了一个重要线索。但是，要根据这条线索追寻出游戏主人的真相，仅凭一己之力很困难。

是不是应该把信息交给阿久津，让他去查？可是，尽管阿久津是一名现役的杀人班刑警，要想详细搜查“那起事件”，也需要把信息提供给特搜本部。那样的话，自己就不可能再参与其中了。

既不把信息泄露给特搜本部，又要查出那起事件的涉案人员，可能吗？毕竟已经是十年前的事件了。

真悟一边考虑着这些事情，一边走进一条狭窄的小巷。这时，他又升起呕吐感，比刚才的强烈得多，于是停下了脚步。他感觉似乎一不小心胃里的东西就会倒流回食道。突然，他的身体被人用力往后拉，他猝不及防，一下失去平衡，背部撞在旁边的石砖墙上。后脑勺重重地碰到墙上，眼前直冒金星。

到底怎么回事？真悟试图弄清发生了什么，但他的脖子被一根粗棍似的东西压住，身体也被压在石砖墙上。呼吸道被挤压，非常窒息。

“喂，上原，你看起来气色不错嘛。”

“重野……”

真悟声音沙哑。站在他面前用前臂抵压他脖子的，正是重野龙三——前几天警告过他不要来掺和此案搜查的刑警。站在重野身边的，是他的搭档佐藤，正在怯生生地环顾着四周。

“喂，上原，你在那个家里干了什么？”

“跟你没什么关系吧。”真悟吃力地挤出声音。

重野一边加大前臂的压力，一边把脸凑近。真悟试图推开压在他脖子上的手臂，但他的外套领口被重野抓住，完全不能动弹。

“喂，告诉你，我还是柔道四段呢。别以为你能挣脱，老实点儿。上原，告诉我，你跟桃井一太的妈妈都说了些什么？”

重野厚厚的嘴唇上露出虐待狂似的笑容。他不但压真悟的呼吸道，连颈动脉也压着。真悟的视线开始变得一片白茫茫。

“再压下去，会要了这家伙的命吧？”

重野松了手。真悟当即倒地，剧烈地咳嗽喘息。

“你也太弱了吧，还算是前刑警吗？是不是病情又恶化了？好了，这些都不关我的事。问题是你无视我的警告，又来扰乱搜查工作。说，你怎么赔偿？”

“赔偿？你说话简直就像黑社会。我一个普通市民，被人请到家中喝喝茶聊聊天，如此而已，难道这也有什么问题吗？”

恢复了呼吸的真悟，脸上露出挑衅的笑容。重野的脸开始涨红。

“什么普通市民！我们为了能从桃井一太的母亲那里打听信息，小心谨慎地花费了好多时间做准备，可你这家伙却跑去找她，害得我们的计划都泡汤了。”

“小心谨慎？花费时间？其实就是被她赶出来了吧。看你那样子，像头大黑熊，难怪要被赶出来，谁都会怕你啊。”

“你……”重野咆哮起来，随手抓住倒在地上的真悟的外套领口，强行让他站起来。真悟把身体靠在背后的石砖墙上。

“你给我听着，把你从桃井一太母亲那里听来的话，一句不漏地告诉我。不然，我现在就逮捕你。”

“你用什么罪名逮捕我？”

真悟哼了一声鼻子。这时，重野放开抓住真悟外套领口的左手，把手放在自己的衬衫领口上，用力一拉。扣子被拉掉，飞在真悟的脸上。

“罪名？罪名就是妨碍执行公务。你来揪我，把我的衬衫也撕破了。——是不是？”

重野去看站在一旁目瞪口呆的佐藤。佐藤目光游移，仿佛在向谁求助。

“喂，你别来公安[1]那一套。”真悟厌恶地说。

重野眯起眼睛：“我要是不管，不知道你会干出什么事来，因为你的固执已经超出常人。要是你不想被铐上手铐，就赶快把你在那个屋里听到的东西通通讲出来。”

这家伙是认真的。看到重野的气势，真悟确信这一点。如果在这里拒绝，这人无疑会逮捕我。弄不好，会把自己拘留几个星期。对于时间所剩无几的真悟，这是个致命的打击。

怎么办？怎么才能渡过这个难关？真悟绞尽脑汁。

如果在这里告诉重野，信息就会被报告到特搜本部，他们会马上开始调查十年前那个事件的涉案人员。不用多久，嫌疑者

1　即日本公安部，是进行秘密调查的间谍类政府机构。

即游戏主人的真相就会浮现出来。如果我能从阿久津那里得到信息，或许能比警察更早抓到那个人……

不，不行。真悟轻轻摇摇头。要是把信息提供给第四组的重野，那与第六组的阿久津的协助关系就不存在了，因为这两个组是竞争对手。这么一来，来自阿久津渠道的信息也只能中断了。

这是一个关于桃井一太与游戏主人之间的关系的珍贵信息，即使要交出去，也不应该交给重野，而应该告诉阿久津。现在我应该想办法蒙混过关……当真悟想到这里的时候，剧烈的呕吐感再次升起。他慌忙用双手捂住嘴，但他的胃已经不能控制地蠕动起来，胃里的东西涌进了食道。

“喂，你是想装病来蒙混过关吗？我可不是那么……”

真悟还没听完重野的话，从食道涌上来的热流就充溢了他狭窄的口腔，在他发出含混的声音的同时，红黑色的液体从他的口腔里一喷而出。

“啊?!”

呕吐物喷在重野胸口的衬衫上，重野大叫了一声。白衬衫被染红一大片。

血？我吐血了？真悟惊呆了。这时，又一股热流涌上食道。他弯下腰，吐出大量鲜血。

“喂，上原，你没事吧？”

重野慌乱地问，但真悟已经无力回答。他喘着粗气，抹了一下嘴角，黏稠的液体沾在他的手背上。他愕然地看着自己染得鲜红的手，视线开始旋转。失去平衡的真悟，一屁股摔倒在地。

“你发什么呆？救护车！快叫救护车！”重野对佐藤大叫。佐藤一面含糊地回应着“啊啊”，一面赶紧从裤袋里掏出手机。

“我们叫救护车了。你可别死在这儿。”重野跪在真悟身边。

“死”这个词占据了真悟此时的大脑。本来以为还有时间，相信离生命被耗尽之时还有一点儿苟延残喘的时间。但主治医生也说过：“癌症发展到这个程度，偶尔也会发生病情急转直下的情况。”

我会死在这儿吗？这么半途而废地……迄今为止尽量不去正视的“死”这个怪物，现在以压倒的存在感迎面袭来。一种难以忍耐的恐怖感，侵蚀着真悟全身的细胞。

自己行将消亡，是一件可怕的事；但比这更可怕的，是自己拼死才找到的游戏主人的线索还没告诉任何人就死去这件事。

真悟睁开眼睛，抓住重野的领口，将他拉向自己。

“听我说！”真悟口中吐着血泡大声叫道。

“别说话，救护车马上就到。在那之前你给我闭嘴！”

“你才该闭嘴。你听我说，在我死之前……”

重野被真悟的气势压倒，不再开口。

“那间屋子……桃井一太父母的家，你们要去搜查。”

“喂，说得倒轻巧。我们怎么拿到搜查许可？”

“理由怎么编都行，一定要说服法院。进到那屋里后，要检查走廊中间的地板。那里有扇暗门，拉开是个地下室，里面有桃井一太自杀前几周藏在那儿的纸箱……纸箱里面是关于警察的资料和他自己写的笔记本。你们要是好好调查，应该能查出游戏主人的真面目。”

听到真悟很艰难地说出的这些话，重野睁圆了浮肿的双眼。

“你是说，笔记本里写了犯人的真面目吗？”

“不！可能有写了的笔记本，但那个已经在三个月前被佐和奈奈子拿走了。”

“佐和奈奈子？你是说被绑架的人质去过桃井一太父母的家?！怎么回事？”

重野迷惑不解地问，这让真悟很烦躁。他把这些信息都写在搜查笔记里了，即使真悟现在死去，阿久津也会找到放在家里的笔记，把信息传给特搜本部。眼下要说的，是还没有写进笔记里的事，也就是刚才在那个地下室里发现的线索。

“那些事都无所谓，以后你自己去找佐和好继和桃井初子确认……更重要的，是跟资料和笔记本一起装在纸箱里的东西，那就是游戏主人固执地纠缠我的原因……”

说到这里，真悟去捂他的嘴巴，他又吐了一点儿血。

“喂，上原，你可不能死！你说什么？那个纸箱里装了什么？”

“……绿绿。”真悟连同嘴里的鲜血一起吐出了这个单词。他全身失去力气，身体也快支撑不住了。

“绿绿……那是不是……”

“就是……就是那个。十年前我干掉的那个团伙卖的大麻。”

十年前，在涩谷一带的俱乐部里，流行过一种名为“绿绿”的合成大麻。“绿绿”的名字听起来轻快悦耳，翠绿颜色也很漂亮，这些因素降低了人们的戒备心理，很快便在年轻人中流传开来。“绿绿”的贩卖途径，与迄今为止由黑社会控制的途径完全不同，所以警视厅也一直没能查到供货源头。

那时，还在新宿警署当刑警的真悟，从他一直合作的线人那里得到了贩卖“绿绿”的团伙的信息。根据这些信息，真悟踏破铁鞋，苦心搜查，终于找到了持有大量“绿绿”的人物——是个在东京某所私立大学念书的学生。审讯中真悟稍微威胁了一下，他就被吓破了胆。于是，真悟轻而易举地让他吐出了“绿绿”的整个贩卖途径。

“绿绿”是从美国走私进来的，负责贩卖的是某个大学俱乐部的十多名成员。被逮捕的这个学生，在美国留学的时候结识了一名毒贩。那人唆使他说，这东西在日本能卖到高出美国好几倍的价格。于是，那个毒贩就每月一次把装在咖啡豆罐子里的“绿绿”寄给这个俱乐部的某一位成员。作为交换，毒贩便把钱转到他的账户上。

被逮捕的学生反复说：“我只是想赚点儿零用钱，没想到会被抓。”他的话幼稚得简直让人难以置信。

参与贩卖“绿绿”的涉案人陆续被捕。这个贩卖团伙像蜘蛛网一样延伸到其他大学，最终导致两百多名学生被逮捕送检，成为一起成功破获的大型案件。其中最让人吃惊的是，里面还有所谓“超一流大学”的学生。就这样，在很短时间内，“绿绿”的贩卖途径就被摧毁了。因为这个功劳，真悟得到认可，半年后被调到了他向往已久的警视厅搜查一科特殊班。

“你是说，桃井一太用过‘绿绿’吗？”

“对。十年前，桃井一太20岁左右，‘绿绿’主要在年轻人中流行，桃井一太用过也不足为怪……游戏主人就是把‘绿绿’

卖给桃井一太的人，同时也应该是被我逮捕过的人。”

真悟气喘吁吁、断断续续地说。他现在明白了，当游戏主人说“我见过你”时，他以为是指三年前的搜查时见过，但游戏主人说的其实是十年前的事。在“绿绿”的搜查中，他应该跟游戏主人见过面。

“犯人这么固执地纠缠你，就是因为十年前被你逮捕过吗？”

真悟一边听着重野的嘀咕，一边倒在柏油路上。他已经无法支撑自己的身体。远处传来了救护车的警笛声。

“上原，坚持住！救护车马上就到。”

真悟虽然能听到重野的声音，但他的视界像被拉上了黑色帘幕一般，眼前一片漆黑。真悟拼命伸出双手，指尖触到了衣服的布料，那应该是重野的西装。

真悟抓住西装，用尽全身气力，张开嘴。

“彻底清查被我抓过的人。那里面有那家伙……游戏主人。”

话刚说完，真悟的意识便堕入了黑暗之中。

6

“这是昨天内窥镜检查的结果。”

主治医生移动着鼠标说。在电子病历的屏幕上，粉红色的黏膜被放大显示出来。

“出问题的地方……”主治医生点击鼠标，屏幕上的图像接连变换。很快，屏幕中央显示出一块白色的痉挛黏膜。“你看，黏膜的再生状态良好。”

“就是说，我可以出院了吗？”真悟问道。

医生露出为难的表情。

“因为你已经开始进食，也没有出血，所以不是绝对不能出院的状态。但是，十二天前你被送来的时候，由于大量出血导致休克，当时状态非常危险。按理说，你应该再住几天看看情况……”

“医生，对我来说，几天的时间，就是剩下的人生的几分之一。”

真悟平静地说。主治医生一时无言以对，然后长长地吐了一口气。

“你说得对。我明白了。你今天可以出院了。”

“谢谢。给您添麻烦了，真对不起。”

“不过，”主治医生严肃地说，“那种止痛药不能再用了。”

十二天前，真悟在重野面前大量吐血，被送到他一直就诊的这家大学附属医院的急诊部。经过紧急的内窥镜检查，发现他是因为严重的胃溃疡引起的大量出血。医生们用内窥镜夹住出血部位，止住了血，真悟好不容易脱离了生命危险。

那之后，真悟开始住院治疗。在他病情稳定下来之后，主治医生问：“上原，你一天到底服用多少止痛药？”

胃溃疡的原因，是真悟为了减轻癌症的疼痛而长期服用超过规定量好几倍的消炎止痛药。这种药有使胃黏膜变薄的副作用，医生强调一天不能超过三片，但真悟多的时候一天要服用近二十片。

“可是医生，那种止痛药效果最好。”真悟胆怯地说。

主治医生的眼神变得更加严肃。

“你在说什么？现在用的贴片，也能很好地控制疼痛吧？”

真悟撇了撇嘴，卷起病号服的袖子，看着贴在手臂上的半透明贴片。这是一种合成麻醉药贴片，止痛成分可以通过皮肤吸收到体内，达到抑制癌症疼痛的效果。的确，自从开始用这个贴片，真悟的疼痛感明显减轻了很多。

“医生，的确如你所说，疼痛确实减轻了，但每天还是要痛两三次。当然，比没用贴药的时候还是要好些。”

“痛起来的时候就用内服麻醉药，吃了马上就会不痛了——你不是已经体验到了吗？”

真悟像个被训斥的孩子一样低着头。的确，就像主治医生说的，医生还给他开了疼痛发作时用的内服麻醉药。这药生效极快，吃下一颗痛感立马消失，但同时也会让人稍感倦怠并嗜睡。有时症状会持续几个小时，其间大脑思维感觉有点儿混沌不清。

“那之前那种消炎止痛药，我只在痛得很厉害的时候才用……可不可以呢？”真悟用讨好似的语气问道。

医生用严厉的视线盯着他：“上原，我不是跟你解释过好多次了吗?！通过几天的禁食和服用强效抗酸剂，你的胃黏膜才从极其严重的溃烂状态中恢复过来，但距离痊愈还很远很远！要是你又开始用那种消炎止痛药，即使服用量在正常范围以内，也必定会再次吐血。另外……”

主治医生继续操作鼠标。屏幕上显示的胃黏膜的图像变为腹部CT照片。这是身体躯干的切片扫描图像，背部有个边界模糊、形状不规则的块状物。

主治医生指着那个肿块，盯着真悟，语气强硬地说：“很遗憾，这次CT扫描显示，你的肿瘤明显增大。今后疼痛只会越来越严重，已经到了普通止痛药无法生效的阶段了。今后，疼痛要用麻醉药来控制，这就是我给你的出院条件。”

真悟凝视着液晶屏幕上显示出的那个很快就要夺去自己生命的白色肿块，很不情愿地点了点头。

映在真悟视网膜里的那一团癌细胞，仿佛在嘲笑他似的，轻轻地蠕动了一下。

真悟办完出院手续走出医院的时候，太阳已经开始西沉。他慢腾腾地走在通往离医院最近的御茶水车站的路上。因为大病初愈，体力虚弱，他本来考虑过坐出租车回公寓，但现在他想走走路。

黄昏时分冷空气的刺激，让真悟的脑袋清醒起来。他本准备立即开始追踪游戏主人，可他现在怀疑，这是否有意义。

真悟转过身去，抬头看了看刚才还住过的医院。

关于住院的事，真悟在病情稳定下来之后，只通知了前妻水田亚纪。他隐约地希望，优衣从亚纪那里听到这个消息后会来看自己，但女儿的身影直到最后也没有在医院出现。

结果，住院期间唯一来探望过他的客人，只有在那天事件中通过无线电联系过的特殊班时期的上司近卫管理官。近卫三天前来看他，一番寒暄后，先说明“只是传言”，然后把特搜本部的搜查进展告诉了真悟。据说，因为得到了某条重要信息，这几天里搜查员们的行动很活跃。

近卫所说的“重要信息”，显然就是自己告诉给重野的事。一定是特搜本部在得到重野的报告之后，设法取得了法院的许可，对桃井一太父母家进行了搜索。然后，他们从那间地下室里发现了把大麻“绿绿”与桃井一太、游戏主人和真悟联系起来的线索。

现在，特搜本部应该是在最大限度地动用人力资源，逐一排查十年前“绿绿”案的被捕人员。因为数量很多，当时仅真悟一人就逮捕了几十人，所以排查会需要一定时间。但特搜本部应该能在几周内，最快在几天内，就把重要嫌疑人找出来。真悟明白，一旦把最重要的信息交出去了，自己就基本不可能抢在特搜本部前面了。

本来，如果把那个信息交给有协助关系的阿久津，还有可能从他那里换回一些信息，但结果是给了阿久津的竞争对手第四组的重野，阿久津一定会感到这是对他的背叛吧。所以，自己不能指望得到他的协助。

真悟微微地弯着腰继续走路。他很快就看到了车站入口处。这时，爵士乐从他口袋里响起。真悟取出手机，也没有确认液晶屏幕上显示的人名，就按下了通话键。无论对方是谁，他现在都没有说话的心情，他只想简单地确认一下就挂掉电话。

“哟，上原！”高亢的声音震动着耳膜。真悟的手机差点儿掉在地上。

“是游戏主人?!”心脏在激烈地跳动，真悟用一只手捂住了疼痛的胸口。

“是啊，我就是游戏主人。好久不见了，上原。你还好吗?

不，你不可能好吧？你刚才还在住院呢。”

“你怎么连这种事也知道？”

“不是跟你说过好多次了吗？上原的事，我什么都知道。因为啊，从很久以前，我就在看着你呢。”

真悟抿紧嘴唇，连忙观察四周。附近有很多下班后匆匆回家的上班族和白领女性，其中有几个人正在打电话。

游戏主人就在其中吗？那家伙此刻也在监视我吗？

“喂，上原，我太寂寞了。因为我怎么也等不到上原来找我，所以我就开始了惩罚游戏。”

“你……到底想干什么？”

“不是‘想干’，而是‘干了’。”游戏主人唱歌似的说。

“干了？干了什么？”

“你很快就会知道的。上原，你要是找不到我，惩罚游戏就会继续下去。上原珍惜的东西，会一个一个地消失。要是不想这样，就快点儿找到我吧！”

听着对方那让人焦躁的笑声，真悟的头脑里在考虑现在应该采取的行动步骤。为了抢在搜查本部之前找到游戏主人，应该……

“‘绿绿’……”真悟小声说出这个单词的瞬间，对方的笑声消失了。

“你刚才说了什么？”

“我说的是‘绿绿’，游戏主人。十年前在一帮傻瓜年轻人里流行过的大麻。你知道的吧？”

“你说的是什么，我听不懂。”从手机里传来的游戏主人的声音，稍稍变低了一点儿。

“你别装傻，我全部都知道了。你是十年前被我抓到的某个年轻人吧。你怀恨在心，一直在寻求机会报复我。你跟桃井一太也是通过‘绿绿’买卖认识的。”

游戏主人没有回答。这是真悟第一次感到自己对游戏主人占了上风。这种感觉让他的舌头灵活起来，他继续说：“你已经完了。特搜本部在调查‘绿绿’案中我抓过的所有人，你很快就要被逮捕了。你是要上绞刑架的！”

一口气说完这些之后，真悟把注意力集中在听觉上。他从手机里听到微弱的呼吸声，这与游戏主人迄今为止的反应明显不同。真悟确信游戏主人就是“绿绿”的涉案者。

沉默了几十秒钟之后，通过变声器转换过的人工声音说道：“那好，我得结束这个游戏了。上原，我会尽快联系你。”

说完这句话，对方就挂断了电话。真悟稍稍吐了一口气。

结束，游戏主人在刚才的会话中说出了这个单词。就是说，他要跟我最后决战了。在得知“绿绿”案一事败露之后，游戏主人明白搜查之手很快就会伸向自己，没有时间再要小伎俩了。现在，他应该想要实现他最大的目标。

最大的目标……就是杀掉我。真悟稍稍吐了一口气。

这个不断捉弄我把我推入绝望深渊的游戏主人，他对我的仇恨如此强烈，肯定无法忍受我死于癌症。他一定要亲手杀掉我，从而完成这个游戏，实现他的复仇吧。

这就是机会。真悟握紧手里的手机。如果游戏主人来找我，或许我就能抢在特搜本部前面。

或许因为太过兴奋，真悟感到有点儿晕眩。他摇了摇头。自己的体力还没有完全恢复，在最后的游戏开始之前，必须尽可能把体力恢复过来。

真悟把手机塞进口袋，大步走向新御茶水地铁站的入口处。

街灯照着人行道。真悟往冻僵的手吹了口气。

出了千驮木站，步行10分钟左右，真悟就到了离自己公寓只有几分钟的地点了。身体已经虚弱的他，感到夜里寒气侵骨难耐。游戏主人说的“最后的游戏”，何时开始？会是什么样的？在回来的电车上和从车站出来的路上，真悟满脑子一直想着这件事。

对于游戏主人来说，“绿绿”案的败露一定是他始料未及的。他现在应该在抓紧时间，抢在搜查进展到他身上之前为游戏做准备。这不会是要等上好几个星期的事，但发生在今天或者明天的可能性还是很低的。

四五天之后吧，真悟做了这个预想。在那之前，他准备一边在家休息调养，一边等候游戏主人的联系。

就在这时，熟悉的爵士乐又响起。真悟屏住呼吸，条件反射地从口袋里取出手机。看到液晶屏幕上显示的名字，他的表情才放松下来。有一瞬间，他以为游戏主人的联系已经来了，但画面上显示的是“阿久津”。

阿久津会有什么事呢？真悟为自己违背与他的协议，把信息交给了重野而感到内疚，犹豫片刻之后，他才去碰了通话键。

“是阿久津吗？”

“是我。上原，好久不见。”

“好久不见……那个，阿久津，我对不起你。”

真悟道歉后，手机里传来一声轻微的叹息。

“你确实对不起我。你的信息，怎么偏偏给了那个第四组呢？功劳都被他们抢走，我们组长气得头上冒烟。”

阿久津的语气十分轻松，让真悟很意外。

“你不生气吗？我没能守住对你的承诺。”

“要说一点儿没生气那是在说谎，但情况那么紧急，情有可原嘛。你吐血吐到差点儿死了吧？那是没办法的事。”

“听你这么说，我也轻松一点儿了。”

“那好，作为补偿，下次有了新信息，你要马上告诉我，一定是告诉我！”

真悟升起一种负罪感。如果他现在把游戏主人刚才来过联系的事告诉给阿久津，阿久津就会上报给特搜本部，立下一笔大功。但那样的话，就会有大量的搜查员盯在真悟周围，让他无法与游戏主人决一胜负。

“我一直在住院呢，什么都干不了。”真悟带点儿滑稽语气说道，他想尽量显得自然些。

“想来也是吧。”阿久津轻轻笑了笑。

“搜查进展得怎样了？你们在排查我十年前抓过的那些家伙吧？”

“是的。我们调动了近一半的搜查员，在逐个追查他们与佐和奈奈子之间的关系。”

“这么说，特搜本部也认为佐和奈奈子的男朋友肯定就是游戏主人，是吧？”

“是的，我们是在从这个方向搜查。另外，被害人曾经去过桃井一太父母家，这一点也得到了法医的证实。佐和奈奈子被犯人操纵，这是毫无疑问的。”

“从被害人的遗物里，有没有找到什么与她男朋友有关系的东西？”

“嗯，不知道为什么，佐和好继突然变得配合起来，所以我们能进人质的房间去搜查了，可是……”

那是因为佐和好继狠狠地揍了我才把附在他身上的魔障打掉了。

“搜出什么了吗？”真悟催促道。

“完全没有。与犯人有关的东西，一点儿都没找到。从桃井家拿走的笔记本当然不用说，电脑、记事本这些暴露个人隐私的东西，都完全没找到。可能在事发之前就处理了吧。”

真悟轻轻地扭了一下脖子。按照常理来想，佐和奈奈子在扮演人质角色参加男朋友的绑架事件之后，她应该还要回家。那么，她会把电脑和记事本都处理掉吗？她的行为，简直就像事先知道自己再也不会回到那个家似的。

难道佐和奈奈子明明知道自己最后会被杀掉，但还是配合了男朋友吗？想到这里，真悟感到一阵寒意，不禁打了个冷战。

“上原，你在听我说话吗？”

“我在听呢。真希望你们早点儿抓到犯人。谢谢你专门打电话来告诉我搜查进展。”

“……不，其实我今天打电话不是为了给你讲搜查进展。

刚才说了那么多，不过是因为你的话术很高明，我被你套出话来了。”

“那，你为什么要来联系我？”真悟不解地扭了一下脖子。

“我是在担心，上原你现在怎么样了？”

“身体已经没问题了。让你担心了，抱歉。”

“不，我问的不是那个，是杂志的事。”

“杂志？”

“你是不是还不知道？对了，上原，你还在医院里吧？”

“不，刚才出院了。”

“是吗？那可麻烦了。你现在在哪儿？”

“我在哪儿？我马上就要到家了。”

“不能回家！你赶快离开那儿！”

“离开？到底怎么回事？”

真悟的公寓，就在前面十字路口拐弯的地方，只有几十米远。

“我说的是杂志。今天上架的周刊里，有关于这次事件的详细报道。犯人点名要上原参与的事，上原运送赎金的事，四年前的事件上原也参与过的事，等等，都被暴露了！”

“什么?！这些信息是从哪儿泄露出去的？”真悟愕然失语。

“我也不知道。报道里还写，人质之所以被杀，是因为上原没能把赎金交给犯人。文章里说得像是你要对事件负全部责任似的。”

“怎么能……”

“那篇报道虽然没有用实名，但明显是有人把恶意歪曲的信息泄露给了媒体。不但如此，上原的住址也被泄露出去了，所以你家门口肯定有很多媒体人在盯着。”

真悟一边走路一边听阿久津的电话，这时他已经快走到十字路口了。他躲在石砖墙后面，偷看自己的公寓，喉咙里发出“哇”的一声惊叫。一眼就能辨认出是媒体从业者的人，聚集在公寓前面，至少有30个。

即便是绑架杀人这种轰动一时的事件，事发三周之后，公众的关注兴趣也会逐渐减弱。在这种时候，如果有“交付赎金失败未能救出少女”的人物登场，那会成为再次带来电视收视率和杂志销量的兴奋剂吧。

“谢谢你，帮了我大忙。”

真悟谢过阿久津后，边把手机放回口袋边往后退。必须尽快逃出这里。就在他转过身准备开跑的时候，差点儿撞上了站在身后的人。这是个两手捧着一杯咖啡的年轻人，他一脸好奇地打量着真悟的面容。咖啡从他手里掉落在地上。

“他在这儿！”

那人指着真悟的脸大声喊道。顿时，这一带的空气骚动起来，无数的脚步声在逼近。不过10秒钟，真悟就被人墙围住，好多麦克风对着他。

“你就是那个送赎金的人吗？”“你为什么没有把赎金送到？”“你对佐和奈奈子死亡负有怎样的责任呢？”“你对被害人的双亲怎么谢罪？”

问题接连不断，闪光灯照在脸上。真悟不由自主地用双手捂住了脸。

“你为什么要遮脸？是因为做了什么亏心事吗？”从正面伸出

话筒来的一个中年男子，唾沫四溅、得意扬扬地问。

此起彼伏的怒吼从四面八方传来，真悟已经分不清谁在说什么了。他痛苦地皱起眉头，想不出有什么办法能逃出这里。

就在这时，一阵轰隆的引擎声震动了四周空气。一瞬间，怒吼声平息下来，接着是“哇”“危险”等声音从后方传来。真悟本来一直忍耐着包围自己的人群的压力，现在回头一看，发现人墙往两边分开，一辆大型摩托车出现在人群后方。

身穿骑手服、头戴全脸头盔的车手，加大油门，骑着摩托冲上来。围在真悟身边的人群慌忙后退。

摩托车用离心力横滑后轮，停在了真悟的侧前方。

面对这突如其来的事态，真悟一时没有反应过来，只是呆立原地。媒体人群也愣住了，站在远处，围观着真悟和这辆摩托车。

“上车，快！”车手厉声喊道。

听到这个声音，真悟明白了正在发生的事情。他迅速跳上摩托车的后座，两手搀住车手的腰部。

“我要加速了，你抓牢我！”

真悟听从指示，更加用力地搀住车手。一种柔软的感觉传到他的手臂上。

摩托车再次加大油门，发出猛兽般的咆哮，朝着人墙的空隙一气加速，疾驶而去。以极快的速度把媒体人群抛在身后的摩托车，几乎完全不减速地拐过好几个小巷路口，不久便驶上了宽阔的国道。

就这样行驶了大约20分钟后，摩托车才渐渐减速，开进了一家家庭餐馆的停车场。

“到了这里就没事了。”

车手关掉引擎，和真悟一起下车。真悟长长地吐了一口气，对着车手露出笑容。

“真帮了我大忙，谢谢你，枫。”

“没什么。”摘下全脸头盔的加山枫，用手拢了拢短发，对真悟微笑着说道。

“这也太过分了！”枫把周刊杂志扔在桌子上，大声说道。

“唉，没办法。”真悟用勺子舀起一勺稀粥，对着勺子呼气吹凉。

“但这种写法，不就是会让人觉得真悟对这起事件负有全部责任吗？”枫拿起勺子，烦躁地搅拌着面前的焗饭。

从媒体的包围中逃出来的真悟和枫，现在在一家家庭餐馆吃晚饭。枫的公寓离这里只有100米左右，她先回了一趟家，把车手服换成了普通服装。在枫回来之前，真悟去便利店买到了那本周刊杂志。两人在家庭餐馆会合，一边吃晚饭一边谈论这个事件。真悟把迄今为止调查到的所有事情都告诉了枫。不知为什么，真悟想让枫知道他都做了些什么。

“我确实有责任，这毫无疑问。不管被怎么乱写，都是自作自受。”真悟自虐般说。

枫皱了皱她那好看的鼻梁：“所以，你又是一个人去追踪游戏主人，把自己逼上绝路，是吗？”

真悟没有回答枫的问题，只是喝了一口粥。

“你是说，那个‘绿绿’大麻案中被你抓过的人可能就是游戏主人？可是，你也不必因此就得感到你有责任呀，你只不过是履行了自己的职责而已。”

“对了，我问一句，枫，你今天不当班吗？”

“你别转换话题。”枫撇了撇嘴。

“我不是要转换话题。从刚才开始我就觉得很奇怪，本来现在这个时间你不是应该在警视厅值班或者在训练吗？”

“我从前天开始就进入带薪休假了。我的假期存了不少。”

“带薪休假？”

“我已经被通知调到总务科了，所以在去之前想把假期消化掉。”

真悟显得又吃惊又难过。枫苦笑了一下：“你别介意，这不是真悟的过错。”

“可是……”

“你别小看我。我不是会为这种事责备真悟的那种人。在你还没有正式离婚的时候就与你交往，是我自己的选择。”

面对从容坦荡的枫，真悟只能微微点点头，回了一声“是吗”。

“我一点儿都没有后悔。当然，的确是应该等你离婚以后。”枫的脸上露出少女般的笑容，这是两人交往时真悟熟悉的表情。

“还有，你怎么会在我的公寓前面等着我呢？你知道我今天出院吗？”

“是近卫管理官联系我的。他说你现在可能被媒体盯上了，今天要出院，要是被媒体发现了，他让我去解救你。”枫轻轻地甩了一下勺子。

真悟苦笑，真不愧是近卫。这件事本来只要近卫直接来个电话告诉一声就行，但他却偏要让枫过来，目的是想促成两人见见面吧。

从那天的事件以来，真悟不知道该如何面对枫，一直没有跟她联系。那天的事，像根扎在手指上的刺，一直困扰着他。枫的心情也许一样。正因为如此，近卫想让两人直接见面吧。

“不过，这家周刊杂志是从哪儿得来的信息呢？文章里虽然夹杂了一些传闻，但很多内容都是只有搜查员才能知道的信息。”

“是……游戏主人。”真悟低声说。

枫睁大眼睛：“什么？你说什么？”

“是游戏主人把信息泄露给周刊杂志的，目的就是让杂志写这篇文章。”

“游戏主人为什么要干这种事呢？”

“为了折磨我。那家伙要把我折磨到底。”

“可是，给周刊杂志提供信息的，不一定只限于游戏主人一个人。”

“那家伙说了，他要开始惩罚游戏了。这事肯定就是。”真悟嘲讽地说。

枫愣了一瞬，然后屏住呼吸，问道：“真悟，你一直跟游戏主人有联系吗?!”

“说话不要这么大声嘛。也不能说是我跟他有联系，是对方单方面地来信或者电话之类的。”

“这件事特搜本部知道吗？”

真悟笑而不答。

“你怎么不报告呢？这是找到犯人的重要线索吧。”

“你应该懂的。”

“你……还在想自己亲手抓到游戏主人，是吧？”

“是的。”真悟理所当然地答道。枫瞪了他一眼。

“不过，那个佐和奈奈子，到底是怎么想的呢？”真悟为了改变一下气氛，用轻松的语气说道。

枫不解，歪着头问：“什么？”

“我说的是佐和奈奈子的事。她很可能明明知道自己的男朋友就是游戏主人，但还是对他着迷，跟朋友、家人，还有自己一直热烈追逐的乐队都疏远了。要知道，对方是个绑架杀人犯啊……我真是弄不懂。”

“女孩子嘛，年轻时容易被危险的男人吸引。”

“枫也有过那种时候吗？”真悟无心发问。

枫瞥了他一眼，话中有话地说：“这个谁知道呢？”

真悟慌忙回到刚才的话题：“可是，佐和奈奈子丝毫没有怀疑自己会被杀吗？她能考进贵族女校，应该有足够的判断能力……很难相信她没有意识到其中的危险。”

“所以说，恋爱是盲目的。另外，从目前掌握的状况来看，游戏主人非常擅长操纵他人，达到了洗脑的水平。如果对方是个缺乏社会经验的女孩子，成为他的玩偶、傀儡也不奇怪吧。”

真悟抱着胳膊，嘀咕一声：“是吗？”

枫看着他，开了口：“佐和奈奈子……真的知道自己的男朋友就是游戏主人吗？”

“你在说什么呢？她的抽屉里，确实装满了四年前那起事件的资料。而且，她也的确去桃井一太父母家把与游戏主人相关的资料给偷出来了。”

“嗯，你说的都是事实，但这并不一定意味着她知道男朋友是杀人犯吧。”

“你是什么意思？”

“在这次事件中，有几个我始终想不通的地方。比如，犯人为什么要让你送高达五千万日元的赎金？是谁把佐和奈奈子跟男朋友在一起的照片寄到佐和家的？还有，游戏主人为什么特意要让在晴空塔的你回到佐和家？”

“去佐和家，有什么奇怪的吗？”

“我在想，对那辆藏着佐和奈奈子尸体的面包车的搜查，按那个游戏主人的行为模式，他应该是想让真悟也参与其中的吧？可是，他却让真悟回佐和家，这是不是有什么别的目的呢？”

“目的？什么目的？”

“我也不清楚……但就是觉得有什么地方不对劲。不过，赎金和照片的事，我觉得可以解释。”

“真的吗？”真悟向前倾了倾身体。

“是的。如果假设佐和奈奈子不知道男朋友是绑架杀人犯，那这两个谜就能解释。”

“这话怎么讲？”

“首先，有一个前提，即奈奈子是个相当富裕的家庭里的千金小姐，同时又是涉世未深的未成年人，与此相对，男朋友则是个30岁左右的成年人。”

“是的。好继看到过寄来的照片，说那男人看起来有到那个年纪。而且，十年前因为‘绿绿’案被捕的家伙多半是大学生，从年龄上算起来也相符。”

“那样的两个人，作为恋人交往，你想他们会怎样？”

“会怎样？应该会有问题吧？”

“对，应该会有问题。事实上，好继看到他们进酒店的照片后大发雷霆，试图问出男方的名字，还让人监视奈奈子。”枫两手交叉抱在胸前，神情有些得意。

“那又怎么了？”

“请你把话听完。也就是说，因为奈奈子知道他们的交往不被世人接受，所以她要拼命隐瞒。所以，对于可能妨碍他们交往的父母和朋友们抱有敌意，日渐疏远。”

“你是说，是游戏主人有意这样诱导的吗？”

“对，很可能。但是，一个高中生，对这种令人窒息的交往，不会没有不满。游戏主人很可能在奈奈子的不满达到极点的时候提出了这样一个计划——为了能让两人不被任何人干扰、一起幸福生活的计划。”

“私奔？”

“是的。我认为应该是奈奈子的男朋友教唆她，说让他们私奔，开始两个人的全新人生。对于崇拜男朋友的奈奈子，这是一个看起来极具魅力的提议吧。可是，为了达到这个目的，需要一样东西。”

“钱，是吧？”

“是的，钱，生活费。奈奈子家相当富裕，男朋友就提议从她父母手中把财产抢过来。通过假绑架的方式。”

“假绑架？”真悟低声重复这个词。

在看到佐和奈奈子的房间时，真悟有一瞬间曾怀疑过是不是假绑架。但是，当他确信犯人就是游戏主人以后，这种可能性就从他的头脑里消失了。

“那个男人一定对奈奈子说过这种话——让我们用假绑架的方式从佐和家夺走一大笔钱，从此就靠这笔钱一起生活。然后，他还加上这么一句‘让我们参考四年前的绑架事件来制订计划吧’。”

真悟的表情渐渐变得僵硬起来。

枫继续说：“四年前的事件震惊了全日本。那时的奈奈子虽然还只是初中生，但她应该还记得犯人没有立即抓到，人质也被杀掉的事。奈奈子相信，如果模仿那个事件，受惊吓的父母会很轻易地就把钱拿出来。”

“这么说来，她的抽屉里装满了四年前那起事件的资料，不是因为她是游戏主人的粉丝，而是为了模仿犯罪的手法，是吗？”

“是的。然后，男人说服奈奈子，让她去桃井一太父母家，把犯人留下的重要资料拿出来。就这样，她就帮他把关于自己的线索证据给取来了。”

“不过，虽说奈奈子只是高中生，但操纵她的行动真的就那么容易吗？”

“游戏主人可是个把警视厅玩得团团转的恶魔啊！操纵一个未成年的女孩子，那还不易如反掌吗？更何况，对方是崇拜自己的人。恋爱中的女人是盲目的。”

真悟对枫的这句话感到有些不自在，他扭了扭身体，移动了一下臀部的位置。

“但是，对于是否真的要把假绑架付诸行动，奈奈子也不是轻易就能下决心的。因为她也知道，一旦干了这种事，就没有退路了。所以，需要最后推她一把。就是那张照片。”

“你是说，照片是她男朋友寄的？”真悟提高了嗓门。

“如果这么考虑，那一切都可以解释得通。因为那张照片，好继开始严格控制奈奈子的行动。无法见到男朋友的奈奈子，就决定将蓄谋已久的假绑架计划付诸行动。她压根儿没有想到，男朋友就是真正的游戏主人。”

“也就是说，直到被杀的前一刻，奈奈子都还相信她的男朋友？”

在被自己信赖的男人割断喉咙的那一瞬间，奈奈子心里是怎么想的呢？

“当然，这都只是我的假设。”

“不，你说的应该是对的。”真悟的声音低落阴沉。佐和奈奈子房间里的电脑和记事本都不见了。如果是她决心跟男朋友一起私奔，不再回家，那就能解释得通。

枫揉了揉眼角。她盘里的焗饭还剩四分之一左右，但她把盘子推在一边。

“你不吃了吗？”

“不知怎的，没有胃口。”

“是吗？”

两人都陷入沉默，表情黯淡。

“你接下去准备怎么办？”枫幽幽地问。

“总之，公寓是回不去了，我去找家商务酒店住。”

“你真的觉得我是在问你这件事吗？”枫的眼里含有埋怨的神色。

“这个……”真悟慢慢地左右摇头，“可是，枫，你也明白，对游戏主人的追踪，我是不可能停下来的。”

“已经够了吧！就算你不管，游戏主人也会被抓住的，为什么非得你去追？”

“枫，我还有两三个月就要离开人世了。”真悟带着笑容说出这话。

枫的表情扭曲得像被火焰烧过的蜡烛。

“被优衣……被女儿拒绝的我，活下去的唯一意义，就是与那家伙决一胜负。请理解我。”

枫垂下视线，没有回应真悟。

“我们该走了吧。”真悟站起身，拿起账单，轻轻地拍了拍枫的肩膀。枫低着头，跟在真悟身后。出了餐厅，他们才发现不知什么时候已经下起雨来了。

“这该怎么办呢？”

真悟抬头看天，此刻雨点正大。眼前的街道上驶过的车辆不多，看样子很难叫到一辆出租车。

“我借把伞给你吧？我的公寓就在那边。”站在真悟身后的枫自言自语似的说道。

真悟回过头，犹豫了几秒钟，然后回答她：“也好，那就麻烦你了。”

在雨点击打的柏油路上，两人向着百米外的枫的公寓跑去。

跑进公寓门口的真悟，擦了擦脸上的雨水。

“上去吧。”枫把湿漉漉的黑头发慢慢拢起。他们一起走进电梯。枫站在电梯门前，真悟看着她的背影。枫的后颈从湿头发的间隙露出雪白的肌肤，显得格外明艳，真悟不由得移开了视线。电梯到了九楼。两人并肩走过只有雨点声的走廊。到了自己房间前，枫插进钥匙，推开门，低声道“请进”。真悟轻轻点点头，穿过门，走进屋里。

“等等，我给你拿条毛巾来。”枫脱下鞋，打开荧光灯，推开门口旁边的浴室门，走了进去。真悟望着走廊尽头的门。在他们交往的时候，真悟每周都会来这个房间住一次。此刻，他摇了摇头，仿佛是要把脑海里涌现出来的甜蜜记忆都甩掉。

枫拿着两条浴巾过来，递给真悟一条。真悟接过来，擦了擦脖子。

“你可以借把伞给我吗？”

真悟把毛巾还给枫。枫打开门口的鞋柜，取出一把跟鞋放在一起的塑料伞，递给真悟。

“谢谢你，枫，今天帮了我大忙。”

真悟接过伞，准备离开房间。不能在这儿再待下去了，他的理性在催促他。就在他把手伸到门把手的瞬间，他感到自己的身体被轻轻地往后拉了一下。他回过头，是枫攥住了他的外套下摆。

“可以给我吗……”枫的声音细得像蚊子。

“你在说什么？”真悟口腔干燥，声音沙哑。

“真悟剩下的时间。可以给我吗？别去追什么游戏主人了，跟我一起生活，好吗？”

“你在说什么呢！你不是有男朋友吗？”

“没有。”枫闭上眼睛，摇了摇头。真悟不敢相信自己的耳朵。

“可是，那天……”

“那是我的虚荣心。”枫自虐般笑了笑，“我想看看，要是我那么说，真悟会不会有点儿嫉妒。不过，那也不全是说谎。直到去年，我真的有个男朋友，都准备结婚了，但最后还是分手了。毕竟，一个女刑警，对普通的男性来说还是太难了吧。更何况……”

枫的眼眶有些湿润，她看着真悟。

“男朋友也看出来了，说我还没能忘掉真悟。他说，我一不留意就拿你跟他比。”

“我……对不起。”

当真悟刚说出道歉的话，枫就用拳头轻轻地捶打他的胸口。

“我不是跟你说过好多次了吗？不许说对不起。跟你交往的事，我一点儿也不后悔。我后悔的，只是没能救出你，被游戏主人纠缠而崩溃掉的你。所以……可以再给我一次机会吗？”

枫直直地凝视着真悟，真悟感觉自己似乎被那双眼睛吸进了一个无底的黑洞。关于枫的记忆、关于优衣的记忆、关于两起事件的记忆，在他的脑海里翻腾旋转。种种回忆引发的强烈冲突，困住了真悟的身体。

凝视着真悟的眼里，涌出了泪珠，顺着面颊，滴落成行。

困住真悟的束缚被解除，他伸出手臂，紧紧抱住枫，仿佛要将她揉碎。

枫那经过训练磨砺的纤细柔韧的身体，一下失去了力气。

真悟站在穿衣镜前，轻手轻脚、不出声响地扣着衬衫纽扣。他的衬衫虽然还有点儿湿，让人略感不快，但还没有走形。

当他把手伸向挂在椅背上的外套时，看了一眼房间角落的床。微暗的房间里，从被子外面可以看到枫闭着眼睛的侧影和雪白的肩膀。

真悟放轻脚步，向通往走廊的门口走去。

“你要走了吗?”

就在真悟的手碰到门把手的时候，身后传来一个声音。真悟身体没动，只是把头转过去。枫的上半身从床上坐起，她手拿被子遮着胸口，望着真悟。

真悟回答了一声“嗯”。枫像是放弃了什么似的，微笑着。

“是吗……那你多保重。”

“谢谢。”

真悟面向前方，拉开门。当他的脚步正要踏出走廊时，停了下来。

“如果……”真悟这次把整个身体转过去，看着枫，“如果我跟游戏主人的决战结束，如果那时我还活着，我可以再回到这里吗?”

枫睁大眼睛，用没有拿被子的那只手去捂自己的嘴。

“我知道，我在说很任性的话。只是，假如你能原谅我……”

真悟多说了两句辩解似的话，枫笑了笑。不是刚才那种有些寂寞的微笑，而是发自心底的幸福的微笑。

“我等着你。一直等。”

“谢谢。”

真悟也对她微笑。两人的目光交织在一起。

“那好，我就去了。”

“嗯，去吧，真悟。”

真悟转过脚跟，仿佛是要斩断心中的犹豫，快步走过走廊。

如果可能的话，真悟不想走出这间房间。他想忘掉游戏主人，和枫一起度过这剩下的一点儿时间。可是，那个得知搜查已经进展到自己身边的游戏主人，就要实施他那“最后的游戏”了。这应该是双方都以命相拼的“最后的游戏”。要是跟我在一起，可能会连累到枫。想到这些，真悟不允许自己再留在那间房间里。

跟游戏主人的决战结束之后，那时……

真悟决意已定，他推开房门，走到室外。雨已停，冬天早晨清冽的空气，让他全身振作，精神抖擞。

真悟迈开了大步。

7

热气腾腾的淋浴，水顺着皮肤流下来，冲走了残留在体内的倦怠感。

枫关掉淋浴，看着浴室镜子里映出的自己的裸体。虽然已经三十过半，但因为特殊班的严格训练，她的身材依然保持苗条健美，跟二十多岁时相差无几。

调到内勤部门以后，自己还能保持这个身材吗？上周，枫从组长那里接到了调往总务科的内部通知。虽然也在预料之中，但还是感觉很受打击。她为曾与真悟交往而感到后悔的念头，在心底里暗暗涌动，挥之不去。

可是，这种后悔的心情，现在已经消失得一干二净。昨晚，时隔四年，再次与真悟共度良宵之后，她心中得到了一份确信。那就是，对自己来说，真悟是特别的人。两人一起度过他剩下的时间，这比当一名刑警更为重要。

枫把手放在自己的乳房上。她一直因为乳房稍小而抱有一点儿自卑，但真悟昨夜留下的隐约的热度，让她的心灵深处感到温暖。

枫走出淋浴室，用毛巾擦干身体，穿上内衣，望着天花板。今天干什么呢？因为请了一直存下的带薪休假，接下来的两周时间都不用上班。在特殊班的这五年里，作为一名刑警接受训练，就是生活的一切。能够有这么长的休闲时间实属罕见，若是无所事事地待在家里，实在可惜。

枫一边用吹风机吹着头发，一边推开浴室的门，探出头来。清晨的阳光透过客厅的窗户照进来。昨晚的大雨已经停了，是个晴朗的好天。

对，骑车去兜风。枫关掉吹风机。

枫原本就喜欢骑摩托车兜风，但当上特殊班刑警之后，因为不知道什么时候会有紧急召唤，所以就暂时放下了这项爱好。现在，她发现自己去哪儿都行。

枫抬起头，看着正对面。镜子里的女人面带微笑。她本以为如果不再是刑警，自己就一文不值。可是，并非如此。

好事要尽快，枫这么跟自己说。她身着内衣走出浴室，取来挂在椅背上的骑手服穿上身。骑手服正好合身，让她感觉很舒服。

枫稍化淡妆后，抱着全脸头盔走出房门。她乘坐电梯下到一楼，向公寓楼背后的停车场走去。这个停车场被大楼遮挡，光线不足，虽然已是早晨，却昏暗潮湿。

枫抬起摩托车的坐垫，取出一本放在里面的首都地区地图册，翻开看了起来。今天去哪儿好呢？当她翻到显示出东京都二十三区整体图的那一页时，看到了页面中间的“皇居”二字，这让她轻轻地皱了一下眉头。

她的脑海里浮现出那天的事件。本来兴高采烈的心情，也变得有点儿阴沉。她的目光几乎无意识地去追寻事发那天真悟去过的地点。

白金的佐和家、池袋的淳久堂书店、丰州的啦啦宝都购物中心，然后是东京晴空塔。枫突然感到有些奇怪。

——游戏主人为什么特意要让在晴空塔的真悟去佐和家呢？

自己昨晚说出口的疑问，此刻又回响在她的耳边。她把地图放在座位上，想要探究自己感到奇怪的理由。她眼睛盯着地图，身体开始微微发抖，上下牙齿不住地打战。全脸头盔从她手腕里滑落，掉在柏油地面上，弹跳着发出干涩的响声。

或许这才是游戏的真正答案？如果真是这样，那犯人就是……游戏主人的真面目就是……枫几乎要尖叫起来，她用手捂住自己的嘴角。

不可能。不可能有这种事！

她拼命说服自己。然而，在她的头脑中，一个假设渐渐浮现出来，一个可以解释所有情况的假设。

肯定是我想错了。可是，如果我没有想错的话……枫打了一个很大的寒战，然后她从腰包里取出手机。

一定要告诉真悟。争分夺秒，尽早告诉真悟。

枫用颤抖的手指拼命操作手机，画面上显示出了真悟的号码。就在她要去碰通话键的那个瞬间，她感到腰部受到了冲击。

她条件反射地用手去摸受到冲击的左边腰部，有种黏糊糊的感觉。

枫不知道发生了什么，她看着自己的手。手掌上沾满黏稠的红色液体。突然，仿佛是有块烧红的烙铁压在身上的那种剧痛，从她的左边腰部直冲脑顶。枫轻轻往后弯腰，发出惨叫，却听不到自己的声音。这时，她注意到眼前有个人影，右手握着一把刀，鲜红的刀刃湿漉漉的。

自己被捅了一刀，而且很深。理解了正在发生的事情之后，枫用一只手按住左边腰部，试图止住流血，同时，她努力辨认站在眼前的人物的脸。

不出所料。枫意识到自己的假设完全正确。

“你，为什么要这么做……”

枫从咬紧的牙缝里拼命挤出声音，但眼前的人没有回答。这时，一把刀向枫刺来，她拼命想把它拨开，但手已经没有力气。枫的眼睛看到，一把鲜红湿润的刀刃被缓缓地插进自己的胸口。

她的胸口有种被戳了一下的感觉，却不觉得痛。枫全身失去力气，无法支撑身体，当场倒地。她的脸颊触到温热的液体。枫没有意识到，那就是自己流在柏油地面上的一摊血。

太困了。她的意识，她的自我，渐渐变得模糊而稀薄。

站在身边的人似乎在说着什么，但她已经听不到了。

枫慢慢地闭上了眼睛。

她的眼帘里，浮现出真悟腼腆的笑容。

8

联系还没来吗？真悟躺在床上，盯着枕头旁边的手机。

真悟离开枫的公寓后，先坐电车去了新宿，买了些换洗内衣等生活必需品，然后进一家咖啡店消磨时间。到了下午3点，住进了一家位于歌舞伎町边缘的商务酒店。现在，他在房间里一边休息，一边等候游戏主人的联系。

昨天游戏主人说要把游戏日程提前，那么，最后的决战说不定就在今天晚上了。

真悟侧头看了一眼床头柜上的数字时钟。快到下午5点。这时，腰部深处感到一阵疼痛，他轻轻地呻吟了一下。

他站起来，从挂在椅背上的外套口袋里拿出一板PTP药片，从中取出一颗放在手心里。可是，他只是眼睛盯着药，身体没有动弹。

这是疼痛发作时服用的止痛麻醉药，只需一颗，腰部疼痛立刻消失。但作为代价，接下来的几个小时，大脑都会像被薄雾笼罩一般，无法清晰地思考。

真悟把手里的药扔向房间角落的垃圾桶。

与游戏主人的决战，不知什么时候会来临。到时候要是头脑不能清晰地思考，是件过于冒险的事情。

真悟倒在床上，嘴巴咬住枕头，双手攥紧床单，拼命地忍着剧痛，静静地等待这一阵发作渐渐平息。油腻的汗珠从他全身的汗腺里渗了出来。

不知过了多久，腰部的疼痛开始减弱。真悟又看了看钟，现在是5点30分过了一点儿。他将嘴从枕套上移开，皱起了眉头。他感觉自己已经忍了好几个小时，其实只过了30分钟。

以后也能这样不靠服用止痛麻醉药应付过去吗？真悟转过身体，仰面躺下。这次虽然忍下来了，但疼痛在渐渐加重，他心里充满不安。

这时，房间里的空气被爵士乐震动，真悟像个弹簧玩偶一样飞快起身，一把抓住手机。但当他看到手机屏幕时，脸上表情顿时阴沉下来。屏幕上显示的是“阿久津”这个名字。

这家伙到底有什么事？该不会说他们已经抓到了游戏主人吧？真悟有种胸口被抓紧的感觉。

要是特搜本部抓到了游戏主人，那应该是件好事。这样的话，剩下的时间就能跟枫相依度日。就在昨天晚上，他意识到这才是最重要的事。可是，在真悟的内心深处，他对游戏主人的执念却挥之不去，就像闪着隐约火苗，尚未燃透的木炭余烬。真悟按下通话键。

“喂喂，上原。”

“怎么了，有什么事？”听到阿久津格外明朗的声音，真悟皱起了眉头。

“你这人说话怎么这么冷淡啊。搜查进展好不容易有了一点儿突破，我是来给你提供信息的。”

“犯人抓到了？”真悟的声音一下提高了。

“不，还没有抓到。不过，今天发现了一个重要嫌疑人，现在正在联系相关部门。”

“重要嫌疑人？那人是谁?!”

“别那么兴奋嘛，让我从头讲给你听。首先，我们把十年前你在‘绿绿’案中逮捕的所有人彻底排查了一遍。这事真不容易，因为改名换姓的家伙实在不少。不过，我们还是找到了一个跟人质佐和奈奈子有关联的人物。”

“别浪费时间了。那人是谁，你快点儿说！”真悟声嘶力竭地叫起来。

“你真是急性子。上原，你记不记得有个叫服部骏平的人？”

真悟的脑海里隐约闪过一个面容苍白貌似温和的高个男生的形象。

“他是我抓到的一个大学生，好像是个医学院的学生……”

“不愧是真悟，记忆力不错！对，就像你说的，服部骏平被逮捕时是那所位于新宿的贺阳医科大学四年级的学生。他跟那个组织里的一个头目是高中同学，想通过那层关系赚点儿零用钱，于是就开始兜售‘绿绿’。不过就是顺藤摸瓜带出来的一个小人物。”

“嗯，就是那种感觉。”

真悟的头脑里渐渐想起了服部骏平的一些事情。那是个头发染成浅棕色、眉毛修得特别细长的男生。在整个审讯过程中，一直哆嗦着身体，不停地道歉，同时又反复地推卸自己的责任。一个娇生惯养、不知世间深浅的小毛孩，这就是真悟对服部骏平的评价。

“那么，那家伙与佐和奈奈子有什么关系呢？”

“服部骏平后来被起诉，结果是缓期执行的有罪判决。所以，他虽然逃脱了进监狱，但还是被大学开除了。”

“当然的。卖大麻的家伙，怎么可能当上医生？”

“不知道是不是这个原因，他父母离了婚，服部骏平改从母姓。他后来去念了一个不怎么有名的大学的英语专业，从那儿毕了业。不过，因为有前科，没能找到一家像样的公司就职。他原本是个从海外回来的归国子弟，英语不错，就靠着这份能力换了好多份工作。”

“阿久津，这家伙的人生经历我已经完全了解了。就是说，因为染指大麻，本来应该成为精英的他，人生却就此沦落，所以可能对我怀恨在心，是吧？好，那么，他跟佐和奈奈子有什么关系，你就快说吧。”

“你还不明白吗，上原？你最近还见过他的。”

“我？见过那家伙？”

“是的。那人的最后一份工作是教学生英语。”

“在英语会话学校之类的地方吗？”

“不，在补习班。他是个升学补习班的英语老师。”

真悟头脑里的记忆匣子顿时打开。在佐和奈奈子就读的补习班，有个负责她那班课程的老师，说话毫无生气、戴着眼镜、高个子、看起来很温和。那人的名字是……

“堂本骏平。”

“是的。人质的英语老师堂本骏平。这人就是你十年前抓到的服部骏平。”

“可是，佐和奈奈子是在事件发生的三个月前才开始去那家补习班的，而她跟男朋友交往应该是更早的事……”

“我们刚才去听取了被害人父亲的证言。他说，他的确在三个月前让女儿去念补习班，但至于去哪一家则是让女儿自己选择的。”

真悟的嘴唇扭曲了。佐和好继为了阻止女儿与男朋友见面而让她去念补习班，可那个补习班的老师却正是佐和奈奈子的男朋友。然后，堂本骏平，即游戏主人向佐和奈奈子提议假绑架和私奔，把她作为游戏的一颗棋子来利用。

无数散落的点，现在连成了一条线。真悟握紧了左手的拳头。

堂本骏平就是游戏主人。因为十年前被我逮捕而脱离精英轨道的那个家伙，一直在寻找复仇的机会。四年前，他操纵桃井一太来折磨我；这一次，又利用佐和奈奈子把我逼到绝境。

“你们还没有拘留堂本吗?!”真悟叫道。

“还没有找到他。补习班说他今天缺勤，事先也没请假。”

真悟升起一种不祥的预感。

“赶快找到那家伙！他有可能又在策划什么鬼玩意儿。”

“不用你说，特搜本部也在全力以赴。对了，上原……”阿久津压低声音，“你现在在哪儿？”

“在新宿的一家商务酒店。因为我的公寓被媒体盯上了，回不去。”

“我们能见面聊聊吗？关于堂本的事，想跟你交换一下信息。”

“交换信息，用电话不行吗？”

“因为问题比较复杂。这样吧，要是你不介意，我去你住的酒店，怎么样？”

来这个酒店？真悟环顾了一下这个只有四张半榻榻米大小的房间，一张床便占去了大部分空间。两个成年人在这儿，会很窒息吧。

“这地方有点儿……去我们常去的那家酒吧，怎么样？现在应该已经开店了。”

“好，30分钟之后，在那家酒吧见，怎么样？”

“30分钟后？明白了。”

“那就回头见。可别迟到，有件特别重要的事。”

阿久津说完就挂掉了电话。真悟一边垂下握着手机的手，一边望着房间里污渍斑斑的墙壁。

“堂本骏平……”

从真悟嘴里发出的喃喃自语，消融在这个狭小房间的暗淡空气里。

真悟小心翼翼地走在灯红酒绿的歌舞伎町街道上。

堂本今天没上班，那可能是因为他意识到了自己的身份已经暴露。身份一旦暴露，想要逃脱几乎不可能。只要再收集到一些证据，特搜本部就会在全国范围内对堂本发出通缉令，届时，逮捕就只是时间问题了。

堂本也好，游戏主人也好，肯定都明白这一点。那么，在那之前，那家伙应该想与我决一死战。说不定，就在此时此地突然对我袭来。

真悟看了看手表，离与阿久津约定的时间还有十多分钟。真悟拐过繁华喧闹的大街，走进一条灯光较暗的小巷。约定的酒吧就在这条小巷的前面。这时，真悟感到腰部有震动，他连忙取出设为震动模式的手机。他以为是阿久津打来的电话，但液晶屏幕显示的是“公用电话”。

真悟的身体顿时紧张起来，这次很可能是游戏主人。

“喂。”真悟接起电话，声音低沉。

“是上原吗？”一个熟悉的声音响起。真悟立即就听出对方是谁。

“是近卫吧？”真悟的声量提高了。这个电话是他以前的上司、现任特殊班管理官的近卫司打来的。

“是我。有件事要跟你说。”

“你怎么从公用电话打来呢？”

“有点儿情况，不能让别人知道我联系过你。”

近卫严肃的语气，让真悟咽了口唾沫。

“是什么事？”

很可能是坏消息，真悟的预感几乎已成确信。沉默了几秒钟之后，近卫郑重地说道。

“今天早上，有人发现了一具尸体，经确认是加山枫。”

“什么？”真悟惊愕地叫起来。他没能理解近卫的话，他全身的细胞都在拒绝理解。

“她是在自己公寓后面的停车场被人发现的。腰部和胸部被刺，几乎是当场死亡。”近卫还在继续说明，但那些话已经传不进真悟的耳朵里。

枫，那个说要跟我共度余生的女人，被杀了？

不知不觉间，真悟发现自己的身体靠在了旁边的石砖墙上。

“肯定是弄错了，枫怎么会死呢？”

真悟上下牙齿直打战，再也说不出话来。他的脑海里，反复闪现出枫今天早上幸福地微笑着目送自己出门的样子。

“非常遗憾，但这是事实。我确认过了。”

出自近卫之口的残酷宣告。真悟感到后脑勺仿佛被猛击了一拳，升起强烈的恶心感，黏稠的黄色胃液随之溢出嘴角，一股浓重的苦味充满他的整个口腔。

“为什么？枫为什么非死不可？为什么不是我？”

真悟嘴里模糊不清地喃喃呓语，耳朵里又响起经变声器转换过的声音——“惩罚游戏”“上原珍惜的东西，会一个一个地消失”。

真悟站立不动。这也是惩罚游戏吗？为了将我拖入痛苦的深渊，堂本骏平杀害了枫？

真悟发出野兽般的嚎叫，他用拳头猛击石砖墙。一拳又一拳，皮破血流也没有停下来。他感觉，如果不痛的话，自己就无法保持清醒。

都是我的错。要是枫跟我没有关系，她就不会失去性命了。

真悟的拳头更加猛烈地打在石砖墙上。一阵麻木的疼痛直冲脑门。他把额头靠在墙上，抽泣起来。鲜血从他的拳头上一滴一滴流下来。

“对不起，都是我不好……枫……”真悟呜咽地重复着对心爱的女人枫道歉的话。

这时，他听到有个声音在叫他，便转过失神的双眼去寻找声音来源。他的手机不知何时已经掉在地上，从那里传来“上原，上原，听到我说话没有”的声音。

真悟慢慢蹲下身，捡起手机。

“近卫，都是我的错。枫是因为我才失去性命的。”

“你该不会说，是你把枫杀了的吧？”

近卫的语调低下来。真悟目瞪口呆。

“怎么可能！我为什么要杀她？！”

“是吗？那就好。”

“是游戏主人干的。枫是被堂本骏平杀的。为了折磨我！”

“你确定吗？加山真的是被游戏主人杀的吗？”

“是，没错！就是那家伙。我怎么把枫一个人留下了呢？直到今天早上，我们还在一起。”

“问题就在这里。”近卫的声音更低沉了。

“问题？什么意思？”

“公寓的监控摄像头，拍到了你今天早上从加山房间里出来的情景。”

真悟愣住了：“你该不会说，我是嫌疑人？怀疑是我杀了枫？”

“关于这一点，我无可奉告。另外，我也根本没有给你打过电话……请理解我的苦衷。”

听到近卫充满苦恼的声音，真悟明白了现在的情况。近卫打来这通电话，是为了通知他，他已经被视为杀害枫的重要嫌疑人。要是这通电话的内容被公开，近卫将为此付出沉重的代价。

真悟慢慢抬起头，往小巷尽头看去。阿久津约了我在那家酒吧见面。我已经成为嫌疑人的事，身为杀人班刑警的他不会不知道。现在想来，他特意打电话给我的这件事本身就很可疑，因为我已经没什么向他提供信息的价值了。

我是被他引诱出来的吗？如果是，那堂本是重要嫌疑人这话也是假信息吗？不，这种可能性应该很小。阿久津并不知道我的信息从何而来，他应该认为我可能会去确认堂本的事。他要是向我传达了假信息，我会戒备他，他应该不会冒这个险。他应该是用真实的重要信息为诱饵，目的是把我引诱出来。

“你为什么要告诉我这些？对我这么好？”真悟问近卫。他的头脑里掠过一个念头，近卫的这个电话会不会也是一个陷阱？

“因为你和加山都曾经是我珍贵的部下。部下的事，我什么都知道。你是不可能去杀加山的。我绝不能容忍的，是你被当作嫌疑人拘留，而杀害加山的真犯人却逍遥法外这种事。”

近卫的话里没有丝毫犹豫。真悟的疑虑瞬间烟消云散。此刻，虽然近卫不在真悟面前，但真悟还是不由得对他低下了头。

“谢谢你，近卫。杀害枫的家伙，我要让他得到报应。”

“拜托了。”

说完这话，近卫就挂掉了电话。真悟握着手机，自言自语地说“交给我吧”。枫的仇，由我来报。已经不再考虑什么逮捕归案之类的事，我要亲手把游戏主人堂本骏平干掉。暗黑的火焰在真悟心中燃烧。这时，小巷尽头出现了一个人影。一个面容和善、穿着稍微起皱的西装的男子。警视厅搜查一科杀人犯搜查六组的刑警阿久津，站在那儿。

“啊，就是上原呢。我听到声音，觉得像你，所以就过来了。”

“阿久津……”真悟屈膝弓腰，放低重心，以便随时能开跑。

“走吧，我们就去那家店。”阿久津脸上堆着亲昵的笑容，用大拇指指着他的身体后方。

“你说想两个人单独谈谈，到底有什么事？”

“这里不太好谈，因为是不能被人听到的信息。”

“如果我进到店里，就会有几个人把我围住，要求我配合搜查跟你们走，是吧？要是我拒绝，就以妨碍执行公务之类的罪名把我强行带走。这就是你们的安排吧？”

真悟用讽刺的语调说。阿久津脸上的笑容，如退潮般顿时消失。

“你在说什么？”

“你装傻我也知道。搜查本部把我视为杀害枫的嫌疑人，所以，就让杀人班里跟我关系最近的你把我引诱出来，然后拘留我。”

“这是误会。上原，听我说两句。”

“误会？那你说说，你为什么在刚才的电话里没有提到枫的事？你不可能不知道枫的事吧？”

面对真悟的质疑，阿久津无言以对，脸上的那层薄薄的笑容也消失了。

“今天早上，你从加山的房间里走出来的身影，被录在监控摄像头里了。”

阿久津的态度一下子变了，语气变得非常冷冰生硬。

“是堂本骏平干的。那家伙杀了枫，还想把罪行栽到我头上。”

“堂本？你说说，那家伙为什么要去杀枫？”

“这还用说，不就是为了折磨我吗？那家伙的一切行为，都是为了把我推向痛苦的深渊。所以，他把枫……”真悟因为过于愤怒，舌头僵硬起来，再也说不下去了。

“有话到警察署里慢慢讲。你要是没做亏心事，就不要做无谓的抵抗。”

阿久津的眼睛始终盯着真悟，同时朝自己的身后招了招手，一个体格健壮、身穿西装的男子出现在他身后。真悟急忙转过身去，但对面也来了两个身穿西装的男子，挡住他的去路。

“你们不能这样做。游戏主人一定知道自己的真相已经暴露。要是我被拘留了，那家伙很可能会消失。他计划极其周密，很可能改头换面逃脱搜捕。”

真悟转过身，正面对着阿久津说了这番话，但阿久津不以为然地耸了耸肩。

“这跟上原的拘留有什么关系呢？”

“我说过好多次了，那家伙的目标就是我。他在消失之前，为了跟我决一死战，为了杀掉我，应该会现身的。”

真悟努力说服阿久津。阿久津抱着双臂想了一会儿，然后轻轻扬了扬下巴，向站在真悟身后的男子示意。

“总之，去警察署吧。有话在那儿听你慢慢说。”

这个蠢货！真悟意识到已经没有交涉的余地了，在心里暗暗地骂了一句。站在几米远的阿久津，正朝这边慢慢地缩近距离。这时，真悟转身便跑。他上身前倾，拼命迈动脚步。守候在小巷反方向出口的两位刑警，张开双臂，试图堵住去路。真悟狠狠地瞪着两人。

对我的逮捕令应该还没有发出，也就是说，我还只是个重要嫌疑人。

对嫌疑人的搜查，必须是本人自愿。刑警们考虑到今后的开庭审判，动手应该不会太凶狠。所以，现在只能利用他们的这个弱点。

杀人班的刑警们日夜忙于杀人事件的搜查，其实没有多少格斗训练的时间。相反，特殊班的刑警们，因为他们的主要任务是在劫持案中闯入室内制伏犯人，所以接受了彻底的格斗训练。真悟辞去特殊班的职务虽然已经有四年，而且体力也因为癌症衰弱了很多，但在长年累月的训练中习得的技能，还是根深蒂固地留在他的身体里。

一个男子想要抓住真悟，他随意地伸出一只手。真悟在那只手碰到自己之前，往左闪开身体。那男子扑了个空，失去平衡。

真悟抓住那男子的右手腕，轻轻一拉，扫了他一脚，男子当场就膝盖着地。真悟把手轻轻放在男子的后脑勺上。那人不知道真悟要干什么，好奇地抬头看着他。

对不住了。真悟一边在心中对男子道歉，一边使尽全力用膝盖狠狠地踢他的下巴。男子往后轰然一倒，不再动弹。

“你这浑蛋！在干什么！”站在倒地男子背后的另一个剪平头的刑警，一边对真悟怒吼，一边过来抓他。这人体格魁梧，个头比真悟大得多。

真悟想要推开伸过来的手腕，但腕力相差太大，没能推开。男子双手交叉，紧紧抓住真悟的外套领口，用力一拉。真悟的颈动脉两侧受压。交叉扼颈。这是柔道中的一种掐脖技法。

真悟抓住男子的手，想要挣脱，但对方纹丝不动。真悟的脑部血流被阻断，眼前发白。再这么挤压下去，再过几秒钟他就会昏迷过去。

真悟伸出颤抖的右手，抓住了那个平头男子的头发。男子因为头发被抓扯，不由得发出“哇”的惊叫，卡住真悟脖子的压力一瞬间稍稍减弱。真悟没有放过这个机会，他用力挥动右手，将男子的头狠狠地撞在石砖墙上。

随着沉重的声音响起，男子的双手从真悟的领口松开。真悟一边剧烈地咳嗽，一边往身后看去。阿久津和另一名刑警已经快到他身边了。

真悟转到那个双脚摇晃不稳的平头男子身后，对着阿久津等人，用双手把那人的背使劲一推，那人便向前扑去。阿久津他们不可能闪开扑面而来的同伴，只好托住平头男子的魁梧身躯。乘此间隙，真悟冲出了小巷。

真悟不管阿久津他们在他身后的喊叫，在霓虹灯闪耀的歌舞伎町街道上拼命奔跑。穿过歌舞伎町，再穿过西武线新宿站前面的大铁架之后，他才终于减慢速度，混杂在从西新宿办公楼街前往新宿站的人流中。到了这里，应该不会再被发现了吧？真悟擦了擦额头上的汗水。

特搜本部这次没有出动更多人力，是因为他们没有预想到真悟会逃，还是以为制伏一个癌症晚期患者应该很轻而易举？总之，这次算是逃脱成功。真悟一边随着人流走向新宿站南口，一边调整呼吸。

这次逃跑会加重警察对我的怀疑，他们可能真的要来抓我了。而且，因为我对两名刑警有殴打行为，所以肯定不会再以“自愿协助”的轻松态度来对待我了。一旦被发现，毫无疑问会以“涉嫌妨碍执行公务”而被当场逮捕。

要想逃脱是太困难了。剩下的时间只有两天了。不，或许连一天也没有。

如果游戏主人在这个时间里不来联系自己，真悟就无从着手。

真悟走出人流，进到左侧的小田急百货店。经过小田急线的检票口，他乘自动扶梯上到三楼后，便前往卫生间。看到一个多功能厕所正好开着门，他走进去，锁上门，然后长长地吐了一口气。

真悟现在既不能回公寓，也不能回酒店，只能躲在一个不容易被人发现的地方，等候游戏主人的联系。可是，有一个大问题。

真悟从裤袋里拿出手机。

游戏主人很可能通过这部手机来联系，所以不能关机。可是，智能手机即使没有通话或收发邮件，也一直都在发出微弱的电波。如果警察得到了逮捕令，他们就可以让电话公司追踪微弱的信号，并锁定手机所在位置。

怎么办？当真悟的一只手放在额头上时，手里的手机开始震动起来。屏幕上出现“来电号码不显示”的字样。他睁大眼睛，按下通话键。

“喂……”真悟慎重地等待对方的反应。这通电话有可能是阿久津打来的，为了知道自己逃到哪儿了。

“哟，上原，你好吗？”

耳朵里传来通过变声器转换过的高亢的声音。真悟的头脑顿时充满怒火，失去冷静。

“你竟然把枫……”

“哎呀，声音这么洪亮，说明你状态不错嘛。那就好，那就好。”

听到游戏主人如此嘲弄自己，真悟感到眼前一片通红。

“你这浑蛋！为什么要对枫……枫跟你一点儿关系也没有啊！”

愤怒、悲伤、悔恨、绝望……种种负面情绪，在真悟的胸中翻腾，他找不到可以表达的语言。

“惩罚游戏啊，上原。我一直在等你，但你老是找不到我。所以，我就把惩罚游戏付诸行动了。”

“那你杀我就好了！为什么要对枫下毒手？为什么遇害的是枫？”

“我说过了，我就是想让你受苦。你很快就要死于癌症了，杀了你也没意思。我就是要把你珍惜的东西一件一件地夺走，让你尝够痛楚，最后才让你死掉。”

“你为什么要残忍到这个地步？”真悟的臼齿咬得吱吱作响。

“为什么？不就是因为我爱着上原吗？都是因为爱啊。人们常说的什么因爱生恨那种玩意儿。”

滑稽俏皮的语气。真悟的头脑里响起了什么东西在断裂的声音。

“我杀了你。你等着，我绝对要杀了你。”

“哎哟，杀呀死呀什么的，好吓人。”游戏主人传来偷笑声。

“已经够了。我知道，你也想杀了我，是不是？堂本骏平……”真悟不动声色地说。

游戏主人沉默不语。

“怎么，你以为你的真实身份还没有暴露吗？你就是堂本骏平。十年前被我逮捕的时候，你叫服部骏平。”

“你在说什么呢？”

“别装傻了。我全都知道了。你很快就会被逮捕，被判死刑，被送上绞刑架。你已经完了。你没有未来了。我们彼此都是失去了一切的人，那就来一场最后的决战吧！”

真悟一口气说完这些话，微微地喘着气，等待游戏主人的回答。

手机里传来橡胶摩擦似的细微声音。真悟起初以为是游戏主人在抽泣，可随着声音越来越大，真悟发现自己错了。

游戏主人在发笑，仿佛能看到他正捂着肚子的那种嘲笑。

“有什么可笑的！”

真悟再次发出怒吼。游戏主人的笑声戛然而止。

“失去了一切？你刚才这样说了吧？”

“是的。你很快就要被逮捕，你已经失去了一切。”

“不，不，我说的是你。上原，你真的以为你已经失去了一切吗？”

“你装什么傻！就是因为你，我失去了工作，失去了家庭，还有枫……”

“上原，你犯了一个大错。你还剩下最后的一个宝贝呢。世界上最珍贵的宝贝。这个宝贝，现在正由我保管呢。”游戏主人像唱歌一样说道。

有什么可怕的事情正在发生，无法想象的可怕的事情。这种预感让真悟的身体颤抖起来。

“你到底想干什么？”

“真悟……”

真悟的问话，被手机里传来的声音打断。这不是变声器发出的声音，而是一个女性颤抖的声音——真悟熟悉的声音。在这个瞬间，他感到脚下发软，整个人被抛向空中。当他回过神来时，发现自己瘫坐在地。

“优、优衣……”真悟嘴里发出的声音如此微弱，他不敢相信这是自己的声音。

“真悟……救救我。”

一个细微的声音在求救。毫无疑问，这是他的独生女儿优衣的声音。

“是优衣吗？是优衣吧？！”

真悟双手握着手机，拼命大喊。但回答他的，是刺痛他耳膜的高亢的声音。

“是的。就是优衣，你的宝贝女儿。这宝贝现在由我保管。你要是想我还给你，那就今天晚上12点到我指定的地方来。对了，当然只能一个人来。”

“明白了。我去！我都听你的，所以，千万别对优衣……”

虽然看不到对方，但真悟还是趴在地上，像要跟他磕头似的。

“你要信守诺言啊。要是你胆敢去报告警察，我就先处理掉你的宝贝，然后自杀。这么做我是不会犹豫的。你不是说了的吗，我没有未来。”

真悟只能垂着头听游戏主人发出的笑声。

真悟此时站在多摩川河岸边的一条路上。路灯稀疏。他从路上望着带刺铁丝网后面的一栋建筑。四层楼，长方形。许多窗户已经破损，墙上污渍斑斑。铁丝网里的空地上，野草丛生，到处可见被丢弃的废木材。这是一个工厂的废墟，位于狛江市住宅区的外面。这就是游戏主人指定的地点。

一辆白色面包车停在空地旁边的车道上。真悟一边留意着四周情况，一边走近那辆车。车牌号是以字母W开头的。

优衣是被这辆面包车绑架后带到这里来的吗？真悟狠狠地咬着嘴唇，几乎要渗出血来。他注意到，车旁的铁丝网被剪开了。

真悟低头看表，时间是深夜11点57分。离约定时间还有3分钟。

真悟从剪开的铁丝网进入空地。有一条在杂草中踏出的小路通往那栋建筑的入口。真悟调整呼吸，让自己冷静下来。然后，他把手伸进外套口袋里，往前移动脚步。这时，他感到腰部深处一阵疼痛，不由得皱起了眉头。他感觉那种疼痛似乎又要发作，若不服用装在内袋里的止痛麻醉药，那种疼痛不一会儿就会袭来。可是，他眼下不能服用会让自己的判断能力变得迟钝的麻醉药。因为接下来，他就要和堂本骏平，即那个游戏主人决一死战了。

让这次疼痛来得再晚一点儿吧！真悟在心中这样祈祷着。他穿过空地，来到建筑物的入口处，停下脚步。在门口旁边，挂着一块旧招牌，写着“园田建筑”几个字。大概是这家公司破产，大楼就这么被废置在这里了吧。

入口处的大门虽是玻璃门，但楼里一片漆黑，完全看不到里面的样子。玻璃门上沾满灰尘，已有裂缝。真悟把手伸到门把手上。

大门“吱呀”一声打开了。真悟一跨进室内，脚下就响起“哗哗”声，像是踩到了玻璃碎片。真悟蹲下来观察地面。有一点儿微弱的路灯光从入口处照进来，映出了散落在地的大块玻璃碎片。

真悟刚一站起，周围霎时亮了起来。明晃晃的光线从头上倾泻而下。因为太刺目，真悟眯起眼睛，喉咙发出喘息的声音。

这栋建筑的二楼到四楼，约有一半的地板已被拆除，于是中间形成一个直通屋顶的中庭。在四楼地板的边缘，放着两盏点燃的灯笼和一把椅子。优衣坐在椅子上，嘴巴被塞住，双手被反绑在背后。

“优衣！”真悟大喊。

优衣似乎说了什么，但因为嘴被塞住，只能发出含糊不清的声音。

“等等，别动，我马上就来。”

真悟看到里面有楼梯，只要爬上那个楼梯，就能去到优衣所在的四楼。

“不，上原，你别动。”

突然响起一个男子的声音，阻止真悟的行动。真悟再次把目光投向四楼。从优衣身后的黑洞洞的空间里，出现了一个男子的身影。

瘦高的身材，戴着老式黑框眼镜，微卷的头发遮着眼睛。毫无疑问，就是真悟两周前在品川的补习班见过的那个人。

“好久不见，上原。其实也不是，我们两周前还见过。”堂本嘲弄似的哼了一下鼻子。

“我如约来了。所以，已经够了吧，把优衣还给我。”

“还给你？好吧，那就还吧。”

堂本快活地嘀咕着，把优衣坐着的椅子从后面推出来，椅子的前脚已经接近地板边缘，优衣被塞住的嘴发出尖叫。

“停下，快停下！”真悟拼命地喊。

堂本扬起嘴角：“怎么了？你让我还给你，我不过就是按你说的在做而已。”

“拜托了，我都听你的，只求你别伤害优衣。”

“你从一开始就这么老实听话就好了。好吧，那你就从里面的楼梯上来吧。”

真悟点点头，谨慎地开始在玻璃碎片散乱的地板上迈开脚步。

“停、停下！”

真悟被堂本叫住，刚迈出的脚停在半空中。

“上楼之前，你先把外套脱掉。你要是藏了刀子什么的，那就麻烦了。”

“明白了。”真悟脱下外套，扔到远处。

“不够。把你裤子口袋也翻出来，让我看看。”

堂本用尖锐的声音发出指令，真悟照他说的做，翻出口袋后，还提起裤脚让他看。

“我没有藏什么武器。”

“那好，你就到这层楼上来。”说完，堂本又消失在黑暗之中。

“优衣，我一定会救你，等着我。”

真悟大声地说。优衣表情扭曲，惊恐地点点头。

走到一楼里面，真悟开始上楼。在上一层地板还残留着的楼梯附近，灯笼的光线照不到，真悟连自己的脚都看不清。他小心翼翼地往上走，留意着不要踩到散乱的玻璃片。不知道堂本会潜伏在哪儿，他必须随时保持戒备。终于，真悟到了四楼。

“我一直在等你呢，上原。”

一个欢快的声音传来。真悟往声音的方向看去。在离中庭几十厘米的地方，堂本背着手站在那儿。他身旁是优衣坐着的椅子。椅子被转动，让优衣的脸正对真悟的方向。

真悟注意到，堂本脚下有一根金属棒和一把救生用的刀具。

那家伙准备用这些东西来袭击我吗？真悟在心中暗笑。堂本虽然个子较高，但看起来没什么力气。要是他的武器就是金属棒和救生刀的话，真悟完全能够对付。

“这栋楼，你不觉得很适合今天的场景吗？公司破产，大楼拆到一半没钱了，结果就这样被丢弃。这楼可危险了，从这儿掉下去，那可是要命的。”

堂本把手放在椅子上，开始摇晃。优衣的脸因为恐惧而僵硬。

“住手！和你有仇的人是我，来，跟我斗！”

真悟这话一出，堂本脸上的肌肉顿时扭曲起来。

“是的，全部都是你的罪过。我的人生，被你毁了！”

堂本双目通红，大喊大叫。真悟冷静地观察他。刚才还像个孩子般开心，转眼之间便勃然大怒。看得出他的精神状态很不稳定。

在特殊班时代学到的交涉技巧，让真悟知道现在应该采取的行动。

“你也别记仇了。是你自己犯了法，付出代价，是你理所当然的报应。”

真悟有意刺激堂本。目的是激起他的愤怒，将他的注意力从优衣转移到自己身上来。

“那是受朋友之托！我也没办法，况且又没有拿到几个钱。某种意义上，我是受害人。你却抓了我，把我当作罪犯。”

上圈套了。真悟继续刺激他。

“不是我把你当作罪犯，你本来就是一个确凿无误的罪犯。你是被判了有罪的。被医学院开除，被赶出家门，全部都是你自作自受、自食其果！”

“不，全都是因为你！是你毁了我的人生。我本来正要开始新的人生！”

堂本渐渐变得语无伦次。这时，或许是因为对恐怖的忍耐已经达到极限，优衣被塞住的嘴里发出叫声。堂本立即转过身回头看优衣。

“——说实话，那天我完全没有意识到。”真悟连忙提高嗓门，他想尽量不让堂本的注意力转移到优衣身上，“在那个补习班见到的老师，竟然是自己以前抓过的人！要不是刚才听杀人班的刑警说，像你这种小人物，我根本就忘得干干净净的了。”

“那天我就想杀了你，但我忍了。现在，我已经忍到极限了。你毁了我的人生。要是没有你，我不会是今天这个样子。”

堂本怒吼之后，把藏在背后的手放回身前。看到他手里拿着的东西，真悟的脸颊抽搐了一下。那是一个装有坚固的摄像头的头盔。真悟在特殊班时代的训练中经常使用。

夜视镜。一种能将微弱的光线加强数倍，从而在暗夜里也能保持视力的器具。

糟了！正当真悟想跑的时候，他感到背上火辣辣地痛。疼痛发作了。

为什么偏偏在这个时候发作？因为剧痛，真悟的双脚不听使唤，跌倒在地。在离他约10米远的地方，堂本蹲下身，熄灭脚边的灯笼。周围陷入一片黑暗。漆黑之中，真悟拼命睁开眼睛，但他连自己的手都看不清。

真悟的耳膜被一阵脚步声震动，他抬起头。堂本在向他走来。堂本头戴夜视镜，能够清清楚楚地看到真悟。

真悟慌忙举起双手，护住头部。就在这时，他左侧腹部受到猛烈殴打，这使他的肋骨剧痛，内脏变形。他弯起腰，蜷缩着身体。

当真悟按着腹部忍受疼痛时，他的小腿胫骨又被一个硬物殴打。剧烈的疼痛直冲脑门，让他膝盖着地。然后背部又被殴打。真悟当场倒下。

“都是你，都怪你。要是没有你，我的人生会一帆风顺。我本来应该当上医生，在某个地方遇到奈奈子，跟她一起幸福生活！”堂本刺耳的声音在黑暗中回荡。

“你在说什么！你利用了佐和奈奈子，然后又把她抛弃了。”

“不对。我本来爱着奈奈子，我是从心底里爱她的。就是因为你，才成了那个样子。奈奈子是因为你死掉的！”

伴随着堂本的一声声号叫，一棒又一棒的殴打接连不断地落在真悟的肩上、腹部和手臂上。真悟蜷缩着身体，拼命保护要害部位。自己应该是在被金属棒殴打吧。这一顿殴打，让真悟骨头散架，血肉横飞。

堂本已经失去理智了。被警察识破身份的焦躁、复仇对象出现在眼前的兴奋，都让他陷入了恐慌状态吧。

不，堂本或许从来就不曾有过理智。真悟一边听着堂本的号叫，一边分析他。这人说他爱佐和奈奈子。为了自己的复仇，将少女如玩偶般操纵，最后割断她的脖子——他居然说自己爱她。

因贩毒被捕，人生轨迹彻底改变的这十年。这些岁月，在堂本的心中长出了一个怪物，一个叫游戏主人的怪物。

这个怪物靠着复仇欲望的滋养而不断成长，让堂本犯下那可怕的罪行，现在，要将他本人也吞噬掉。真悟的心中开始生出一丝对堂本的同情。这时，暴雨般的殴打停止了。像乌龟一样蜷缩着的真悟，被从旁边推起。他被堂本踢了一脚，翻过身来。渐渐习惯了黑暗的真悟，现在仰面朝上，眼睛开始能隐约辨识人的轮廓了。

“还没完呢，上原。好戏下面才开始。”

堂本气喘吁吁的声音传下来。真悟知道，堂本还不打算杀掉自己。如果目的只是杀掉他的话，就不会用金属棒，而是直接用刀了。

一定要想办法争取时间！有了时间，就一定会有机会。

真悟竖起耳朵，静听周围声息。他扭过头，吐出积在嘴里的鲜血。

“喂，上原，你什么都不知道。下面才是重头戏，我让你从现在开始体会什么叫绝望。”

真悟听到堂本在兴奋地大声说话，同时，他又感觉到堂本转了个身。就在这时，真悟使尽全力，向着堂本那隐约可见的身影纵身跃去。

真悟用双手抱住堂本的身体。堂本想干的事，真悟已经预想到了。

他想杀掉优衣，让我陷入绝望，然后再夺走我的生命，结束这个游戏。绝对不能让他得逞。堂本号叫着拼死挣扎，真悟全力抱住他。真悟知道中庭在哪个方向，只要把堂本拖到地板边缘，就可以从四楼把他扔下去，同时自己也……

真悟没有想过成为唯一活下来的人。如果能够用所剩无几的生命将堂本一起带到地狱，从而救出优衣，他会满怀喜悦地牺牲自己。

堂本似乎意识到了真悟的意图，他拼命地拍打自己的手脚。

还剩一点儿。还剩一点儿距离就到地板边缘了。就在真悟这么想的时候，他的太阳穴受到猛烈的冲击。应该是被堂本奋力挣扎的手肘击中了。真悟的脑袋摇摇晃晃，手腕失去了力气。

堂本从真悟的手臂里逃脱了。真悟此时面部朝上，眼睛蒙眬地看到一个挥拳的身影。他的下巴被一个硬物殴打，一瞬之间失去了知觉。

真悟好像脊椎骨被抽掉似的，完全失去力气，倒在地上。整个世界都在摇晃。堂本打在他头上的两记拳头，完全把他打成了脑震荡。

“你这个浑蛋，还想拖死我。”

真悟听着堂本的咒骂，拼命想抬起身体，但他完全不能动弹。

真悟感到眼前亮起来，他睁开眼睛，看到跪着的堂本又在点亮灯笼。真悟转动眼珠，试图了解现状。自己倒下的地点，就在中庭旁边，只要伸出手去，就能触到地板边缘。堂本站在离自己2米开外的地方。在他身后，是被绑在椅子上的优衣。

堂本取下戴在头上的夜视镜，站起身来，斜眼看着真悟。

“这家伙，竟然想拖我同归于尽，简直发疯了。”

堂本走近优衣，捡起地上的救生刀。优衣的表情因恐惧而扭曲。

“终于进入重头戏了，上原。下面，你就能体会到真正绝望的滋味了。”

堂本转到椅子背后，用刀割断优衣手腕上绑着的绳子，然后又取掉了塞在她嘴里的东西。

“你能站起来吗？”堂本从背后拿着刀抵在优衣的喉咙上，对她低声说道。

优衣表情僵硬地从椅子上站起来。堂本和优衣一起，慢慢走近倒在地上的真悟。

“已经……够了吧。求你杀了我。然后，放走优衣。”

真悟的舌头已经不太灵活了，但还是竭力发出声音向堂本恳求。堂本的脸上露出像捉弄虫子的小孩一样残忍的笑容。

“闭嘴，上原。我跟你说了，重头戏从现在才开始。别说话，等着看下面的好戏吧。”

堂本把目光从真悟转到优衣身上。

“喂，优衣，有什么话要对上原说吗？”

堂本把刀抵在优衣的喉咙上，催她说话。优衣慢慢张开颤抖的嘴唇。

“爸爸……”

真悟听到这声称呼，全身仿佛触电一般。上一次听到优衣这么叫自己，是在几年前？他的视线变得模糊。

“没有其他要说的话吗？”说到这里，堂本突然抬起头。

终于来了！真悟咬紧牙齿，把手伸向自己的右脚踝。一个震动耳膜的熟悉的声音，越来越大。

“你，报警了吗？”堂本大叫。

听着无数警车的警笛声，真悟扬起了嘴角。

真悟是这样考虑的。如果能够自己一个人把优衣救出来，那是最好。但假如失败，警察的介入会让优衣更有可能得救。所以，两个小时之前，真悟给近卫发了邮件，把优衣被绑架的事和自己被威胁一个人到狛江市某地的事告诉了他。然后，在走进废墟之前，真悟把这个地方的地址发给了近卫。

真悟的手机一直开着，放在他脱在一楼的外套内口袋里。只要警察追踪到微弱的信号，他们就能确认他所在的地方。这样，近卫一定会派特殊班来到这里，真悟对此确信无疑。

现在，一切如计划进行，他们在最佳时间来了。

“你就死心吧，堂本，你跑不掉了！”真悟躺在地上大喊。

“烦死了，你闭嘴。我本来就没打算要跑。只要能杀了你，我怎么样都无所谓了！”堂本大声叫着。真悟料到他会这么说。

尽管已经被特殊班包围，但堂本不会因此就中止他最后一场游戏的计划。怎么才能阻止他？趁他不备，或许能发现什么机会。真悟动了动鞋里的脚趾，确认脑震荡的恢复状况。

我能行。就在真悟这样想的时候，警车上旋转灯的红色灯光从窗外射进来了。

“浑蛋！你居然骗了我！”

堂本转头去看了一眼一楼入口处。趁这个瞬间，真悟一把抽出藏在袜子里的一个物件，跳了起来。堂本的反应慢了一步。他睁大眼睛，正要挥动手里的刀，但没有来得及。真悟已经把手里的物件刺进了堂本的脖子。

堂本痛叫一声，试图用左手去取出刺在脖子上的物件。那是一块长约10厘米的锋利的玻璃碎片。刚才在来这层楼的途中，真悟捡了一块散落在地的大玻璃碎片，藏在袜子里，以备紧急时用作武器。在被堂本殴打的时候，为了不让这个最后的武器受损，他一直蜷缩着身体。

怎么样？摇摇晃晃的真悟，看着堂本。真悟因为赤手握着玻璃碎片，自己的手也被刺破，鲜血直流。

堂本拔出了刺在脖子上的玻璃碎片。真悟看到他脖子上的血流得很慢，表情忍不住抽搐起来。他本来想割断堂本的颈动脉或气管以造成致命伤，但没能刺到那么深。堂本现在的血，应该是从静脉里流出来的。

堂本推开优衣，右手持刀，举过头顶。真悟看到优衣倒地，奋力举起双手。堂本手中向下刺来的刀刃，把真悟左臂的皮肤和肌肉连同衬衫都划破了。因为脑震荡，真悟双腿无力，屁股着地。他身后就是中庭，此刻张着“大口”。

“看着吧，我要杀了你！”

堂本瞪着血红的眼睛，反手握刀，高高举起。真悟已经无力躲避堂本刺来的这一刀，他只是木然地看着灯笼反射在刀刃上映出的妖艳的光线。就在这时，堂本的身后出现一个人影。真悟睁大眼睛。站在那儿的是优衣，本来应该自己去救的最心爱的女儿。

“啊！”优衣大声喊着，向堂本的背后伸出双手，用力将他向前推去。堂本举着刀，脚下踩空，在真悟身旁踉跄几步后，在地板边缘处才终于稳住前倾的身体。

堂本转过身，看着优衣，拼命想恢复身体的平衡。

“你……”堂本手中举刀，满脸惊讶。

机不可失！真悟翻身一滚，伸手抓住堂本的脚后跟，用力狠狠一拉。正在恢复平衡的堂本，因为失去一只脚的力量，全身倒向地板边缘外面的中庭方向。

堂本看着真悟，表情仿佛在求救。真悟盯着堂本的眼睛，慢慢张开嘴。

“游戏结束。”

就在真悟说出这句话的同时，堂本的身体摇晃了一下，然后被吸入深渊。绝望的惨叫声越来越小，然后响起重物落地的撞击声。

真悟爬到地板边缘，伸出身体往楼下望去。堂本的身体隐约地映照在从入口处射进来的红色灯光里，脖子不自然地弯曲着。

结束了。一切都结束了。真悟翻过身，仰面朝天，全身无力。劫后余生的安心感和耗尽全力的疲惫感，让真悟连一根手指都不想再动了。

“爸爸！”优衣扑在真悟身上，抱住了他。

“没事了，你已经安全了。”

真悟的双臂抱着优衣颤抖的身体。优衣把脸埋在真悟的脖子里，不住地点头。

“爸爸，谢谢你，爸爸……”

优衣的每一声“爸爸”，都让真悟心里充满温暖的满足感。我打败了那个家伙，赢了游戏，保住了我最珍贵的东西。

外面的扩音器似乎在喊着什么，但真悟已经听不到了。真悟只是不停地抚摩着优衣柔软的头发，深深地咀嚼着幸福的感觉。

9

“真悟，现在身体怎么样了？”手机里传来一个女性爽朗的声音。

“还不错。毕竟已经过去两周了，手上的伤口已经拆线，就是肋骨的裂缝有时还有点儿痛。”

“我问的不是这个。怎么说呢，我问的是那方面的事。”

“啊，你是在问癌症的事吗？也不坏。”

真悟并没有说谎。跟两周前相比，他身体状况明显好转，背部的疼痛这些天几乎感觉不到了。据主治医生说，近两周肿瘤也没有增大。当然，这并不是说寿命就会大幅延长，但可以说是个不坏的兆头。

“是这样啊，那真不错。以后，要是有什么为难的事，你尽管说，我会尽力的。”

“谢谢你，亚纪。”

真悟向前妻道谢。两周前，亚纪得到优衣被绑架的消息后，立即从出差地新加坡赶回东京。在听完事件的全过程后，亚纪流着泪感谢真悟救出了优衣。然后，亚纪一直陪着优衣，直到优衣恢复平静，前天她才又回了新加坡。

“不过，真没想到，有一天我还能这么自然地跟你说话。现在想来，以前的我们都太意气用事了。”亚纪深有感触地说。

“是啊，也许就是那样的。”真悟微笑着回答，然后喝了一口咖啡。

接到亚纪打来的国际电话的时候，真悟正在御茶水的一家冷清的咖啡店等一个人。

“我这么说可能有点儿不合适，但两周前看到你的时候，我真是吃了一惊，好像从前的真悟又回来了。”

“从前的？”

“对。刑警时代的真悟。怎么说呢，就是神采奕奕、闪闪发光的那个你。”

“我？真的有过什么神采奕奕、闪闪发光的时候吗？”

真悟一边苦笑，一边心想可能的确如此。在枫打来电话告诉有事件发生的那天之前，自己简直就是一具行尸走肉。正因为有了追踪游戏主人的目标，自己的人生才又找到了意义。

“对了，你下次见优衣是在哪天？”

“应该就是后天吧。我们约了一起吃个晚饭。”

真悟的脸色柔和下来。从那天以来，他几乎隔天就会见到优衣。得到优衣的原谅，重新回归“父女”关系，对真悟来说，没有比这更幸福的事了。

电话里传来亚纪的笑声。真悟感觉那笑声似乎意味深长。

“真悟回到从前，最高兴的毫无疑问是优衣。”

“什么？你是什么意思？”真悟眨了眨眼睛，不解地问。

“唉，真悟，你果然没有意识到啊。我问你，你知不知道，我为什么要在两年半前的那个时候提出离婚？”

“当然知道。因为你对失魂落魄的我已经受够了。”

“不，回答错误。是因为，我知道优衣不会被那个时候的你抢走。”

“优衣不会被抢走？你在说什么？”

“告诉你吧，对形如一具行尸走肉的真悟失望的，并不是我，而是优衣。要不是在那个时候提出离婚，优衣无疑会选择跟着你，而不是我。对优衣来说，你是她的英雄。”

“我是英雄？”真悟觉得背上有点儿发痒，扭了一下身体。

“是的，真悟一直都是优衣心中的英雄。那么依恋父亲的女孩子，实在罕见。”

“真的吗？”

“当然是真的。对了，你知不知道，优衣很有人气呢？”

“你在说什么？”

“真悟，你可能不知道，那孩子从初中开始，就是极具魅力的领袖型人才。优衣长得像我，容貌姣好、身材高挑、聪明伶俐、擅长多种运动项目，对了，那孩子唱歌也唱得特别好，你知道吗？她唱得根本不比专业歌手差。”

“对，优衣像你，样样都优秀。这个我当然知道。”真悟苦笑了一下。

“是的，优衣不但优秀，更重要的是，那孩子有种让人着迷的天赋。总有人围在她身边转，崇拜爱慕她的人很多。优衣收到的情书，不只来自男孩子，还经常有来自女孩子的。”

“女生也写情书来？”真悟不解地皱了一下眉头。

“对，女生也写情书来呢，由此可见那孩子的魅力有多大。尽管如此，优衣却一直没有男朋友，你知道是为什么吗？”

“我怎么会知道？”

“真悟，你真是太迟钝了。优衣没有男朋友，是因为在她眼里，没有比爸爸更棒的人了。”亚纪扑哧笑了。

“啊，真的吗？”真悟不由得发出吃惊的声音。

“所以呢，一句话，那孩子有重度的恋父情结。喜欢真悟简直到了不顾一切的地步。”

真悟不知道该怎么回答，陷入沉默。

“正因为优衣是个这样的孩子，看着如行尸走肉一般的真悟，她实在太痛苦了。我们离婚后，她不怎么想见你，也是这个原因。”

“是……这样的吗？”

“可是现在的优衣，真是一副很幸福的样子。那是当然的，因为真悟又像从前那么帅，还救了自己的性命。那孩子的英雄，终于回来了。”

“没、没有……”真悟有些不好意思起来，搪塞过去了。

“所以真悟，你要尽量多跟优衣在一起。对那孩子来说，跟你一起度过的时光，将会是她最珍贵的回忆。”

亚纪的声音有些颤抖。真悟仿佛看到了前妻那悲哀地微笑着的面容。

“我会的。亚纪，谢谢你给我讲这些。”

“该说谢谢的是我。好了，我得回去工作了。真悟，再见。我会再联系你的。”

“好吧，再见。”

通完话后，真悟把手机放在桌子上，长长地吐了一口气。知道了优衣的真实心情，他当然很高兴，但也有点儿不好意思。他不知道后天该用怎样一种表情去面对她。为了让自己平静下来，真悟喝了一口咖啡。这时，咖啡店的门被推开，一个西装笔挺的中年男子走进店里。

“近卫！”

特殊班管理官近卫司正在环顾店内，真悟招呼他。近卫看到真悟，对他轻轻举起手，走了过来。

“你的伤现在怎么样了？”近卫向女店员要了一杯咖啡，在真悟对面的椅子上坐下来。

“不用担心。虽然看起来是这副样子，但其实已经恢复不少了。”真悟给近卫看了一下缠着绷带的右手手掌，然后压低声音说道，“能跟我讲讲这起事件的情况吗？”

真悟跟近卫已经约好，今天听他讲述事件的始末。近卫似乎不知道该从哪儿讲起，一瞬间目光有些游移不定。他先干咳一声，然后开了口。

“首先要告诉你的是，对于堂本骏平，由于嫌疑人已经死亡，我们会把他的材料送交检察院。他的罪行嫌疑包括以下几项：对佐和奈奈子的绑架杀害、对加山枫的杀害、对你女儿的绑架以及对你的杀人未遂。”

“是吗？”真悟郑重地点点头。虽然这是真悟预想之中的事，但直接从近卫口中听到报告，还是感慨良多。

“对这起事件的搜查，到此就宣布结束了。当然，特搜本部的负责人，比如横森等人还是不满，抱怨说‘又让嫌疑人死掉了’。”

“对这样的结果，横森管理官确实会不满吧。”真悟耸了耸肩。

近卫沉下脸，说道：“最后给嫌疑人致命一击的明明是你，可你的语气好像事不关己似的。”

“对不起。但那也是无可奈何的事……那个时候……”真悟的脑海里想起堂本被重力吸引缓缓倾斜下落的情景，抿紧了嘴唇。

“大家都知道，所以你没被起诉。”

“不过，你们的审讯可不轻松啊。”真悟苦笑着说。

近卫也跟着笑了一下。

“你们对堂本的情况详细查过了吧？那家伙就是游戏主人的证据，找到了吗？”

真悟的问题一个接一个。女店员端来一杯咖啡，放在近卫面前，近卫不加糖地喝了一口。

“在堂本的房间里，检测出了大量佐和奈奈子的DNA，这证明佐和奈奈子的确经常待在堂本的公寓里。不过，我们查了他的电脑，没有找到犯罪痕迹。另外，他本人的手机我们没有找到，可能是在知道自己被怀疑时就处理掉了吧。”

说到这里，近卫把目光转到真悟身上。

“另外，堂本刺杀你的那把刀，被证明就是杀害加山的凶器。”

“杀害枫的凶器……”真悟的表情僵住了。他左手臂的伤口疼痛起来。

枫的葬礼，上周在她的老家山形县举行。因为是一场家庭葬礼，包括真悟在内的她的警察同事们都未能去参加。

“加山的墓地地址，你是知道的吧？等这件事告一段落，你就去她的墓前，给她报告一下吧。安眠在地下的她也会感到欣慰的。”

“好的。”真悟低头看着桌面，回答的声音在颤抖。

“那好，我们就进入正题吧。”近卫的身体微微前倾。

真悟抬起头：“正题？”

“对，就是关于四年前那起对一名女初中生的绑架杀人案的事。”

“你们找到证据没有，能证明那也是堂本犯下的罪吗？”真悟紧张地问。

“没有。”近卫摇了摇头，“四年前的事件，不是堂本骏平干的。”

“什么？你在说什么？！”真悟的声音一下子走了调。

“关于那起事件，堂本有不在现场的证据。”

“不在现场？”真悟呆若木鸡，喃喃重复着这句话。

“是的。四年前那起事件发生的时候，堂本正在参加他那时工作的补习班举办的一个学习营活动。地点在北海道，而且堂本当天从早到晚都在上课。”

“不在现场的证据，有没有可能是造假的呢？”

“不可能。我们查证了当时的记录，也向参加那个学习营活动的其他老师确认了这个事实。也就是说，四年前，从那个受害女孩被绑架，到她尸体被发现的那段时间里，堂本一直在北海道。结论就是，那起犯罪与堂本无关。”

“怎么会呢？那么，四年前的事件是谁干的呢？”真悟抱着自己混乱的脑袋。

“回到我们之前的推测，即，桃井一太一个人的单独犯罪。这就是我们现在的结论。堂本不知从何处得知你因四年前的事件受到沉重打击的信息，便试图利用这个来对你进行报复，于是他策划并实施了这起绑架事件。”

“你等等，这不可能！堂本肯定就是游戏主人。四年前我与游戏主人的对话，只在我和游戏主人两人之间才可能知道的事，那家伙都知道。”

“关于这一点，如果不是你的误会，那或许就是偶然了吧？”

“偶然？怎么能这么含糊地解释过去呢？”

真悟正要从椅子里起身，想表示抗议，但近卫用锐利的目光盯着他，他只好闭了嘴。

“解释含糊，也是没办法的事，因为嫌疑人已经死亡。”

如果一起事件的嫌疑人已经死亡，那警察就只进行最低限度的搜查，这导致了不少事件含糊不清地降下帷幕。因为重大事件每天都在发生，警察人力非常有限。

“你就把这个结论接受下来吧，上原。这起事件的犯人无疑是堂本骏平，而且此人已经不在人世。这不就够了吗？不要再纠结于那个家伙，你最好把精力用在更重要的事情上，比如跟女儿在一起的时间，等等。”

近卫这么劝诫真悟，可真悟没有立即点头。近卫一口气喝完杯里剩下的咖啡，站起身来，拿起账单：“我得走了。工作成堆，没办法。今天的咖啡我来付钱。”

真悟头也没抬，只是生硬地说了声“谢谢”。

正要向门口走去的近卫，停下脚步，回过头：“啊，我差点儿忘了，还有一件事要告诉你。”

真悟无力地抬起头。

“是加山的事。她临死之前，似乎是要给你打电话。她的手机和地图一起掉在地上，手机里显示的电话号码是你的。”

“要给我打电话？为什么？”

“这个我就不知道了。如果有人能弄懂其中缘由，那只能是你。关于加山，我能说的只有一句话，她是一名出色的刑警。”

真悟闭上眼睛，脑海里浮现出枫幸福地微笑的身影。

“是的，她是一名出色的女性。”

低沉、含混不清的歌声回响在一个狭小的会场里，台上演奏的音乐对于真悟而言只是噪声。此刻，他站在会场后方，承受着摇滚乐的冲击，观察着前面那些不停地蹦蹦跳跳的观众。她们大多数都还是学生模样的女孩，身上散发出的热气让会场的人汗流浃背。

观众来得不少嘛。真悟望着在台上戴着面具演奏的四人少女乐队，嘴角露出一丝微笑。

这个名为MASK的乐队，就是前些天真悟以买下她们的全部光盘为条件，向她们打听了有关佐和奈奈子的信息的那个乐队。真悟与近卫分开几个小时之后，来到涩谷的一个演奏会场，看她们的现场演出。三天前，乐队领头梅与真悟联系，说她们又有一场演出，问真悟是否愿意来听。

真悟一直眯着眼睛看乐队成员们的挥汗演奏。等演出结束观众散场之后，真悟跟上次一样，走向舞台后面的演出人员休息室。

“啊，大叔又来了！”看到敲门入室的真悟，成员们发出欢呼声。

“好久不见了。今天观众满场，你们真厉害。”

“都是托大叔的福。你上次买下的光盘，我们免费送给了粉丝。结果，这事成了热门话题，我们乐队的人气也突然涨起来了。”

梅走近真悟，拉起他的手，不停地上下摇晃。

“今天来了这么多观众！自从戴上面具演奏以来，还是第一次呢——让我不由得想起了以前。”

“以前？以前观众总是这么多吗？”

真悟条件反射般问了这么一句，本来兴奋的成员们突然沉默下来。房间里有种微妙的尴尬气氛。真悟似乎问了个她们难以回答的问题。

“不是跟你说过的吗，直到一年前左右，我们的乐队还很有人气。”

“就是乐队名字叫作‘YUMEKISS’（梦之吻）的时候吗？”

听着梅的话，真悟想起了佐和奈奈子房间里贴着的海报。佐和奈奈子也一定是这个乐队的狂热粉丝之一吧。

“是的，就是那个时候。后来种种原因，人气渐渐凋零。但现在，终于又开始回升了。”

她们是因为人气凋零才开始戴面具演奏的，于是把乐队名字也改成了MASK。可是，戴着面具演奏这个异想天开的主意，是怎么来的呢？真悟虽然有兴趣，但在现在这种气氛下好像很难问出口。

“无论如何，祝贺你们演出成功！照这样下去，你们会比以前更有人气的。”

真悟说完这话，女孩子们都露出了灿烂的笑容。

“嘿，大叔，我们下下个月还有一场现场演出，你要是有时间，欢迎再来啊。”

下下个月？那时我的身体还能来看演出吗？面对无忧无虑、

满面笑容的梅，真悟含糊地点了点头。

冷风吹进脖子，带走体温。真悟捂了捂外套的领口。

看完现场演出后，真悟走在从车站回自己公寓的路上。他的头脑里在咀嚼白天与近卫的会话。

堂本骏平与四年前的事件无关。这一点至今还令他难以置信。这次事件的游戏主人和四年前那起事件的游戏主人，是不同的人吗？这种事情真的有可能吗？堂本骏平和桃井一太，在“绿绿”大麻的买卖上是有关联的。那是否可以推测，堂本从桃井那里打听到了四年前事件的详情？

怎么也理不清头绪。真悟胡乱地抓挠自己的头发。

真悟不能理解的事情，还不止这一点。在找到奈奈子的尸体之后，游戏主人打电话说，因为他游戏失败，所以把人质杀了。也就是说，真悟说的“皇居”的答案是不对的。

“你没能找到真正的答案，就在你身边的真正的答案。”

游戏主人当时的喃喃低语又在真悟耳边响起。

“真正的答案”，到底是什么呢？“中间有个五角形”，又是指的什么呢？

弄不懂的事情实在太多。真悟停下脚步，仰面望天。空气寒冷清冽，虽然是东京，天上也能看见好多星星在闪烁。

堂本骏平已经死了。如今，这一切谜团再也不可能被解开了吧。

近卫说得对，他也许应该忘掉这件事。堂本骏平和桃井一太，两个人都已经死掉，这个世界上已经不再存在名叫游戏主人的人物了。

真悟面向前方，再次迈开脚步。他的公寓就在眼前。

枫为什么在被杀之前想要联系我呢？真悟想起近卫告诉他的枫遇害时的情形，脑海里又涌起关于她的记忆。真悟鼻子一热，用手按了按眼角。

会不会是因为枫意识到了什么想要告诉自己的事情呢？真悟的脑海里冒出这个念头。据近卫说，当枫被杀时，她身边掉的东西，除了手机，还有一本地图册。或许她是看了那个地图……

真悟想起两人共度最后一夜时的对话。枫那天说过，她无法理解游戏主人为什么最后要让真悟回到佐和家。

让我回佐和家的理由与地图。真悟想起了东京二十三区的地图。

我那时以为，游戏主人让我寻找的“中间的五角形”，指的是由池袋、丰州、代代木八幡和晴空塔所在的押上，这四个地点连接成的四角形中间的皇居。但那是错的。或许，会不会是在这四个地点之外，还加上佐和家所在的白金，由这五个地点连成的“五角形”呢？游戏主人之所以要让我回佐和家，会不会就是出于这个理由呢？

可是那样的话，范围太大。而且，“中间有个”这个用词的意思也很难理解。

那么……真悟在头脑里回想自己那天去过的地方。他不禁停下脚步，身体开始剧烈地颤抖。

“顺序……”他嘴里无意识地说出了这个单词。

对，顺序。自己去过的五个地方的顺序。如果其中隐藏着什么含义的话……

真悟跺了一脚柏油路，向自己的公寓飞奔而去。

气喘吁吁地回到公寓的真悟，连鞋也没脱，就跑进了房间。他打开电灯，冲到了书架前面。大口地吸着气，连额头上的汗水都顾不上去擦。

他很快就找到了自己要的书——《东京二十三区大型地图》。

真悟把显示出二十三区整体图的那一页翻开，摊在桌子上。他从笔筒里取出红色圆珠笔，把笔尖指在佐和家所在的地点白金。

“先是从白金到池袋。”

一边调整呼吸一边喃喃自语的真悟，从白金向池袋画了一条直线。

“然后是丰州。”

真悟笔下的线，从池袋伸向丰州。

“再到代代木八幡，之后是晴空塔。”

从丰州到代代木八幡，再从代代木八幡到押上，随着真悟把这些地点按顺序连接起来，他确信自己的推测是正确的。

“正因为如此，所以我被指令回到佐和家。”

当真悟连上从晴空塔到白金的最后那条线时，他放下手里的笔，看着地图发呆。地图上出现了一个由红线画成的五角星。而且，在这个一笔画成的五角星中间，浮现出一个清晰完美的五角形。

“这就是‘中间的五角形’……游戏主人指令我去找的地方。”

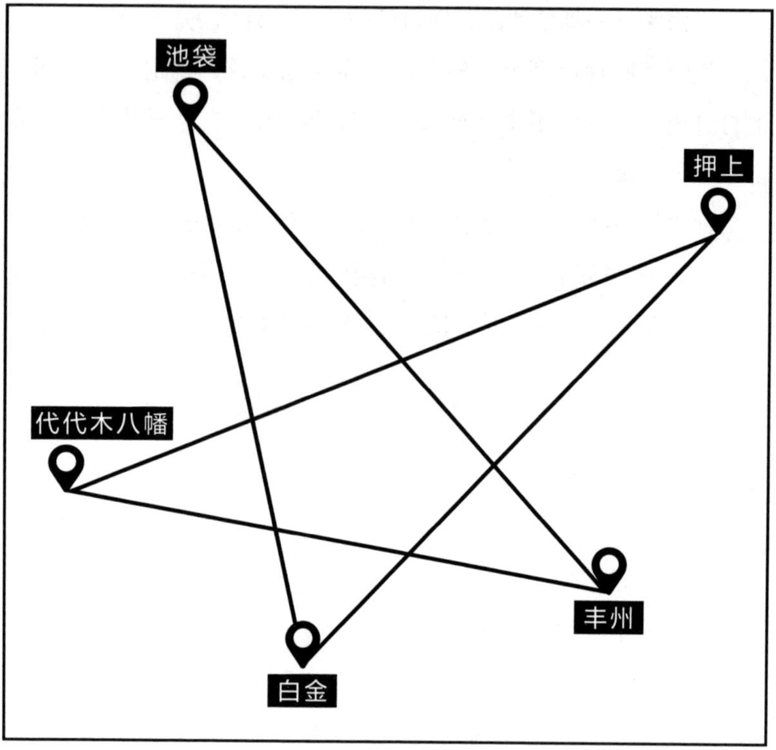

枫一定是注意到了这个五角星，所以她想把这件事告诉我。

但是，“寻找中间的五角形”，这句话是什么意思呢？真悟双手抱头。

地图上浮现出的五角形里面，包括千代田区的大部分和港区的一部分。这么大的范围，是不可能去寻找的。

还有一步，还只有很小的一步，就能找到这个游戏的答案了。可是，真悟心中却没有兴奋感，而是涌起一种甩不掉的不安感。

这个谜不应该去解。真悟的本能这样警告他，但他却无视本能的警告，继续思考这个事件。不知为何，他现在头脑中浮现出来的，却是刚才看过演出的那个乐队。真悟的大脑失控般地疯狂运转，不断地交换脉冲。

她们为什么要戴着面具演奏呢？我原本以为，因为她们采用那种戴面具的演奏方式，所以她们的乐队就叫MASK。但或许恰恰相反。

真悟想起了乐队四名成员的名字。

梅（Mei）、茜（Akane）、铃（Suzu）、纪子（Kikko）。

把这四个名字的罗马音的头一个字母排列起来，就成了……MASK。

会不会是她们先决定以自己名字的头一个字母作为乐队的名字，然后从中得到灵感，想到了戴面具演奏的主意呢？如果是这样，那么，乐队为什么在一年前要改名字？乐队的人气为什么会陡然凋零？这些疑问都能得到解释了。那就是，成员换了。

因为能够吸引狂热粉丝的魅力型成员退出乐队，所以人气凋零了。而且，乐队的名字也不得不改。

乐队名字不得不改的理由，也很清楚。因为之前的乐队名，也是取自成员们的名字。

乐队名为YUMEKISS（梦之吻）。梅（Mei）、铃（Suzu）、纪子（Kikko）。这三个名字的头一个字母都在里面。那就是说……真悟的喉咙咕咚地响了一声，他咽下一口唾液。

一年前退出这个乐队的成员，名字的罗马音的开头字母是Y，是一位年轻女性，极具让人着迷的个人魅力，就连佐和奈奈子也为之倾倒。

这时，真悟的脑海里闪现出一个五角星的图像。一阵强烈的晕眩感袭来，他双脚踉跄了一下。

在这起绑架事件中，我看到过五角星。

“怎么可能？不、不会……”

真悟心跳加快，快得让他痛起来。他把目光慢慢投向书桌的抽屉，用微微颤抖的手把抽屉拉开。

里面有一个链条被扯断的吊坠。

在代代木八幡的咖啡店里被扔回来的五角星吊坠。五角星的顶点用银线相连，在由银线形成的中间的五角形里，镶嵌着一颗闪闪发光的琥珀。

真悟缓缓取出吊坠，把手伸向笔筒里的裁纸刀。

停！停下！他的本能在头脑里发出最大音量的警告，但手却无法停下。他把裁纸刀的刀尖插进琥珀与底座之间的缝隙里，用力转动手腕。

琥珀很容易就取出来了，轻松得出乎意料。琥珀落在地上，弹跳了几下，发出干涩的响声。可是，真悟的眼睛没有去追随在地板上滚动的琥珀，他的目光被琥珀下面出现的东西吸引住了。

在琥珀取出后的底座里，嵌着一个折叠的小纸片。

“寻找中间的五角形……”

真悟一边声音沙哑地自言自语，一边小心翼翼地取出那张纸片，把它打开。上面用小字写着一个以090开头的电话号码。

这才是游戏的正确答案……真悟的视野已经失去了正常的远近距离感，那11位数字似乎在向他袭来。

真悟从口袋里取出手机，输入纸片上的数字后，想要按下通话键。可手指僵硬，不能动弹。

他咬住嘴唇，紧闭双眼，按下了手指。很快就听到呼叫声。

呼叫声响了，一遍、两遍、三遍……电话没人接。过了几十秒，呼叫声还在响。这些数字肯定没有任何意义，一切只是我的胡思乱想罢了。就在真悟得出这个结论，正想挂掉电话的时候，呼叫声突然停下了。他把手机贴近耳朵，屏住呼吸。

电话接通了，但对方一言不发。

“喂……”真悟嘴里发出的这一声，微弱得让他不敢相信这是自己的声音。

“哟，上原！”

听到这个声音的瞬间，真悟的视野猛地晃动起来。那是通过变声器转换过的高亢的声音。

“游戏……主人……”

“是啊，我就是游戏主人。你终于找到正确答案了。我一直都相信，上原你一定能找到。”

电话里的声音，仿佛有种发自心底的快乐。

“不，你不可能还活着……堂本骏平和桃井一太都已经死掉了！”真悟喘着气大喊。

手机那头传来刺耳的笑声。

“我既不是堂本骏平，也不是桃井一太。你都已经找到了这个电话号码，那就说明，你已经明白了吧，上原。我的真相，我到底是谁……”

“不可能！游戏主人是堂本骏平。四年前是他，这次也是他。犯人是那个家伙！”

“不对。四年前的那起事件，我和堂本骏平都没有参与。四年前的女初中生绑架杀人事件，是桃井一太一个人干的。对不起，上原，我说我跟四年前的游戏主人是同一个人，那是骗你的。可以这么说吧，我算是‘新游戏主人’。”

“你骗人！只有我和游戏主人才可能知道的事，你也知道。你就是游戏主人，就是四年前事件的犯人！”

“上原，即使不是四年前事件的犯人，也能知道那些事。”

“怎么知道？真是要有那种方法，你说说！”真悟扯着嗓子高声喊道。为了证明他头脑中浮现出的人物不是游戏主人，这是唯一的依据，他要尽力捍卫……

“笔记本。”手机里传来低声耳语，“上原把那起事件的全部经过都事无巨细地写在笔记本里，而那些笔记本平时藏在了上原房间的保险箱里。在上原离婚搬出去之前，我可以随时到那个房间，去看保险箱里的笔记本。我知道保险箱的备用钥匙就在书架上面。所以，对四年前那起事件的全貌，我知道得清清楚楚——包括上原和犯人之间的秘密。”

“可是，堂本怎么……”头脑依然混乱的真悟小声嘀咕着。

对方的声音明显有些不耐烦：“我跟你说，堂本什么的，根本不值一提！那家伙就是为了这次计划随便选的一颗棋子而已。”

“随便？不可能吧。那家伙十年前被我抓过，一直怀恨在心……”

“不，那家伙本来对上原并没有什么特别的仇恨。直到两年前……”

“你是什么意思？”

“那家伙也是我在上原的笔记本里发现的。上原，你的笔记本里不但写有四年前的绑架事件，对十年前的大麻事件也记录得很详细。我把那个笔记本复印下来，一个个去找被上原抓过的人。在网上稍微检索一下，就找到了不少人。如今这个时代，大家都在用社交媒体嘛。我从中挑选了堂本骏平。堂本虽然改了姓，但从他在社交媒体上的朋友关系顺藤摸瓜，很容易就能把握他就是曾因贩卖大麻被逮捕过的那个服部骏平。社交媒体真是个方便的东西啊。”

“为什么是堂本呢？”

“我从很久以前就有种本能，知道该怎么去控制别人，也知道哪种人容易被控制。我第一眼看到堂本时就知道，像一个玩偶一样操纵他，是件轻而易举的事。”

一位拥有众多粉丝的乐队成员，其魅力的根源就是操纵他人的能力吧。真悟插不上一句话，只是继续听着电话那头的游戏主人的讲述。

“于是，我就开始打工当家庭教师，成了堂本的同事——毕竟那家补习班也有派遣家庭教师的业务；然后，我慢慢开始对堂本洗脑，先让他为自己的现状感到很悲惨，进而引导他憎恨造成这一切的社会。随着时间的推移，我让堂本在心中渐渐滋长起了愤怒的情绪。”

“那佐和奈奈子呢？她也是被你洗脑的吗？”

“至于奈奈子，她是我的狂热粉丝中最符合条件的人物。家庭富裕、住在白金、人又长得可爱，还很执着。控制她太简单了。”游戏主人炫耀似的继续讲述。

“我先让堂本和奈奈子相遇，然后给他们暗示，两人互为命中注定之人。他们很快就成了一对。之后，我又让他们相信，他们的关系肯定不会被世间接纳，一旦被人知道肯定要被拆散。就这样，两个人像罗密欧和朱丽叶似的，陶醉在他们的恋爱里。”

真悟听到电话那头传来笑声，他把手机握得更紧了。

“于是，你就教唆佐和奈奈子，用假绑架的方法搞到一笔钱之后跟恋人私奔。”

“我给了她一部预付费手机，让她可以随时来找我商量。我诱导她，让她以为私奔才是他们获得幸福的唯一途径。至于怎样弄到所需资金，我给她灌输了假绑架的办法。”

“把两人进酒店的照片寄给佐和家的，也是你吧？”

“是啊，没错。私奔也好，假绑架也好，毕竟是件大事，奈奈子也不是轻易就会付诸行动的。但那张照片寄出以后，奈奈子被父母严格监视，也就下了决心。她想，再这么下去，早晚会被迫与堂本分手，应该在那之前将计划付诸行动。当然，是我诱导她这么想的。”

“堂本没有参与这个计划吗？”

“要是奈奈子和堂本两人同时失踪，那就会很容易被发现是私奔并被找到；而且，如果这件事失败，作为成年人的堂本将承担所有罪责。我跟奈奈子这么说，让她把计划隐瞒起来，不要让堂本知道。对了，我还让堂本在事发当天不要出门。要是堂本有不在现场的证据，我的计划就会泡汤。”

“这件事你是怎么做到的呢？”

“很简单啊！我让奈奈子跟堂本说：‘那天可能会离家出走去

你那儿，你要一直待在屋里。’奈奈子一直以为，这个计划是把赎金抢到手里后她就失踪，等她安定下来以后再跟堂本联系，把他叫来。”

明明并不想要赎金，却让真悟去运送，原来目的就是让佐和奈奈子相信这个计划是真的。真悟咬着嘴唇。

“我收到的那些威胁电话里，有的是佐和奈奈子打来的吧？”

“对。我自己无论如何也抽不开身的时候，就让奈奈子代替我扮演游戏主人。她演得还不错吧？我们反复排练了好多遍呢。”

“最后，你割断了佐和奈奈子的脖子……”

游戏主人只是低声窃笑，没有回答。

“把我的信息泄露给媒体的，也是你吗？”

“是啊。你老是找不到我，要给你点儿惩罚。还有，也是为了找出那个女人的住处。”

“你说的是枫吗？”真悟胸中划过一阵尖锐的疼痛。

“嗯。所以我只泄露了上原的信息，没有泄露她的。这样，她就会想把上原从媒体的包围中解救出来，也可能会把上原藏在自己的房间里。之所以这么做，是因为我无论如何都想把那个女人的住处找出来。”电话里的声音变低，语气里明显带有一股怒气，“那之后发生的事情，跟我的预料一模一样。”

“你是怎么知道枫的住处的？枫来解救我的时候，开的是摩托。速度之快，把媒体都甩掉了，你根本不可能跟踪得上。”

“我的跟踪道具，就在你的手里，上原。”

真悟嘀咕一声“手里”，他侧头看了一眼耳边的手机。

“你现在用的手机，是谁帮你设置的？”

“怎么可能……”

“没错，上原。我问你，你有没有一种无论走到哪儿都在被我监视的感觉？是的，无论你在哪儿，我都知道。我在你的手机里装了一个间谍软件。你知不知道什么叫间谍软件？上原在哪儿、跟谁打了电话或者发了邮件，全部信息都会送到我的手机里。其实，在这个事件发生很久以前就是这样了。”

真悟抱着肩膀，身体缩成一团。

“你为什么要对枫干那种事？”

“当然是因为她抢走了我的真悟！这还用说吗？”

对方的音量高得超过变声器的上限，出现了颤噪现象。真悟的耳膜被刺痛，脸也扭曲了。

“啊，对不起，我刚才有点儿兴奋。但就是那么回事，你应该懂了吧？”

游戏主人的声音，很快又恢复到原来的语气。

游戏主人刚才的那句话里，出现了女性第一人称的“我”；而且对上原真悟的称呼，也没有称他的姓“上原”，而是称他的名“真悟”。但真悟不愿去多想这些用词背后包含的意义，继续问他的问题。

“堂本要杀我，是怎么回事？”

“哦，你问那件事，那我就告诉你吧。命运女神奈奈子死后，堂本陷入绝望情绪，整日精神恍惚。顺便提一句，上原去找他的时候，他还以为是一名刑警在进行普通的调查。”

“要是那时堂本把十年前的事情说出来，或者，要是我注意到他是我从前抓过的人，那该怎么办？”

“那种事根本不可能发生。堂本连姓氏都改了，就是想隐瞒十年前的事。贩毒的前科一旦暴露，好不容易找到的补习班老师这个正规稳定的工作也会弄丢吧。所以，姓氏和外貌都已经改头换面的堂本，上原根本不可能认出来。”

的确如此。真悟抿紧嘴角。要不是听到阿久津说起，自己已经把十年前逮捕过服部骏平的事忘得一干二净了。

“可是，后来媒体上出现了奈奈子遇害的主要责任在上原的报道——当然，那是我泄露给媒体的——我把那篇报道给堂本看了，他果然怒火中烧，不可遏抑。这两年来，我一直有意识地灌输给他，那种随着时间流逝逐渐形成的强烈的愤怒情绪，就这样，全部都集中在上原身上了。然后，这份愤怒轻易地就转化成了对上原的杀意。”

游戏主人对事件的解说渐渐进入高潮，声音里透着一种兴奋感。

“堂本叫嚷着‘我要杀了这个上原！’，我主动提出可以帮助他。我跟他说了我与上原的关系，他大吃一惊，但并没有怀疑我。这既是因为两年来我得到了他一定的信任，同时也是因为他的脑子由于愤怒已经失去了冷静判断的能力。唉，堂本也真是蠢货，只要稍微动动脑筋，就会想到怎么可能会有这种偶然。”

真悟听到对方哼了一下鼻子，像是很瞧不起堂本似的。

“不管堂本如何失去了冷静，但你说愿意帮他来杀我，他肯定还是会觉得可疑吧？”真悟拼命试图找出游戏主人话里的可疑之处，否则，他无法承受这个残酷的现实。

“这一点不是问题。因为从两年前开始，我就利用一切机会跟堂本诉苦，说自己从小就被一个人虐待，对那人的仇恨到了想杀他的地步。”

真悟的表情变得扭曲。游戏主人仿佛察觉到了，开心地笑了起来。

“别那么难过嘛，上原。那不过是为了让堂本相信，我随便瞎编的故事罢了。总之，就这样，我主动跟堂本说可以帮助他，给他提出了一个方案。”

“你的方案，就是让他自称游戏主人，把我引诱出来然后杀掉，是吗？”

“对。经过两年的洗脑，对我已经言听计从的堂本，毫不怀疑地加入了我的计划。”

在从四楼上落下中庭之前，面对几乎已经不能动弹的我，堂本想要说什么，我这才终于明白了。堂本是想说，他不是游戏主人，而是……

你来营救的人质，其实才是整个计划的主犯。

堂本是想把这件事告诉我，让我体会到绝望的滋味，最后再给我致命一击。可是……

“……可是，堂本被你背叛，被你杀掉了。”

“是的。没能将他一把推下去，那时的我可真有点儿着急呢。不过，结果很满意。堂本作为游戏主人死掉，警察的搜查也就到此结束了。”

“在桃井一太的父母家放进‘绿绿’药丸的事，也是你干的吗？”

桃井初子曾说过，她家曾进来过小偷，但什么都没拿走。

“是啊！我从奈奈子那儿听说了地下室的事。‘为了确保假绑架的成功，我们需要好好研究真的绑架成功的人’，我就这样说服了她，让她去调查桃井一太父母的家。桃井一太的母亲实在太喜欢奈奈子了，连每周会在同一个时间去看她住在护理院的父亲的事，都跟奈奈子讲了。我就利用那个时间溜进她家，在地下室放了盒‘绿绿’药丸，偷走了几本笔记。因为这样就能让你感到桃井一太与堂本有关联。顺便说一句，只要肯花钱，现在‘绿绿’药丸在网上很容易买到。如今这个世道，真是可怕吧？怎么样，你还有什么不能理解的吗？”

游戏主人的讲述中带着一种滑稽俏皮的腔调。这起悲惨的绑架事件，隐藏在背后的真相，几乎已经水落石出了。可是，真悟还有一个不懂的地方，也是最根本的一个谜，只有这个答案，他到现在还找不到。

“为什么……”真悟张开颤抖的嘴唇，“你，为什么要干这种事？”

这是一个精心筹划多年的计划，需要付出难以想象的劳力，冒着毁掉一生的风险，到底，为什么有必要去犯下这样一起案件？

“你还不明白吗?！当然是为了见到你啊，还会有什么其他理由吗?！”那通过了变声器的声音，听起来十分悲痛，“我想再次见到你，希望你能回到从前的样子。”

“我，回到从前……”真悟感到困惑，说不出话来。

“三年前，桃井一太死后，你就变成了另一个人。一具失去生气的行尸走肉，每天仅靠惰性活着。那不是真正的你！真正的上原真悟，是充满自信、神采奕奕的！”

手机里传来的声音中的热情，让真悟呆若木鸡。不知何时，那个声音已经与轻蔑自己的游戏主人的语气完全不同了。

“我就是想让你回到一名‘刑警’的样子。为此，需要有案件发生，让你全力以赴的案件……”

“案件……游戏主人？”

“是的，就是那个把你打垮的犯人。只要你知道那家伙可能还活着，你绝对会参加搜查，并决心要亲手抓到犯人。”

真悟半张的嘴里，发出惊愕的叹息。的确，自己的行动完全如此。

“这个计划我已经筹备了两年多了。我去接近堂本，做各种准备。可是，是否真的要付诸行动，起初我很犹豫。因为我在想，不需要我干这种事，有一天真悟自己也会恢复过来的。让我下定决心的，是一年前知道你患了癌症的时候。”

“……你知道我患了癌症吗？”

“刚才不是说了吗，我给你的手机里设置了一个间谍软件。从两年前开始，真悟收发的邮件全部都会转送给我。所以，你的事我通通知道，不管是得了癌症的事，还是跟那个女人有过婚外情的事。”

手机里的声音低沉下来。

“要是再这样继续下去，我就再也见不到真正的真悟了。想到这里，我就开始行动了。真悟，你在表参道的咖啡店得到绑架消息的时候，简直帅极了！”

对方的语气好似沉浸在梦乡之中。真悟感到心底里升起一股寒气。

“真悟自己也感觉到了吧？在这起事件中，你又回到了从前的样子，那个刑警时代神采奕奕的样子。”

的确如此。正因为出现了这起事件，自己才找到了活下去的意义。

“在这次事件中，我实在太幸福了。因为真悟一直在找我，我一个人独占了真悟！把那个加山杀掉之后，这种感觉更强烈了。当真悟在那片废墟抱着我的时候，我是怎样的一种心情，你能想象吗？”

真悟升起呕吐感，他用一只手捂住自己的嘴。

的确，这是一起精心策划、缜密周到的犯罪，但同时，很难说是一起完美的犯罪。这次事件能够按照计划从头到尾得以完全实现，仅仅是偶然。

因为计划太过缜密周到，只要稍有失误，差之毫厘，一切都会在瞬间完全崩溃。这种危险，策划案件的本人不可能没有意识到。

即使如此，那孩子也要付诸行动；即使风险那么大，也要让我回到从前的样子。犯罪是否会成功，对那孩子来说根本不重要——被我追赶，让我回到从前的样子，才是她真正的目的。

……对我那么执着痴迷。

“喂，真悟，让我们来玩真正的‘最后的游戏’吧。”

电话里的声音突然变了，不再是通过变声器发出的声音，而是一个年轻女性的声音。

是真悟熟悉又怜爱的声音。

“最后的……游戏……”

“来抓我吧，真悟。追我，找我，然后抓住我。到时候，我就献上真悟最想要的东西。”

“等等，你等等！”真悟提高了声音，可他找不到该说的话。

“我爱你，爸爸。”

是女儿轻柔温暖的声音。留下这句话之后，游戏主人，也就是水田优衣的声音就消失了。电话被挂断时的响声，震动着真悟的耳膜。

“优衣！”

真悟用尽全力地喊，但再也没人回应他的喊声。

我真正想要的东西……真悟两眼空洞地望着天花板。

在生命将逝的瞬间，希望优衣能在身边。如果可能的话，希望她能握着自己的手。自己一直这么祈望着。

这就是我的愿望，我最后的真正的愿望……

真悟把手机放进裤袋里，摇摇晃晃地走向门口。他不知道该去哪儿，也不知道下面该做什么。但是，必须找到优衣的念头，让他的身体活动起来。虽然真悟自己也并不知道，如果找到优衣，那个瞬间他会采取怎样的行动。

推开门，走到外面走廊上，真悟抬头望着星星闪烁的夜空。

“优衣……”

从他嘴里吐出的声音，冻成白色的气息，升往黑暗的天空。[1]

---

1 “优衣”的日语读音为Yui，开头字母是Y。——编者注

尾声

エピローグ

水田优衣从一条空无一人的小巷里走出来，把拿在手里的预付费手机扔进了旁边的一个垃圾堆。

虽然空气冷得皮肤疼痛，但优衣却感到自己的身体灼热无比。

那人肯定不会去报警，他会燃尽生命来追我。优衣知道这一点。那人所剩无几的时间，我可以独占。优衣舔了舔嘴唇，把手伸向自己的头。

她取掉浅棕色的齐肩假发，露出一头黑色短发。几天前，她去发廊做了这个发型。优衣用手往上拢了拢头发。

下面去哪儿，她还没有决定。

不管我去到哪儿，那人一定会找到我。那时……

优衣汇入人流后，把手伸进羽绒服的口袋，确认里面某个硬物的触觉——她的口袋里装有一把刀刃长10厘米的弹簧刀。

那人找到我时，是我用这把刀去结束他的生命呢？还是由那人给我的生命画上句号更好？或者，两个人手拉手地一起迎接生命的最后瞬间，似乎也不错。

想到那个瞬间，她感到自己的下腹部开始发热。

她从包里取出一副平光眼镜，戴在脸上。她抬起头，看到几十米前面的交叉人行道上有很多来来往往的年轻人。

不管我走多远，不管我汇入多么混乱的人群，那人一定会把我找出来。

因为，爸爸是我的英雄。

优衣走进熙熙攘攘的人群，脸上带着微笑，咀嚼着幸福的滋味。